スリーピング・ブッダ

早見和真

角川文庫
18719

目次

ねはん【涅槃】煩悩を断って絶対的な静寂に達した状態。仏教における理想の境地。

——ぶつ【涅槃仏】釈迦《しやか》が入滅したときの姿を像としてあらわしたもの。

（英表記）sleeping-buddha

第一部

此《し》岸《がん》

序　章

黄ばんだカーテンを開け放つと、見渡す限り銀世界が広がっていた。年が明けて四日目の朝だ。通勤や通学する人の声はもちろん、雪かきの音も聞こえない。

東京から戻って二週間が過ぎた。その間、窓から眺める景色が銀色じゃなかったことは一度もない。夜中のうちにまた雪が降り積もったらしく、昨日あった足跡もきれいに塗り替えられている。朝の陽にさらされ、まばゆい光を放つ一面の世界は、これから始まる生活と同じようにうぶなものに感じられた。

「よし」と小さく声に出し、小平広也《こだいらひろや》は浄衣《じょうえ》をまとった。階段を駆け上がる大げさな音が聞こえてくる。その足音を聞くだけで、広也には誰かわかる。

「ああ、ヒロちゃん。なんて立派な」

叔母《おば》の里子《さとこ》は、広也の浄衣姿を目にしただけで涙を浮かべた。

「立派って……。まだ頭を丸めたわけでもないのに。昨日と一緒だよ」

「何を言ってるのよ。こんなおめでたいことがあるのかしら。お母さんも絶対に向こうで喜んでくれてるわよ」

「そうかなぁ」

里子は長く広也の母親代わりを務めてくれた。ときにふさぎこみ、落ち込む広也のそばには必ず里子がいた。お母さんが悲しむ、お母さんが喜ぶと、二言目には母の喜怒哀楽を代弁することに億劫《おっくう》になることも多かったが、里子の存在なくしては今日の日はありえない。

窓を開くと、鋭く、冷たい風が頬をなでた。波が激しく崖《がけ》を打つ。冬の、日本海の音が聞こえてくる。

少年時代、広也はこの音が何よりも嫌いだった。悪さをするたびに兄と叱られ、父に放り出された玄関先で、必ず波の音が聞こえていた。広也はいつも泣き叫び、兄の元親《もとちか》は唇を噛《か》みしめ堪《こら》えていた。

「寒いよね、兄ちゃん」

涙を流す広也に、兄はたいてい優しかった。「大丈夫、永遠に家に入れないなんてありえない」と、言い聞かせるように広也を勇気づけ、自分のセーターを着せてくれたこともある。

そんな兄が、あまりに泣きやまない広也に一度だけしびれを切らしたことがある。広也の頬をつかみ、自分の顔をぐっと近づけ、「いい加減、黙らんか。寒いのはヒロだけじゃねぇ。次に騒いだら海まで連れてくからな」とすごんだのだ。

その日も波の音が聞こえていた。海に連れていかれることの意味がわからなかった広也は必死の思いで涙を堪え、おそるおそる訊《たず》ねてみた。

「どういうこと？」

兄はしばらく厳しい目で広也を睨《にら》んだあと、小さく息を吐いた。

「龍《りゅう》が出るんだよ、あの海には」

すぐにその絵を想像し、思わず「ひっ」と声を上げた広也にかまわず、兄は大まじめな顔で続けた。

「冬の海には白い龍が出るんで有名なんだ。だから絶対に近づいちゃいかんって、大人はみんな言うだろ。ヒロがあまりにも聞き分けなかったら、俺が海に連れてって、崖の上に置いてくる」

父に叱られた悲しさと、凍《い》てつくような寒さ、それに白い龍の恐怖まで加わって、広也はいよいよおかしくなりそうだった。だが、たった一人の兄に嫌われるのはもっと恐くて、泣くことも許されない。抱え込んだ膝《ひざ》に必死に顔をうずめていた。

そんな日に限り、父はなかなか家に入れてくれなかった。どれほどの時間が過ぎたのか。さすがに泣きやんではいたが、今度は空腹に身もだえ始めた頃、兄はポツリとつぶやいた。

「雪の匂いがするな」

久しぶりの声に顔を上げると、目の前を優しく雪が舞っていた。

「うん、するね。雪の匂い」

広也がさらりと答えると、兄は驚いたように目を向けてきた。

「母さんに言っても、全然わからんって言うんだ。雪の匂い、あるよな？」

「うん、あるよ。絶対あるよね」

広也もまた日ごろから感じていたことだった。そして同じように母に訊ねてみたことがあったのだ。しかし、兄のときと同じように母は優しく笑うだけで、取り合おうとはしなかった。

兄は膝を抱えながら、重く立ち込める空を見上げていた。その視線の先を、広也も一緒に目で追った。

「だから、これはきっと俺とヒロだけの匂いなんだ。小便が凍りそうなくらい寒く、人が誰も歩いてなくて、俺とヒロしか外にいない。そんな日に、雪が降ったときにしか嗅《か》げない匂い。絶対このことは誰にも言っちゃいかんぞ」

あれは何歳頃の出来事だっただろう。広也は今でもそのやりとりを思い出す。兄と抱いた二人だけの秘密は、兄が決して父のものではないようで、嬉《うれ》しかった。

カレンダーの今日の日付に、赤い丸が入っている。僧になるための出家の儀式、得度《とくど》式——。本来なら広也が受けるはずのなかった式の日だ。

あの日と同じ波の音に耳を傾けながら、広也は大きく息を吸い込んだ。空気は凜《りん》と澄んでいて、誰かが外に立つ気配はない。今日がその日であっても良さそうなのに、しかし雪の匂いはしなかった。

自分が大人になったからか。それともここに兄がいないからなのか。

一章　二十二年目の対峙

初めて小遣いで買った家具は、カーテンだった。中三の春、たまたま目にしたファッション誌にあった〈イケテル男のインテリア〉特集。まだ服を選んだり、音楽を聴いたりすることでしか自己主張する術《すべ》を知らなかった小平広也《こだいらひろや》にとって、誌面を彩る多くの輸入家具は眺めているだけで気分を高揚させるものだった。

同時にそうした家具たちは目を見張るほど高額だった。それ以上に広也を悩ませたのは、どこに出向けばそれらを目にできるのかということだ。広也の住む日本海を臨む遠《とお》海《み》郡はもちろん、普段買い物にいく市内にも「輸入」の匂いはあまりしない。

雑誌には地方の情報の記載などなく、登場するのは代官山《だいかんやま》だ吉祥寺《きちじょうじ》だと、見知らぬ街の名前ばかりだ。嘆くことにもすっかり慣れてしまった頃には、広也の家具に対する熱は失われつつあった。

あと一週間もしていれば思いは立ち消えていただろう。でも、ある日の昼休み、幼なじみのケンジがいきなり話しかけてきたことで、その欲求は再び大きく膨らんだ。

「なぁ、ヒロ。ゴールデンウィークって何してる？　俺らと遊びにいかね？」

ケンジは広也の背後を指さした。振り向くと、ケンジといつもつるんでいる数人のクラスメイトが窺《うかが》うようにこちらを見ていた。

「え、僕？」

他のクラスメイトはもちろん、小さい頃は毎日一緒に遊んでいたケンジとも、ほとんど口を利いていなかった。仲違《なかたが》いした覚えはないが、中学に上がった頃からケンジは目立つグループの中心にいて、広也は一人で本を眺めていることに居心地が良くなっていた。

「いやさ、なんか結構みんな広也に注目してるみたいなんだよね。みんなの知らない世界を知ってそうだって、女子たちも噂してたぜ」

ケンジは少し照れくさそうに口にした。

「なんだよ、それ。そんなことあるわけないだろ」

「な？　俺もそう言ったんだけど」

「どっちにしても僕は遠慮しとくよ」

「そう言うなって。一緒に思い出作ろうぜ。ほら、みんなも楽しみにしてそうだし」

白い歯を見せるケンジに釣られ、広也は再びクラスメイトの方に目をやった。髪を赤く染めたり、古着のシャツを学ランの中に着たりと、この学校では〈イケテル〉側のメンバーだ。

「ちなみに遊びにいくって、どこに？」

つい漏れた言葉に、ケンジは細い目をさらに細める。

「いや、そのアイディアをヒロに出してもらいたくてさ。ゴールデンウィークって中途半端だろ。海でも、スノボでもないし。何かない？」

「たとえば東京とか？」

「東京？」

「うん。いや、べつに無理にってわけじゃないんだけど」

広也の提案は思いがけないものだったらしく、ケンジは考え込む仕草を見せた。しかしすぐに満面に笑みをたたえると、今度は仲間たちに向け手招きした。

「おーい、予定決まったよ。東京だ」

すぐに周りを取り囲んだクラスメイトに、広也は雑誌を広げ、思いつくまま東京でのプランを提示した。みんなの表情が明るく輝く。

だが楽しげな仲間たちを尻目《しりめ》に、ケンジの表情は次第に暗くなっていく。

「なぁ、ヒロ。俺らは余裕で平気だけど、二泊三日とか、ヒロんちは平気なのかよ。おばさんたち怒らねぇ？」

たしかに広也の母は真っ当な常識人で、父は融通の利かない頑固者だ。普段なら中学生の身で東京旅行など絶対に許されないが、今回だけは反対されないのではという予感があった。兄の元親《もとちか》が父と散々揉《も》めた末に、この春休みになかば強引に東京行きを決行していてくれたのだ。

父の反応は想像できなかったが、もし反対されたとしても母が説き伏せてくれるに違いない。母は昔から「あなたたちは平等。絶対に区別しない」と兄弟に向けて言っていた。まず落とすべきは母からだ。

にわかに現実味を帯びた東京への熱がついに高まりきったある日、二人きりのときを見計らって、広也は慎重に切り出した。

「ねぇ、母さん、ゴールデンウィークって、なんか予定ってあったっけ？」

小さい頃は家業を家業として理解できず、休みのたびに家族旅行する友人たちを羨《うらや》んでいた。それを逆手に取る日が来ようとは夢にも思っていなかった。

母の淑恵《よしえ》は食器を洗う手を止め、「どうしたの、急に。お父さん、仕事じゃない」と微笑んだ。広也はここぞとばかりに畳み込んだ。

「あのさ、クラスの友だちの親戚《しんせき》が東京にいるんだって。それで、連休中にケンジたちと遊びに行こうっていう話になってるんだけど、べつにいいよね」

案の定、母は厳しい表情を浮かべた。視線は広也に向いたままだが、焦点はどこか遠くに向いている。

こういう顔をするとき、母は決まっていくつものことを考えている。たとえば、本来なら中学生に単独旅行は早いこと、そもそも広也が受験生であること、かつて自分が口にした教育論のこと、先日元親の旅行を認めたばかりのこと……。

ここまでは想定していた通りの展開だった。しかし予想外に早くバスケ部の練習から帰ってきた兄が、母を助太刀するように割り込んできた。

「ダメに決まってるだろ。中坊の分際で、なめてんじゃねぇぞ」

正義感にあふれ、小さい頃は何度もイジメから救ってくれた。怒った父から身を挺《てい》して守ってくれたこともある。基本的には今も弟思いの兄だと思うが、その数倍も、数十倍も母親思いの兄だった。

満足そうに話を打ち切ろうとした兄に、広也は目配せしてみせた。今回だけは広也もカードを握っている。ねぇ、兄ちゃん。俺に借りがなかったっけ？　父さん、あのことを知ったらなんて言うかな？　ところで〝カノジョ〟は元気ですか……？　兄は彼女と東京に行ったのだ。そしてそれを知っているのは広也だけだ。

母はしげしげと広也の顔を眺めたが、察しの良い兄は敏感に悟った。諦《あきら》めたように息を吐くと、「と、言いたいとこだけど、ヒロも来年は受験だし、いいかもね。ケン坊たちと旅行するのも最後かもしれんしな。いい経験には絶対なるし」と口にする。

それから兄は自分が東京で見たもの、感じたこと、勉強になったことなどを面白おかしく話し始めた。母は次第に軟化していき、「ま、たしかにね。わたしの頃とは時代が違うわ」と、最後は膝《ひざ》を叩《たた》いて立ち上がった。

母が去っていくのを笑顔で見届けると、兄は呆《あき》れたように息をもらし、「お前ホント要領いいな。母さんは甘やかしすぎだし、あのオヤジだってヒロには口うるさく言わないし。うらやましいよ」と続けた。

兄は幼ない頃から広也に「うらやましい」と言っていた。たしかに同じイタズラを見つかれば、父に執拗《しつよう》に叱られるのは兄だったたし、テストで悪い点を取ってくれば、遅くまで勉強させられたのも兄だった。うらやましがる気持ちも理解はできる。

でも、違う。兄の主張するその「うらやましさ」は、広也が長年感じてきた「さびしさ」の裏返しでもあった。「小平家の長男の宿命だよ」と卑下する声には、いつだって誇らしさが同居していた。いいことをして褒められるのはいつも兄の方だったたし、テストの高得点を喜ばれたのも兄だった。何よりも父が期待し、出先に連れていって、かかわろうとするのは決まって元親の方だった。

「元親」と命名したのは父であり、「広也」とつけたのは母だった。母親似の柔らかい顔をした広也とは違い、元親は父とそっくりの武骨な表情をしていた。誰の目にも、兄こそが父の正統な〝後継者〟だった。母の「あなたたちは平等」という言葉は、父のそんな感情に触れるたびに耳にしてきた気がする。

旅行当日の朝、ケンジの迎えを受けて、広也は勝手口を出た。冬になると何もかも白く塗りつぶされる裏庭に、たくさんの花が咲き乱れていた。

ケンジとともに振り向くと、笑みを浮かべた母と、意地悪そうに微笑む兄が大きく手を振っていた。

「誕生日には絶対戻ってくるんだぞ」

パジャマ姿の兄が叫べば、「二人とも、くれぐれも気をつけるのよ」と、母は飛び跳ねそうなくらい大きく手を振った。

それが、広也が見た最後の母と兄の笑顔だった。

そして広也自身がまだ屈託なく笑うことができていたのも、この頃が最後だった。

母と兄を乗せた車が崖《がけ》崩れに巻き込まれた——。その一報は、渋谷《しぶや》の雑貨店でカーテンの会計をした直後、ケンジだけが持っていた携帯で受けたものだ。

詳しい状況もわからないまま飛び乗った電車の中で、一人付き添って帰路に就いてくれたケンジの顔は、広也よりよほど青ざめていた。唇も真っ青に染め、肩を震わせながら、ケンジは「ごめん、ごめん」と繰り返していた。

もちろんケンジに非があったわけではないのに、広也には「お前は悪くない」という一言が言えなかった。そしてそれ以来、ケンジと視線を交わすことがひどく息苦しくなった。

中学時代の、それ以降のケンジとの思い出はほとんどない。お互い別々の高校に進学してからは連絡も取らなくなった。次に顔を合わせたのは広也が高校三年生の秋口、ケンジが高校を中退してきたという日だ。

「なぁ、ヒロ。お前、進路って決まった？」

極寒の季節がもう目前に迫っていた。お互いの家からほど近い神木《かみき》海岸の崖の上を歩きながら、ケンジは淡々と尋ねてきた。

「そんなことよりなんで高校辞めたんだよ。あと半年我慢すれば卒業だったのに」

広也の説教に、ケンジはおどけて首をすくめた。まゆ毛を糸のように細くし、ダボついたズボンの裾《すそ》を引きずる姿は田舎のヤンキーそのもので、こんな柔らかい話し方をするのはきっと自分に対してくらいなのだろうとボンヤリと思った。

「僕は大学を受けようと思ってるよ」

小さく息を吐いて、広也は言った。

「うひょ。やっぱヒロは違うね。どこ受けんの？　っていっても、俺は東大くらいしか大学なんて知らないけど」

「うん。僕も受けるつもり」

「何が？」

「何がって。だから、東大」

「は？」と言ったままケンジは口ごもり、しばらくして「冗談だよな？」と間の抜けた声を上げた。

ケンジの気持ちが手に取るようにわかった広也は、「まぁ、たしかに冗談みたいな話ではあるんだけどさ」と自嘲《じちょう》しながら、「でも、ホントなんだ」と続けた。

ケンジは慌てて否定する。

「いや、違うぞ。ヒロが優秀ってことは知ってるんだ。ただ、東大なんて俺にしてみりゃカッパみたいなもんでさ。なんていうか、ちょっと現実味がなさすぎて。いや、スゲーよ。やっぱヒロはスゲー」

勝手に一人盛り上がるケンジを見やり、広也は噴き出した。

「いや、ケンジ。僕にだって東大はカッパだよ。受かる自信なんてない。でも、僕は東大を受ける。これは賭《か》けなんだ」

久しぶりに再会した友人を前に、思わず口調が強くなった。「賭け？」という言葉の続きをケンジはのみこむ。その視線から逃れるように、広也は海に目をやった。

夏の穏やかな凪《なぎ》とは違う、見る者を拒もうとするような荒々しい波が、力強く畳状の岩を打つ。漆黒の海水がその瞬間、白く細かい飛沫《しぶき》となって四方に散った。まるで自ら意志を持つように、高く、より遠く。いつか兄の言った〝白い龍《りゅう》〟の正体だ。海はもう冬のそれだった。

「うん、賭け。東大以外は一校しか受けない。東大と、駒山《こまやま》の仏教学部だけ。東大に受かったら、それが自分の人生なんだって受け入れる。駒山だけだとしても、それが自分の定めだと信じて、勉強する」

ケンジはポカンと口を開いていた。

「なぁ、ヒロ。駒山の仏教学部って」

「うん。ゆくゆくは継ぐっていう意味だよね」

「憲和寺《けんなじ》を？」

「うん、家業を」

広也は遠く水平線に目を向けたまま、続けた。

「実はいまだに親父から何か言われたことってないんだよね。それがずっと悔しかったけど、僕をここまで育ててくれたのは檀家《だんか》さんたちだったわけで、その人たちのことを思うとやっぱり簡単に投げ出すことはできなくて。でも、さ……」

出てこなかった続きの言葉を、ケンジが掬《すく》う。

「でも、本当ならヒロは跡を継ぐはずじゃなかった？」

「うん。やっぱり自分は兄ちゃんの穴埋めなのかっていう疑問が消えなくて。もしその答えを教えてくれるのなら喜んで仏門に入るよ。でも、どれだけ手を合わせても、お釈《しゃ》迦《か》様は教えてくれない。だったら、もうここは自分の運に賭けてみようって」

「なぁ、ヒロ。どうしよう。俺、どうしよう」

振り向くと、ケンジは頬を真っ赤に染めていた。

「俺、ヒロなら絶対に東大に受かると思ってるよ。でも、本当は東大なんか落ちてほしい。少しでもヒロがお寺継ごうって思ってくれるの、俺すごい嬉《うれ》しいよ」

次第に目が潤み始め、あわててこらえようとしてケンジは空を見上げた。昔からそこだけは何も変わらない澄んだ瞳《ひとみ》に、赤い空が映っていた。

三大禅宗の一つ、小平家が所属する敬千宗《けいせんしゅう》の僧になるためには、福井県の大本山・長《ちょう》穏寺《おんじ》で一定期間修行を積む必要がある。そこに至るルートは様々で、高校を卒業してすぐ上山《じょうざん》する者がいれば、サラリーマン生活を経て仏門に入る者もいる。一般の大学を出てから飛び込む例も少なからずある。

しかし、年間百人強を集める長穏寺の修行僧、雲水《うんすい》のほとんどは、全国三ヵ所に点在する敬千宗直轄の大学と学部の出身者で占められる。すなわち、東京の駒山大学仏教学部、愛知の名福《めいふく》大学福祉学部、宮城の宮城学院大学文化学部のいずれかだ。その中で最も歴史が古く、かつ最大勢力として知られているのが駒山だった。

仏門を目指す者、とくに全国に約一万五千寺、コンビニよりも多いと言われている敬千宗系寺院の二世、三世たちが直轄系の大学に進むのには、いくつかの理由がある。その一つは高卒なら通常三年、一般大卒でも一年半はいなければ資格をもらえない長穏寺での修行期間が、早ければ半年で済んでしまうということだ。

一般に厳しいことで知られる長穏寺での修行期間が短縮されるというだけでも、直轄系大学は格段に優遇されている。でも、それだけじゃない。一番の理由は仏教界も一般社会と同様、いや、より狭く、閉鎖的な村社会の中で、何よりもコネと人脈とが重要視されているからだ。彼らは同期・同門の徒として、駒山のキャンパスで僧としての第一歩を同時期に踏み出すのである。

広也の父もことあるごとに駒山から長穏寺、そして実家の憲和寺に戻ってくる黄金ルートの存在を口にした。だが、そう語るのは兄の元親に対してのみだった。それどころか父は宗教のイロハもわからぬ幼い元親に得度まで行っていた。広也はその事実さえ長い間知らされていなかった。

兄はいかなるときでも小平家の希望だった。一方の広也は何をやっても笑われる、マスコットのような存在だった。

それがあの事故が起きて、元親を失うと、周囲の反応はガラリと変わった。最初のうちは同情の目を向けてくるだけだった檀家たちは、次第に広也を腫《は》れ物に触るように扱うようになった。そして気づいたときには、広也が寺を継ぐのを既成事実のように語り始めた。

広也はそうした声に過剰な反応はしなかった。何を問われてもあいまいに笑って受け流した。住職である父の考えが一向に見えてこなかったからだ。

「ねぇ、どうして僕は得度じゃないの？」

生前の母にそう訊《たず》ねたことがある。母は一つ息を吐いて、広也と同じ目線になるようしゃがみ込んだ。それは何か大切なことを口にするときの、母のクセだった。

「尊重って言葉はわかる？　お父さんは広也には好きなように生きさせたいって、あなたが生まれたときにそう言ったの。だから名前も、お兄ちゃんにはお坊さんにふさわしいものを、あなたには広く一般に通用するものをつけた。お寺は一つしかない。わたしたちからあなたに与えられるものはそう多くない。だからヒロは自分の居場所を、未来を、自分の力で勝ち取るの。そのための協力を私たちは惜しまないし、あなたが望むことはなるべく尊重してあげたい」

実際、多くの寺では次男に対しても、物心つく前に得度を受けさせているという。僧になるまでの下地を作り、駒山に通わせ、長穏寺に送り込み、つけられるだけ箔《はく》をつけたら、後継者のいない寺の婿にさせるなり、養子として受け入れてもらうなりして一家の繁栄を図るのだそうだ。こんなところでも縦横のつながりは活《い》かされる。

でも、父はそうしなかった。小さい頃から兄との間に明確な線を引き、厳しくはあったが次男である広也を奔放に育てようとした。たしかに幼い頃はその立場に気楽さを感じたこともあった。しかし父のとなりで涙を流しながら坐禅《ざぜん》を組む兄を目にして、嫉妬《しっと》したことの方がずっと多い。

兄は小平家の誇りだった。移りゆく時代の中、都市圏と違い年々檀家を減らしていく憲和寺に誕生した、若く、快活な希望の星だった。それなのにあの日、父の不在による久々の外食、年に何度もない母の運転、そして予報になかった春の雨が引き起こした崖《がけ》崩れによって、すべての思惑は一瞬にして弾《はじ》け飛んだ。

広也の十五歳の誕生日を間近に控えた日の出来事だ。以後、二人きりになった家族の中で、不安と期待は入り交じったが、父との関係は変わらなかった。せめて檀家と同じように態度を変えてくれていれば、広也も反発できたかもしれない。反発しながらもようやく父の思いを知れたのだと、安堵《あんど》していたに違いない。

だが、父は違った。後釜《あとがま》を亡くし、思い描いていた未来図が打ち砕かれて尚、広也に何も求めようとしなかった。それが何よりも憎かった。

多くの家族がきっとそうであるように、小平家にも様々な二人の物語が混在した。広

まだにない。

　いや、生まれた日から今日に至るまで、広也と父の物語は存在していないのだ。

也と兄、兄と父、父と母、母と広也……。だが、あの事故から八年、父とのドラマはい
　得度式まで一時間を切っていた。相変わらずしゃくり上げる叔母《おば》の里子《さとこ》は、なんとか涙を堪《こら》えようと必死だった。

「それにしても、本当に立派。浄衣《じょうえ》もよく似合ってる」

「ホント？　なんか全然しっくりこないんだけど」

「ううん、そんなことないわ。私や淑恵だけじゃない。みんなも絶対に驚くわよ」

「みんなって？」

「ふふふ。めずらしい子とさっき下で会ってね。俺もいいのかなってモジモジしてたから、当たり前じゃないって言っておいた。先にお父さんに挨拶《あいさつ》してくるって言ってたんだけど……。あ、来たみたいね」

　里子が微笑んだ次の瞬間、ふすまが音もなく開き、広也は息をのんだ。何年振りになるだろう。広也にとって数少ない友人の一人は、似合わない花束を持っている。

「おっす、ヒロ。じゃなくて、今日からは〝コウヤ〟って言うんだってな。でも、まぁ今日まではいいか。ヒロ、久しぶりだな。おめでとう」

「どうしたんだよ、ケンジ。なんで知ってるの？」

「なんでって、お前。この辺の檀家衆《だんかしゅう》の情報網を見くびってんじゃねぇぞ」

「そうか。まぁ、とりあえず突っ立ってないで座れよ。飲み物も何もないけど」

「あ、じゃあ私がお茶取ってくるわね」

里子がいそいそと出ていくと、部屋にはなんとなく気まずい空気が立ちこめた。それを断ち切るように、ケンジは広也の目の前にあぐらをかく。

「なぁ、水くせぇよ、ヒロ。お前、東京行ったら連絡するって言ってたくせに、待てど暮らせど電話はないし、おまけに今日のことまで連絡なしかよ。いろいろなことあったんだぜ、俺だって」

「うん。結婚したんだってな。しかも子どもまでできたんだって？」

「うーん、ちょっと違うかな。子どもができたんだってな。しかも結婚までしたんだって？　これが正解」

「ハハハ。男の子？」

「女の子。俺、こんなオヤジになりたくない像ってのがずっとあったんだけど、全然ダメ。典型的な〝こんなオヤジ〟になっちまった。というわけで、見る？　写真」

「うん。見せて」と、大笑いしながら見せてもらったケンジの娘は、愛嬌《あいきょう》があって、どことなくみんなからチヤホヤされていた幼い頃のケンジを思わせた。

探り探りの会話は、どんな話題に流れてもすぐに行き止まりにぶつかった。が、なんとかケンジがもとの道に戻してくれ、表面上は淀《よど》みなく進んでいく。

「上山っていつなの？」

ケンジはタバコに火をつけながら訊ねてきた。

「再来月。三月十八日」

「そうか、またさびしくなるな」

「これまでも散々会ってなかっただろ」

「にしてもさ。せっかくこうして話ができたのに。ヒロとの会話って、それから数年の空白を想像させる気がするんだ。今度こそマメに連絡寄越《よこ》せよな」

ケンジはおいしそうに煙を吐き出しながら、一つ憑《つ》きものが取れたように柔和な笑みを浮かべた。

「俺、今でもたまに神木海岸の崖でヒロと話したこと思い出すよ。はじめてオヤジさんの跡を継ぐかもって聞かされたとき、本当に嬉《うれ》しかったなぁ。あのとき、空が真っ赤に染まっててさ――」

あの日、崖の上に重く立ち込めていた雲は、水平線の近くで二つに割れた。そして燃えるような太陽がそこから顔を出したのを、広也もよく覚えている。

海と同じように全身を赤く染めて、ケンジは広也に手を差し出そうとした。だが、しばらくボンヤリと自分の手のひらを見やったあと、何を思案したのか、その手を引っ込め、再び夕焼けに目を向けた。広也の方はそれを見てみないフリをし、そしてそれぞれの四年が過ぎ去った。

「俺、ヒロとはいつまでも仲良くしていたいからさ」

断ち切るような強い表情で、ケンジは言った。

「ヒロと友だちでいたいから、ちゃんと謝りたいってずっと思ってた。俺が遊びに行こうなんて言い出して、ヒロの母ちゃんと元親くんがあんなことになっちゃって。ヒロとの間がおかしくなったってわかってたから、俺、ずっと引っかかってて」

小さい頃、どんなにケンカでやられたとしても、ケンジは決して泣くことのない子どもだった。そのゴツゴツとした頬を、涙が伝った。

「俺、やっぱりヒロとは友だちでいたいんだ。だから――」

「ちょっと待てよ。もういい加減にしてくれよ」

広也は思わず遮った。頭に血が上っているのがわかったが、抑えようとは思わない。

「たしかに僕も何も言わずにいたけど、でもそれはケンジのせいなんかじゃないと思ってたからだ。だから、もう二度と謝ったりしないでくれ」

非のない者の謝罪と、赦《ゆる》しだ。こんな軽薄なやり取りで丸く収まるほど、自分たちの屈託は単純なものではなかったはずだ。でも、ケンジは素直にうなずき、微笑んだ。それはどこか照れくさそうな、小さい頃から広也が何度も目にしてきた笑みだった。

顔を赤く染めた里子が再び部屋のふすまを開けた。

「ちょっと、あんたたち！　もうお茶どころじゃないわよ。ものすごいたくさんの人が集まってきてる。私、ちょっと緊張しちゃった」

そのあわてようにケンジと目が合い、揃って噴き出した。そして、ケンジは力強く広也に手を差し伸べてきた。

「本当におめでとうな、ヒロ」

照れくさかったが、広也もその手を強く握り返した。あの日叶《かな》わなかった、四年越しの握手だ。

「山で修行したら、ちゃんと戻ってこいよな。俺はこの街を出ていけなかったし、死ぬまでここで生きていくんだと思う。だからさ、ヒロが戻ってきたら坊主と檀家って関係でいいよ。昔みたいにつるんで遊ぼうぜ」

「坊主と檀家は遊んじゃダメだろ」

ケンジの言い方が妙にはまって、広也はつい破顔した。

「いいんじゃねぇの、べつに。法に反してるわけじゃないし」

「何して遊ぶ？」

「そんなの知るかよ。ドラクエとか？」

「はは、ゲームか。でも、よくやったよな。兄貴に延々とレベル上げやらされてな」

「なのにラスボス直前にデータ吹っ飛ばしたりしてな」

「うん、あったたな。そんなこと。そうか。じゃあ、よろしく頼むな。その頃はきっと使えない住職だってみんなから陰口叩《たた》かれてると思うけど」

「ま、本当におめでとうな、ヒロ」

「ん、ありがとう」

ふと掛け時計に目をやった。式の開始までもう三十分を切っていることを知り、冷たい何かが胸を射貫く。

自分でも気づかないうちに、広也は小さくこぼしていた。

「さてと、じゃあそろそろ行くよ。決闘の時間だ」

「決闘？」

ケンジの声に我に返り、苦笑する。今度は心の声をちゃんとコントロールして、広也は静かに言い直した。

「ああ、ケンジ。いいものを見せてあげる。楽しみにしてていいよ。小さい頃に見られなかったラスボスの登場だ。しかも――」

最後に窓の外に目をやって、今度は自分に言い聞かせるよう口にする。

「僕の人生でたった一人、最強のラスボスだよ」


勝手口から母屋を出て、山門の前で足を止めた。南向きに作られた門をくぐれば、手前には本堂を、その背にははるか遠く北陸の名峰、守門岳《すもんだけ》を見渡せる。

寺の顔でありながら、山門はかなり傷んでいた。憲和寺が建てられた元禄《げんろく》期から存在するものとは思えないが、寺に現存するものの中ではもっとも古いと言われている。

柱には〈敬千宗禅寺　大悲山　憲和寺〉という看板が掲げられている。うっすらとかぶった雪のおかげで、小さい頃に兄と貼って、父にこっぴどく叱られたシールの跡が今日はきれいに隠されている。

広也はまっさらな雪を踏みしめるように進んだ。サクッサクッという乾いた音が耳に心地いい。足袋《たび》から感じる雪の冷たさも、火照った身体に苦ではない。

本堂はたしかに想像を超えた数の人でごった返していた。わずか三十畳に満たない部屋に、五十人を超える人たちが身を寄せ合っている。

おかげで真冬にもかかわらず、堂の中はかなりの熱気に包まれていた。だが、広也が足を踏み入れると一変、台風の目の中のように静まりかえる。

広也はそうした変化にすでに気がいかなくなっていた。釈迦如来像を背にした卓で香を焚《た》き、使用する仏具を確認している父の姿に釘付《くぎづ》けになる。

父の方は堂の雰囲気が変わったのを敏感に悟ると、入り口に立つ広也に歩み寄り、「準備はできたか」と訊《たず》ねてきた。広也も簡潔に「はい」と答える。「始めようか」と父は言った。用件だけのやりとりはいつも通りのことだ。

払子《ほっす》を手にした父が静まりきった堂に入っていった。遠ざかっていく背中を睨《にら》みながら、広也はあらためて思った。自分は、やはりこの人を許していない。最後まで生き方を指南してくれなかった父を、どうしても許せない。

でも、誰のせいでもない。今この瞬間こそが、いつか母が言っていた「広也自身が選び取った未来」そのものだ。今日からは間違いなくこの人が自分の師匠だ。

父は前方の仏前に近づき、焼香し、三拝した。父がするのに合わせて、周囲を囲んだ列席者たちも三度拝んだ。みんな勝手知ったるもので、手順が記されたピンク色の紙の通りに式は進行していく。

全員が着座すると、いよいよ広也の入堂する番になった。小さい頃よく一緒に遊んでくれた父の一番弟子、京都の大寺に住持する兄弟子に率いられ、広也は左足から第一歩を踏み入れる。

その瞬間、多くのフラッシュが一斉に焚かれ、広也の入堂の姿にすすり泣く声も聞こえたが、そうした反応にも意識は向かなかった。広也は仏前に近づき、焼香すると、今度は父の前に静座した。頭上から声が降ってくる。いつもと何ら変わらぬ、落ち着き払った声だ。

「南無十方仏、南無十方法、南無十方僧、南無大恩教主本師釈迦牟尼《むに》仏……」

父は弟子が僧となるのを神仏に乞《こ》う〝偈文《げもん》〟を繰り返し唱え、その都度焼香した。張りつめた堂に香ばしい匂いが立ち込める。

次に父は〝礼賛文〟を読み上げた。最近ではこうした一連の作法を簡素化する寺もあるというが、父はもちろん省かない。

広也は身体を起こしたまま跪《ひざまず》く〝長跪《ちょうき》〟という姿勢をとり、合掌した。経の中にたびたび登場するこの〝長跪合掌〟のやり方だけは、小さい頃から周囲の大人たちに鍛えられた。

見守る参列者の息づかいまで聞こえてきそうだった。たまにパチンと香が弾《はじ》ける音がする以外、堂内は完全な静けさを保っている。

父の介添人を務める教区の住職が、合掌する広也の背後に回り込んだ。すでに短く刈り込まれている髪の毛を鷲《わし》づかみにし、真ん中から強引に左右に分ける。父は剃刀《かみそり》を取り〝発心偈《ほっしんげ》〟という文句を唱えながら、浄瓶《じょうへい》を手に取った。〝剃髪《ていはつ》〟の儀式が始まった。

父はつむじのあたりから前髪にかけて二剃した。次に剃刀を介添人に手渡したが、介添人には経由しただけで、そのまま兄弟子の手に渡る。

兄弟子は物思いに耽《ふけ》るように刃を眺めたあと、ゆっくりと手を動かした。絶対に剃《そ》り残さないように、これ以上なく丁寧に。体内から響くジョリジョリという音が、不思議と懐かしい思いを起こさせる。

十分以上かけて、兄弟子は広也の髪を剃り終えた。だが、前頭部のあたりにぽっかりと残された部分があるのが広也は自分でもわかった。剃刀が再び父の手に渡る。

父は最後の一剃をする前に、〝剃髪偈〟と〝求道偈〟を続けて三度繰り返し、いずれも二句目からは見守っている列席者も声を発した。

このとき、堂内が完全に一体化した。ものものしいと思うほどの一体感だった。祝福と、喝采《かっさい》。中には同情もあるのかもしれない。ただこの瞬間、ここにいるすべての人間が、広也のためだけに集い、文句をあげてくれているのは事実である。

父が残った髪を剃り終え、剃髪の儀を終えた。手順にはなかったが、広也はゆっくりと立ち上がり、列席者に向け合掌した。沈黙のあと、万雷の拍手が広也を襲う。

顔を上げ、広也は少しはにかんだ。今度はドッと笑いが起きた。少なからず広也の人生にかかわってくれた人たちの集まりだ。はじめて目にするツルツルの坊主頭に、涙を見せる者も少なくない。

その後、〝袈裟《けさ》を受け取り、「広也」と書いて「コウヤ」と読む〝安名《あんみょう》〟も正式に与えられた。〝応量器《おうりょうき》〟と呼ばれる僧が食事をするための道具を授かり、父のあとに続いて〝懺悔文《さんげもん》〟も唱《とな》えた。

式は粛々と進み、この頃には堂の空気もだいぶ緩んでいた。あとはいくつかの儀式を残すのみという雰囲気とは相反し、広也の胸は緊張で押し潰《つぶ》されそうになっていた。自分にとっての一番の行事は、まだ始まってもいない。

父は変わらず冷静さを保っている。与えられた仕事を粛々とこなす職人のようだ。広也は唇を噛《か》みしめた。集まってくれた人たちを前に、そうすることが本当に正しいのか自信は揺らいだが、やらなければ前には進めない。

得度はフィナーレを迎えようとしていた。〝三聚浄戒《さんじゅじょうかい》〟が始まり、堂は再び静まりかえる。

このとき、父ははじめて広也の目を見据えた。広也も怯《ひる》むことなくその目を見つめ返す。二人の視線が冷たく交わった。まるで互いにこの先に起こることを確認し合っているかのように。

父は合掌してから、〝第一摂律儀戒《だいいちしようりつぎかい》〟を口にする。これは、今後すべての不善を為《な》さないかを弟子に問うものだ。

「すでに三帰を受く、次に三聚浄戒を受くべし。第一摂律儀戒、今身より仏身に至るまで、汝《なんじよ》能く持つや否や」

これに対して、マニュアル通り「能く持つ！」と発したとき、ふと胸に父とのこれまでのことが駆けめぐった。

ケンジの携帯で連絡を受け、急いで東京から戻った広也を待ち受けていたのは、ともにうっすらと微笑んだ母と兄の遺体だった。

冷たい雨が降りしきる中、続々と訪れる弔問客たちは遺体に歩み寄ると、泣き崩れる人が多かった。

だが呼びかければ今にも目を開けそうな二人を前に、広也はほとんど悲しい感情を抱けなかった。それどころか、なぜこの人たちはこんなに泣く必要があるのだろうと、しらけた気持ちに駆られたほどだ。泣くだけ泣いてケロッと茶なんかすすっている姿を目にすれば、こいつらが代わりに死ねば良かったのにと思ったりもした。

にもかかわらず、自分と同じように涙を見せず、淡々と弔問客に応対する父に対しては、違った思いを持たずにはいられなかった。この人は人並みの感情を抱くこともできないのかと、心が激しく波打った。

父は続いて〝第二摂善法戒《しようぜんぼうかい》〟で、あらゆる善行を進んで行うかを、〝第三摂衆生戒《しようしゆじようかい》〟

で、人生を世のため、人のためだけに捧《ささ》げられるかを広也に問うた。

そのいずれにもやはり「能く持つ」と答えながら、広也はうすく目を閉じた。葬儀の日も涙一つ見せなかった父の、粛々と経を読み、出棺に立ち会い、広也の肩を抱くことも慰めることもしなかった冷たい表情ばかりがよみがえる。

そんな父をずっと許せないでいたはずだった。それなのに父を拒絶したいという気持ちには、いつも必ず異なる思いが同居した。抗《あらが》っても、抗っても、結局最後まで拭《ぬぐ》いきれなかったその感情が、たぶん広也を今この場に立たせている。

「上来《じょうらい》、三支の浄戒、我れ今ま汝に授く。汝今身従《こんじんよ》り、仏身に至るまで、能く持つや否や」

父は最後にそう問うた。今この瞬間から仏身に至るまで、お前は三つの浄戒を保つか否か。これに対して今まで通り声を発することができれば、その時点で式は終わる。

しかし、広也はなかなか声を上げることができなかった。これまで世話になった多くの人と、様々な場面の父の顔が、交互に脳裏をかすめていく。恩や期待を裏切る恐怖心と、対峙《たいじ》しなければならない強迫感とが胸に入り乱れる。

「ああ……」と、上ずった声が漏れたとき、堂の空気が敏感に揺れた。たくさん浮かんだ顔の中に、ふと微笑む母が混ざったとき、怯むなと、広也は小さく天を仰いだ。永遠の救済を意味する三体の釈迦如来像が見下ろしている。

直視しないできたつもりだったが、憎しみと一緒に父に対して抱いたのは、おそらくは尊敬だった。最愛の者を亡くしても心を乱さず、静寂を保ち続けた父は、いつからか広也の目に理想に見えた。

そしてもう一つ、潜在していた思いがある。長く広也はその思いをどう表現すればいいかわからずにいたが、あの日から八年を経て、こうして父と向き合う中で、朧気《おぼろげ》ながらその答えが見えた気がした。〝救い〟といういかにも宗教的な一言が、心の奥底に引っかかるのを自覚する。

初七日の法要を終え、はじめて父と二人きりで迎えた夜。やたら広く感じる八畳の居間に流れるテレビの音に耐えきれなくなり、広也は母屋を飛び出した。

向かった先は、今まさに得度式が行われている本堂だ。小さい頃はただ恐いだけだった仏像が見下ろす中、広也は数本のロウソクを灯《とも》し、香を焚《た》き、生まれてはじめて誰に言われるでもなく坐禅《ざぜん》を組んだ。

春とはいえ、堂は底冷えしていた。足が痛くなり、次第に腰もしびれ出したが、しばらくすると広也は自分が寒さや痛みに耐えているということを忘れていた。

母のことも、兄のことも、事故のことも……。すべて意識の外に消えた。ここにいるはずの自分が、まるで存在しうるはずのない何者かであるような感覚に陥った。

ふと我に返ったとき、一体どれほどの時間が過ぎたのかもわからず、広也は周囲を見渡した。ほんの数分と言われればそんな気もしたし、丸一日過ぎていたとしても不思議ではなかった。ただ一本およそ四十分、坐禅一回分の時間で消え落ちる線香はすべて灰に変わっていた。

このとき広也が感じていたのはほんのりとした温かさだった。いつからそうしていたか知らないが、視線を向けた広也のとなりに、父が同じように坐《すわ》っていた。

父はうすく瞼《まぶた》を開いたまま、小さく、強く、呼吸をしていた。長い年月をかけて身につけてきた父の坐禅は、床に根を張るような力強さを広也に感じさせた。

東京で連絡を受けてから、初七日を終えたこの夜まで、広也が涙を流したことはついになかった。だが父の身体に帯びるかすかな熱を感じたとき、唐突に母と兄に触れたときの冷たさが手によみがえった。正視できなかった二人の死がいきなり目の前に横たわった。それでも、広也のとなりには父がいた。そのことだけが支えだった。

あの夜に、父に抱いた感情が本当に「救い」だったのか、自信はない。だが、少なくとも広也にはあの場にいた父は絶対だった。そしてその父にとって仏が絶対の存在であるのならば、広也にとってもまた大きな救いであることは間違いない。僧という生き方の可能性を感じずにはいられない。

しかし、それだけでは終われなかった。もしあの感情が本当に救いなのだとして、これまで自分を支え続けてきてくれたのだとしたら、だからこそ広也には父に問わなければならないことがある。

あらためて、三体の釈迦如来像に目を向ける。里子、ケンジ、兄弟子、母……。自分を育ててくれた多くの人の顔が再び浮かぶ。その中に、兄の姿がはじめて交じる。

広也はゆっくりと長跪《ちょうき》を解いた。そして「父さん……」と呼びかけ、少しずつ父ににじり寄った。

式中に弟子が声を上げるなど本来は許されない。二人を囲んだ僧侶《そうりょ》たちの空気が乱れた。気づきはしたが、広也はかまわず続けた。すべてはこのときのためだった。

父は冷たい表情のまま近づく広也を眺めていた。今日までは父であり、式が終われば師匠となる人の瞳《ひとみ》を、広也も強い気持ちで睨《にら》み返した。二十二年間生きてきた中でほとんどはじめての、父と広也、二人だけの物語だ。

「お父さん、一つだけ教えてください。あなたが信じている仏とはなんのために存在しているのでしょうか。僕たちの最愛の人さえ守ってくれなかった仏や教えに、どれだけ値打ちがあるのですか。教えてください」

この瞬間、ついに堂はどよめいた。怒声や悲鳴に近い声が上がるが、広也の耳には届かない。それは何もかもを忘却したあの坐禅の中の状況とよく似ていた。

父の表情に微妙な変化が生じた。眉間《みけん》にしわが寄り、下唇を嚙みしめる。それからしばらくの間、父は目をつぶり続けた。そして再び目を開いたとき、父はいつもの父に戻っていた。

父は広也と同じように一度仏像を見やってから、淡々と口を開いた。

「それを必死に考え続けることが自分の仕事だと思っている」

一瞬呆気《あっけ》にとられ、広也はすぐに胸が熱くなるのを感じた。そんなの戯《ざ》れ言《ごと》だという怒りに近い感情が湧く。そんな広也から父は目を背けようとしなかった。逆にすごむように広也の方に歩み寄る。

「坐禅を組んで、経を読んで、仏とは、宗教とは、救いとは何なのか、毎日そんなことばかり考えているよ。あ、あと、もう一つあるな」

「もう一つ？」

「ああ。本当にそう考えること自体が正しいのか、ということもよく考えている気がするんだ。調子の悪いときはそう考えることさえ正しいのか悩んだりしてな。ジレンマというか、そんなときは決まって、まだまだ修行が足りんと思うのだが」

間の抜けた声で言ったあと、父は小さくはにかんだ。釣られたわけではないが、広也も拍子抜けしそうになる。べつにすごんでいたわけではないようだ。父は真剣に広也の問いに答えようとしただけだ。

小さく数度かぶりを振って、父は真剣な表情を取り戻した。

「ただ、考え続けることが唯一の使命というのは、本当に思っていることだ。それだけはたぶん、間違いない」

じんわりと染み出すように、笑いがこみあげてくる。そんな広也を見やりながら、父もまた笑みを浮かべた。そしてあらためて広也に問うてきたが、その内容はマニュアルにある三聚浄戒とは違った。

「もしこの世界の戸を開こうと思うなら、今後、お前はよりたくさんの艱難辛苦《かんなんしんく》に向き合うだろう。ときに教えの不条理を嘆き、信仰の力を疑うこともあると思う。それでも受け入れたその瞬間から、お前には責任が生じる。人は仏を見るのではなく、そこにいる人間を通して宗教に触れるんだ。お前にその覚悟があるというのなら、門戸は常に開かれている。広也、汝《なんじ》今身従《よ》り、仏身に至るまで、これを能《よ》く持つや否や。決めるのは他の誰でもない。お前自身だ」

父の突然の横紙破りを、広也は口を開いて眺めていた。しばらくして、ああ、この期に及んでこの人はまだ自分を〝尊重〟するつもりなのかと思い至ると、堪《こら》えられないほど笑えてきた。そして同時に、心が浮きそうなほど軽くなるのを感じた。

「そうなのか。だったら、何も問題ないよ」

広也は思わず声にしていた。ならば、とっくにやっていることだ。考え続け、悩み抜くことが仏の道だというのなら、そこはもうとっくに足を踏み入れている領域だ。

広也は力強くうなずいた。すべての視線を一身に浴びながら、今一度長跪する。

「今身より、仏身に至るまで。いかなることとあろうとも――」

堂が凛《りん》と静まりかえる。冷たい空気を胸に吸い込む。小さい頃から畏《おそ》れ、憧《あこが》れた、これが僧侶への第一歩だ。

「我、能く持つ！」

広也の得度式はやはり教区の一部の住職から問題視され、敬千宗を統括する東京の宗務庁へ報告までされた。

しかし呼び出しを受けた東京から戻ってきた父は、なぜか照れたように頭をかいた。

「なんか知らんが、褒められた」

場合によっては得度の無効まで想定していたのだ。父の言葉を把握するのに、時間がかかった。

「え、なんで？」

「なんでも最近は得度も流れ作業でやっている住職が多すぎるんだそうだ。考える力と勇気がおありで、できた息子さんじゃないですかとさ。肩すかしだよな」

しばらく呆気にとられたが、すぐに嬉《うれ》しくなった。さすが仏のお膝元《ひざもと》。懐が広い。身近な人たちも、広也の得度を高く評価してくれた。里子は目を潤ませながら「本当に素晴らしいお式だったわ」と興奮したように言い、ケンジは「仏教、めちゃめちゃ面白ぇじゃん！　ラスボス、完全に泣いてたべ？」と笑った。

得度から二ヶ月が過ぎ、上山をいよいよ明後日に控え、広也は朝からその準備に余念がなかった。午前中は父と一緒に教区を回り、午後は一人で親戚《しんせき》や近所の人たちへ挨拶《あいさつ》に回った。そして夕方、神木海岸の崖《がけ》の上でケンジと落ち合った。

「ああ、残念。今日は天気悪いな」

ケンジはいたずらっぽく笑いながら、「なぁ、ヒロさ」と続けた。

「今さらお前に言うまでもないけど、得度のこと忘れないでくれよな。ちゃんと心ある僧でい続けてくれよな」

「どういう意味だよ」

「俺、正直言うと宗教って結構苦手なんだ。人の弱みにつけ込んでるっていうか、人をコントロールして金儲《かねもう》けしてるっていうイメージが強くて。もちろんヒロたちがそうだとは言わないけど」

「はは。カルト教団みたいなこと言ってるのか？」

「うーん、難しいことよくわからないんだけど。でも、えげつないこと多いじゃん。だって、こんなのが千八百円もするんだぜ」

そう言うと、ケンジはポケットからお守りを取り出した。

「何これ」

「見ての通り。お守り」

「いや、それはわかるけど」

ケンジのことだ。どうせ〝安産祈願〟か何かだろうと思っていたが、意外にも〝大願成就〟と縫われてあり、逆に拍子抜けする。しかし、そのあとがいただけない。

「なぁ、ケンジ。これ、西願寺って書いてある」

「だって憲和寺で買ったら意味ないじゃん。自作自演みたいじゃん」

「だからって他の宗派ってことはないだろう。でも、そうか。こいつが千八百円もしたのか」

「な？　ありえないだろ？　ボッタクリもいいとこだぜ。足もと見てるよな？」と同意を求めてきたケンジに、広也は力強く宣言した。

「大丈夫だよ。僕は傲慢《ごうまん》にはならない。自分が信仰に生かされてるんだっていう自覚がちゃんとある。勘違いはしない」

　家に戻ると、西日がうっすらと部屋に差し込んできていた。時計に目をやったが、針が止まっている。電池を替えておこうとも思ったが、そのまま放置しておいた。

　続いて広也はカーテンも取り外した。渋谷で購入したカーテンだ。もちろん未練はなかったし、決着もついている。感慨さえ覚えなかった。一寸の躊躇《ちゅうちょ》もなく、ゴミ箱に放り込む。

　針の止まった時計、カーテンの外れた部屋、そして重い雲に包まれた窓の外を順に眺めながら、広也はこれから新しい人生が始まるのを実感した。そして、ボンヤリと思いを巡らせた。そういえば、あいつは来るのだろうか？

　東京にいた四年間で唯一心を通わせたと感じさせられたあの男、水原隆春《みずはらたかはる》は、本当に山に来るのだろうか。

二　章　安定の在り処

『ハーイ、生放送でお届けしております。土曜深夜、魅惑のインディーズチャート・トップ10。今週も残すところ一曲となりました。五週連続で勝ち抜けばキューズ・レコーズよりメジャーデビューとなるこの番組。先週まで二週続けて勝ち抜いてきた〝チープ・ピンク・サロン〟は今週もまだ登場してないぞ。三連覇は果たしてなるか？　聞き逃すことの許されない今週の一位は……CMのあとだ。ドン、ミス、イット！』

ラジオDJの声が途切れ、カニの通販CMに突入した瞬間、張りつめていた空気が緩んだ。十五畳は下らないガレージに、メンバーたちの笑い声がこだまする。

「なんや、これ。あいかわらずクリス・ペプラーみたいやな」

「ハーイ。とか言ってたもんな！　魅惑の、とか！」

「やっぱおかしいよ。なんでこんな夜中のマイナーFMで勝ち抜いたからってデビューさせてくれるんだよ」

「なぁ？　こんなん、投票してんの俺らの身内しかいいひんやろ。音楽業界かて不況ちゃうんか」

憎まれ口を叩《たた》きつつも、水原隆春《みずはらたかはる》を除いた四人の口調はしっかりと昂《たかぶ》っていた。大きく息を吐いて、隆春はみんなに冷静さを求めるように言った。

「さぁ、三週目だぞ。いよいよだ」

一人が何か言おうとしたが、その声はラジオのノイズがかき消してくれた。ありきたりなドラムロールの音に合わせて、DJの声が再びガレージに響く。

『東京・三軒茶屋《さんげんぢゃや》のライブハウスを中心に活動する五人組のハードコア・ミクスチャーバンドで……』と聞こえてきて、隆春はツバをのみこんだ。続けて『今週の栄えある一位を獲得したのは、おめでとう三連覇！〈チープ・ピンク・サロン〉の新曲、フリー・ブッダ！』という大げさな曲紹介を耳にして、五人は一斉に「よっしゃー！」と拳《こぶし》を突き上げた。

流れてきた隆春自身が作詞作曲を手掛けた曲は、古いラジカセと微弱な電波のせいでひどく音割れはしていたものの、なんとも言えず誇らしかった。自らのギターソロで始まる前奏も今日はすごく新鮮だ。

曲が流れている間、深夜だというのにひっきりなしに友人から祝いのメールが舞い込んできた。本当にあと二回なのだと、隆春は自分に言い聞かせる。

あと二回勝ち抜けば、祝福は本物の喝采《かっさい》に変わるのだ。

大学に入学してすぐ軽音楽の老舗《しにせ》サークルに所属した。そこで出会った音楽経験者に真っ先に声をかけた日から、もう三年が過ぎようとしている。

バンド名が決まったのは、三軒茶屋の〈パイナップル・ムーン〉ではじめてライブを行った日だ。ベースのムロタとドラムのチッチョリーナが「自分への前めのご褒美」と称して行った格安の風俗店がその由来だ。

来るべき将来のために、隆春はもちろん反対した。だがバンドのビジュアル担当、ボーカルの泰明《やすあき》が「はじめまして。チープ・ピンク・サロンです。〝チーピン〟です」とステージ上で勝手に発表し、またキーボードのドリームがその夜早速“chi-ping.com”のURLを取得したことで、あっという間に確立した。

それでも誰もが認める音楽さえやっていれば、名前など関係なく、おのずとファンは増えていくと隆春は信じていた。事実、最低月一回を守り通した三年間の地道なライブ活動の甲斐《かい》あって、チーピンを応援してくれる人は少しずつ増えていった。

同じように少しずつではあったが、技術を身につけ、持ち歌を増やし、隆春はハッキリとバンドに手応《てごた》えを感じるようになっていた。あとはメンバーの貪欲《どんよく》な思いと、きっかけさえあれば、チーピンは必ず上でやれるはずと信じていた。

そんな隆春たちについにチャンスが巡ってきたのは、大学三年もそろそろ終わろうとしていた二ヶ月前のことだ。いつものようにライブを終え、高揚しながら汗を拭《ぬぐ》っていた隆春のもとに、一人の男が近づいてきた。

「噂を聞いたんだ」と言って差し出された男の名刺には、知らないFM局の名と、プロデューサーという肩書きが記されていた。

五週続けて投票を勝ち抜けばメジャーデビューという番組趣旨を説明したあと、プロデューサーは「僕はかなりいいところまで行けると思うんだよね」という賛辞を口にした。番組が過去に輩出したバンドの名を聞いたときには、隆春はすでにカバンからデモ用のCDを取り出し、プロデューサーに預けていた。

ついに巡ってきたチャンスに、隆春はもちろん舞い上がった。しかしその夜、メンバーのたまり場となっている松濤《しょうとう》のドリーム宅のガレージには、冷たい空気が立ち込めていた。

「だって、ちょっと時期が悪すぎるんだよ。今さらメジャーとか言われたってピンと来ないし。なぁ？」

中肉中背でミディアムヘア、特徴がなさすぎて「あだ名くらいは」とその名のついたドラムのチッチョリーナがまず不満を口にする。関西弁がインチキくさいベースのムロタもしたり顔でうなずいた。どういう意味かと首をかしげた隆春に、ムロタは「そやかて俺ら就活やん。もう乗り遅れたくらいやで」と当然のように言い放つ。

「いやいや、就活って。こんなチャンスによくそんなこと言えるな」

最初はつまらない冗談なのかと思い、一笑した。だが隆春の言葉に、今度は泰明が反論する。

「でもさ、タカ。新卒で就職するチャンスだって今しかないんだぜ。ムロタじゃないけど、俺たち完全に乗り遅れてるよ」

　再びチッチョリーナが面倒くさそうに口を開く。

「だいたいこんなチャンスって言うけど、どれだけチャンスなんだよ。デビューしたからってメシ食える保証なんてないし、そもそも勝ち抜く限り毎週新曲を用意しなきゃいけないんだろ？　ムチャだって」

「俺たち曲ならいっぱい持ってるじゃん」

「音源にはなってないじゃん。毎週レコーディングするのかよ？　言っとくけど、俺はそんな時間ないからな」

　シャッターの隙間から風が吹き込んだ。雑然としたドリーム家のガレージに、ただならぬ緊張感が漂う。

　諍《いさか》いがあると必ず仲裁に入るドリームが、いつもの抑揚のない口調で沈黙を裂いた。

「じゃあ、みんなはどうするつもり？　今回のことは断るの？」

　そこにドリーム自身の意思は含まれていない。リーダーである隆春の気持ちを代弁しているだけだ。ムロタが呆《あき》れたように息を吐いた。

「俺たちはお前らみたいに、バンドがダメやったら、ハイ、次って受け入れてくれるとこなんてあらへんしな」

　その言葉に、再び隆春はカッとなる。

「はぁ？　なんだ、それ。まさかその〝ら〟には俺も入ってんじゃねぇだろうな」

「だって、そやろうが。お前とドリームの親父《おやじ》さんだけやん。ええ感じで会社経営したりして、将来安泰しとんのは」

「ふざけんなよ、この野郎」何も知らないくせしやがって――。

その言葉を飲み込んで、隆春はムロタに詰め寄った。そんな隆春をドリームが手で制す。ふと冷静になって胸にあったのは、怒りではなく、さびしさだった。渋々ながらこれまでリーダーをしてこられたのは、ライブのときのメンバーの楽しそうな姿と、何より将来も当然一緒にいるものと信じることができたからだ。

それなのに、ようやくつかんだ機会を前に、揃って気乗りしないと口にする。就活の時期を前に日和《ひよ》って、音源制作の時間さえ惜しいという。

ぶ然とした隆春の顔を横目で見やり、チッチョリーナが苦笑した。

「なぁ、タカさ。言いたいことはわかるけど、もうフリーターやりながら夢追っかけまうょうっていう時代じゃないんだよ。大学の四年間で芽が出なかったヤツなんて所詮《しょせん》その程度なんだって。好きなことやり続けて、結果人でなしみたいな扱いされるのは正直イヤなんだ」

一息に言ったチッチョリーナの言い分は、隆春にも理解はできた。三十過ぎてアルバイトで糊口《ここう》をしのぐ先輩の話なんかを聞けば、隆春だって憂鬱《ゆううつ》になる。

でも、理解はできても納得はいかなかった。自分たちが今向き合っているのは、いつか何者かになれるのではという漠然とした期待ではない。まさに目の前にあるチャンスなのだ。

「俺の意見を言ってもいいかな」

ドリームがみんなを和ますように口を開いた。普段あまり自己主張しないドリームの言葉に、仲間たちは息をのむ。ドリームは「そんなに注目されても困るけど」と顔を赤らめたが、気を取り直すように一人一人に目を向けた。

「ムロタの言うとおり、俺にはたしかに入る会社があるかもしれないけど、べつにいつでもいいってわけじゃないんだよね。親父から会社に入るつもりなら新卒のときだけって前から言われててさ。最近、結構そのことで悩んでて」

吹けば飛ぶような車の部品工場を営む隆春の父とは違い、日経に記事が載ってしまうような製薬会社の創業者であるドリームの父は、チーピンの良き理解者だ。「お前ら絶対売れるぞ」が口癖で、スタジオ代わりにとガレージも快く提供してくれた。そんな父親だからこそ、ドリームの告白はメンバーにとって衝撃だった。

「何だよ、もうバンドはやめろってこと？」

たった今就活と騒いでいたくせに、泰明がドリームに突っかかる。ドリームは力なく首を振った。

「じゃなくて、だから自分で決めろって。会社に入りたいならリミットだし、バンドでプロを目指すんなら会社に入る選択肢はないって。本音を言うと、俺は親父のことを尊敬してるし、あの人からいろいろ学べる環境は捨てがたい。今日のみんなの話を聞いていたら、いよいよ気持ちが揺らいじゃうよ」

隆春以外のメンバーは説教でもされるふうに背中を丸めた。ドリームは小さく笑い、顔を上げる。

「だからさ、勝手なこと言うけど、これを俺たちのラストチャンスにしないか？　チーピンの今後の活動をこの番組に賭《か》けるんだ。五週勝ち抜けて、本当にデビューできるのなら、それに託す。ダメなら潔く解散。大きなチャンスに変わりはないんだし、賭けるだけの価値はあると思うんだけど、どうだろう」

ドリームは透き通った声で言った。その言葉には有無を言わさぬ説得力があった。しばしの沈黙を破ったのは、ムロタだった。

「ええやん、それ。どうせみんなバンドにイライラしてた頃やろ。伸《の》るか反《そ》るか、最初で最後のビッグチャンスっちゅうことで」

泰明も、チッチョリーナも、簡単に笑みを浮かべて同意する。全員の視線が隆春に向けられた。隆春はそれでも納得いかなかった。あまりに急な展開に苛立《いらだ》ちさえ覚える。

しかし、抗《あらが》う言葉は見つからなかった。五週勝ち抜けばいいんだろうと自分自身に言い聞かせて、隆春も渋々うなずいた。

自分たちの曲が終わり、放送が無事終了しても、しばらく仲間たちは黙りこくったままだった。渋谷《しぶや》という立地がウソのように、ドリーム宅のガレージは静けさに包まれている。

隆春もまた三週目を勝ち抜けた余韻に浸り、泰明が語りかけていることにしばらく気づかなかった。

「おい、隆春」

「え、悪い。何？」

「何って……。いや、だからすごい髪型してるなって。なんていうんだよ、それ」

そう指摘されるまで、隆春は昼に美容院に行ったことさえ忘れていた。

「ああ、これか。なんだっけ、限りなくアフロに近いスパイラルパーマ？　カラーはアッシュやらシルバーやらって、そんな感じ。とにかく好きなようにやってくれって言ったら、こうなった」

「ははっ、やっぱリーダーはスゲーわ。意気込みが違うぜ」

「うるせぇよ、就活バカ。あと二週勝ち抜いたら絶対に髪戻せよな」

「わかってるって。なんかちょっと色気出てきてるんだよね。正直、就活も飽きてきたしさ。全然手応《てごた》えねぇんだもん」

「もう飽きたのかよ。とことん愚かだな」

「でもさ、やっぱり世の中俺らが思ってるより不景気らしいぜ。安定した生活なんてどこにあるんだよ」

そう嘆くように続けた泰明の言葉を、ムロタが引き取る。

「安定って言えばさ。俺、今日ちょっとヤなもん見てしもたんやけど」

「イヤなもんって何だよ？」

質問した隆春に、ムロタは深いため息を漏らした。

「いや、環八《かんぱち》に大きいスタンドあるやん。あのめちゃ安いとこ。俺、今日わざわざ原チャのガス入れに行ったんやけど、あそこで思い切り山下《やました》さんがバイトしててな」

「山下さんって？」

「キューイック・ビーの」

「はぁ？　なんで？　山下美鈴《みすず》さん？」

うん、と当然のようにうなずくムロタに、隆春はなぜかムッとした。

「なんでだよ。だってあの人、まだ活動してんだろ。見間違いじゃねぇのかよ」

かわいらしいバンド名とは裏腹に、バリバリのハードロックを演奏する〈キューイック・ビー〉は、隆春たちのサークルから数年ぶりにデビューした先輩バンドだ。たしかに最近はあまり噂を聞かないが、ほんの二年ほど前まではインディーズチャートでトップを取るなど、かなり注目を浴びていた。

三つ年上の山下美鈴はそのボーカルを務めている。部室で姿を見たことはないが、夏合宿や文化祭などでたびたび顔を合わせていた。年の差や立場を感じさせない気さくさと、顔の半分は占めているんじゃないかという大きな瞳《ひとみ》が印象的な女性だ。

ムロタは隆春を一瞥《いちべつ》して、つまらなそうに続ける。

「俺もそう思うたんやけどな。でも、間違いないで。なんかえらい疲れとったわ」

尊敬する先輩の今と、自分たちの目指してきたイメージとが重なり合う気がして、隆春は気が滅入《めい》った。チッチョリーナがギターをボロロンと鳴らし、適当な節をつけて口ずさむ。

「行けども地獄、引いても地獄。俺らの明るい未来はどこにある？」

例によってすでに折り合いをつけたかのように同調するメンバーを前にして、隆春は思わず強い口調で「あるよ」と言い返していた。

「絶対にあるよ。それが何かなんて知らないけど、じゃなきゃ俺らが賭けてきた時間は何だったんだよ。夢もへったくれもねぇじゃねぇか」

「そうだよな」と、すぐに同意したのはドリームだ。

「そのためにはまずこれを勝ち抜かなきゃな。あとたった二回なんだもん。俺たちにやれるすべてのことをやろう」

各々が深くうなずいたその翌日、早速行った四週目用のレコーディングは、意外にも激しい議論から始まった。

ラップやハードコア、モダンジャズなど、メンバーの好みが入り乱れたチーピンの楽曲に、デビュー後までを見据え、よりキャッチーなラインを通すべきだ。隆春が以前から持っていた意見に、メンバーたちがそれぞれの反応を見せたのだ。

チッチョリーナが「チーピンらしさを捨てるべきじゃない」と言えば、「捨てるんじゃなくて加えるんだよ」と泰明がケンカ腰に言い返す。ムロタが「ってか、タカがラブソング作ればええねん」と混ぜっ返し、隆春が「それだけは絶対にイヤ！」と大声で叫ぶと、傍観者を装うドリームが腹を抱えて笑った。

結局誰一人として確信を持てないまま二日がかりでできた楽曲は、正直どっちつかずの代物に思えなくもなかった。しかしメンバーたちのやり遂げたという表情を見ていたら、これもチーピンらしさかと納得し、隆春も胸を張って新曲を送り出した。

週のなかばに局のホームページに音源がアップされ、そこからひたすら投票ボタンをクリックし続けた。

そして、隆春たちは四週目の土曜日を迎えた。

給料がいいからと先輩に紹介されて始めた渋谷のキャバクラ〝ピンキー&ボムズ〟の黒服のアルバイトは、もう二年も続いている。ラジオに出るようになってからは土曜は外してもらっていたが、今朝になってマネージャーから「女の子の送りを頼みたい」という電話がかかってきた。週末でキャストの出勤が多い上に、彼女たちを自宅に届けるドライバーを確保できなかったというのだ。

断ることもできたが、携帯から何度もチーピンに投票してくれていたマネージャーの姿を思い出したのと、「ガソリンと駐車代はもちろん、日当は二勤務分。来週の土曜は有休」という豪華三本立ての言葉を聞いて、隆春は了承した。

ドリーム家のガレージで時間をつぶそうと歩いて数分ほどの駐車場に向かい、隆春はそこで祈る気持ちで車のキーを取り出した。

先輩から格安で譲り受けた愛車は、エンジンが掛かることを確認してようやくホッとできるポンコツだ。隆春自身は、過去に十人はいるであろうどのオーナーより愛している自信があるが、こんな車でキャストを送り届けるのはさすがに気が引ける。

せめて洗車だけでもしておくかと、渋谷に向かう途中、隆春は玉川通りで車をUターンさせた。べつにスタンドなどどこでもかまわなかったが、先日のムロタの言葉がずっと引っかかっていた。

玉川の交差点を右折し、環状八号線に入った頃には、隆春はひどく緊張していた。二年前の夏、奥多摩のサークル合宿で目撃した、山下美鈴と、同じバンドの先輩とのキスシーン。夕方の湖に映えたシルエットはバカバカしいほどドラマチックで、あわよくば合宿中に山下に告白しようと思っていた隆春は、生まれてはじめてタオルを噛《か》みしめるということをした。

一人だけ告白の件を知っていたドリームが隆春の肩を抱き「しばらくバンドは休止だな」などと冗談とも本気ともつかないことを口にした。もちろん、隆春は首を横に振った。それどころかその日以来、隆春は親の敵のように曲を書いた。湖での体験をもとに綴《つづ》った〝失恋はオレの人生における極上のガラムマサラ〟は、ラブソングが大嫌いな隆春が書いた、今のところ唯一のそれっぽい曲だ。

いなければいないでそれでいい。なかば開き直って入ったスタンドで出迎えてくれたのは、まぎれもなく数年ぶりに目にする山下美鈴だった。

「はい、いらっしゃいませぇ！」

ハスキーな声で言う山下にドギマギする暇もなく、隆春は窓越しに「レギュラー満タン。領収書ください。それと……ごぶさたしてます」と頭を下げた。

山下は驚いた様子をまったく見せず、「ほらね。だから事務系の仕事にすれば良かったんだよ」と独り言のようにつぶやいた。

「なんすか、それ」

隆春が笑って応じると、山下は「あんたこそそのアホみたいな髪は何のつもりよ。っていうか、久しぶりだね、タカ」と、やはり表情を変えずに言った。化粧っ気のない顔は妄想の中で何度も抱いた普段の山下とは違っていたが、覚えていてくれたことは飛び上がるほど嬉《うれ》しかった。

「ねぇ、タカ。あんたこれから時間あるの？」

洗車マシンから出てきた車を拭きながら、山下はぶっきらぼうに尋ねてきた。隆春はちらりと山下の左手を確認する。ライブのときも欠かさずつけていた薬指のいかついリングは、とりあえずはついていない。バイト中だからか、それとも……。

「俺は全然ありますけど」

「そう。じゃあこの先にファミレスあるのわかる？　私もちょうど昼休みだからさ。ちょっとお茶しようよ。せっかくだし」

曲を作る深夜と違い、土曜の昼時のファミレスは家族連れでごった返していた。しばらく待たされ、席に案内されたのと同時に、化粧をほどこした山下が入ってきた。環八を見下ろせる窓際の席に腰を下ろすと、山下はおもむろにタバコをくわえる。彼女がタバコを吸うのを見るのははじめてだ。ボーカリストとタバコという組み合わせが大嫌いな隆春は、少しさびしい思いがした。

それでも久しぶりに山下と向き合うのは楽しかった。二人で昼間からステーキをがっつき、煙をくゆらせながら、互いの同級生の近況や奥多摩合宿の思い出話と、会話は途切れることがない。

「ねぇ、あんた今カノジョいるの？」

山下が不意に話題を変えた。なかなか左手のリングについて触れられなかった隆春には、降って湧いたチャンスだった。

「いるにはいるんですけどね。でも、あまりうまくはいってないです」

山下を前にしたから言っているのではない。付き合って半年になる沙紀《さき》とはバイト先でしか顔を合わす機会がなくなった。

山下は意地悪そうに微笑み、「何してる子？」と聞いてくる。隆春が「べつに。普通に学生っす」と答えると、山下は途端に興味を失ったように「ふーん。そうか。普通に学生か」と背もたれに寄りかかった。

急にうつろになった表情は気になったが、隆春はひるまずに「先輩の方はどうなんすか？　カレシさんいるんですよね？」と尋ねた。

山下はその問いには答えず、「あんたまだ音楽やってるんだよね？」と隆春の髪の毛を見ながらさらに質問を重ねた。それはそれで話したいことでもあったので、隆春はチーピンが迎えているチャンスについて端的に説明した。

「今、音源ってある？」

興味を示した山下に、隆春は楽曲の入っているプレーヤーを手渡した。だが、山下は一分もしないうちにイヤホンを耳から外すと、再びタバコに火をつけ、突然「去年の春さ」と語り始めた。

「ああ、ちょうど一年前の春だった。うちのギターのお父さんが亡くなったんだ。自殺だった。お父さん、自分で事業していて、数年前からかなり金策で苦しんでいたらしくてさ。一度は破産したっていうんだけど、やっかいな借金が結構残ってて、最後は四十万。たった四十万円のお金が工面できなくて、自分でね」

一つ一つの単語を選びながら、山下は丁寧に言葉を紡いでいった。四人組のキューイック・ビーの中で、ギターだけはたしか他大の人だったはずだ。直接の面識はない。話がどこに行き着くのか想像できないまま、隆春はボンヤリと耳をかたむけていた。

「何が悔しかったかって、そのギターの子から私たちみんな相談を受けてたことなんだよね。亡くなる四日くらい前だったかな。いつもニコニコしてる子なんだけど、切羽詰まった感じでで。でも、誰も助けてあげられなかった。ホントにみんな非力でさ。それ以来、バンドの中はもうむちゃくちゃだった。ギターの子はいっさい曲を作れなくなっちゃったし、人間関係もね」

「でも、それは——」と、口をはさもうとした隆春を、山下は目で制す。

「私ね、大学三年の終わり頃、実は誰にも言わずに就活してたんだよね。当時は今とは逆で学生の売り手市場で、一般職だったけど簡単に銀行から内定もらえてさ。そのときは就活どんなもんじゃいっていう気持ちなだけで、もちろん行くつもりなんてこれっぽっちもなかったんだけど、実は今ものすごくそのことを後悔してる。行ってたら、少しはギターの子を救えてあげられたんじゃないのかなって」

「でも、その立場だったら、ギターの人から相談なんかされてないわけだし」

「あともう一つ後悔してることがあってね」

隆春の言葉を無視して、山下は自嘲《じちょう》するように微笑んだ。

「私、そのとき一緒に内定もらった慶應《けいおう》の男から告白とかされてたんだよね。あの頃は若いくせに安定した生活を選ぼうとする心意気が気に食わなかったんだけど、今はそれすら悔やんでるよ。もう名前も覚えてないあの男と付き合ってたら、あいつを助けてあげられたのにって。そんなことまで後悔してる」

その言葉で、山下と彼との今を想像ができた。期待した答えに近かったが、もちろん気分は盛り上がらない。次第に苛立《いらだ》ち始めた隆春に、山下は諭すように息を吐いた。

「ねぇ、タカさ。目先のたった一人の大切なヤツも救えない人間が、何が音楽で世の中

てさ。しばらくマイクも持てなかったよ」

奥多摩合宿の夜だった。山下に告白できず、宴会でひどく酔っぱらった隆春は「俺が音楽で世界を救う！」と、当時流行《はや》っていたマンガのセリフを連呼した。

青臭い学生の主張に、ＯＢたちはすぐにうんざりした表情を見せた。ただ一人「いいぞ、若者！　その気持ちを忘れんじゃねーぞ！」と楽しげに野次り続けていたのが山下だった。ふと、その夜のことを思い出した。

「でも、よくわかんないですけど、人間を人間が救うとか考えること自体おこがましくないですか？　お金の力でなんとかなるって思ってるのも、なんかすげぇ安易でつまんないし。正直、うざいっす」

「まぁ、たしかにね。あんたの言う通りだと思うよ。それにべつに先輩面して、あんたにどうしろって言ってるつもりはないの。ただ、一つだけね……」

そう言って山下は一瞬笑みを浮かべたが、すぐに真剣な表情を取り戻した。

「もしあんたが心のどこかで〝就職すること〟とか〝安定した生活〟を見下しているんだとしたら、それはちょっと違うと思うよ。私自身そうだったからわかるんだ。もちろん、親からの潤沢なバックアップとか、誰からも認められる輝かしい才能でもあるんならべつだけどさ」

悲しそうに笑う山下は自分の話をしているだけだ。そう理解はできたが、でも「自分の話」をする山下は、すでにチーピンの曲を聴いている。そして「誰もが認める才能を――」と口にする彼女は、安定した生活の尊さを説くのである。

隆春は言葉をどう受け止めていいかわからなかった、逃げるように視線をテーブルに落とす。灰皿に吸い殻が山盛りになっていた。


渋谷に着き、車を置いて、黒服に着替えてもまだ、気は滅入《めい》ったままだった。マネージャーに上の空のままガソリン代を精算してもらい、店には内緒で付き合っている沙紀が目配せしてきても、やはり心は弾まない。

憂鬱《ゆううつ》な理由はもう一つあった。これまで夕方には必ず電話をくれていた番組のプロデューサーから、一向に連絡が来ないのだ。控え室で直前まで画面とにらめっこを続けていたが、十九時のオープンが近づき、隆春は仕方なく携帯をカバンにしまった。

隆春が働く〈ピンキー&ボムズ〉は、渋谷のキャバクラではトップクラスの高級店だという。ワンセット六十分で一万四千円というのはかなり強気の料金設定だと先輩スタッフから教えられた。

それでも、店はいつも賑《にぎ》わっていた。この日も開店と同時に数組の客がなだれ込んできた。瞬く間に二十二時を回り、客がきれいに一巡した頃、隆春はトイレのついでに携帯をチェックした。が、ドリームからの着信が一件あっただけで、プロデューサーからの連絡は入っていない。

いよいよ苛立ちを募らせながらホールに戻ると、新しい客が二組、同じエレベーターから降りてきた。

一組はあきらかに遊び慣れていなそうな隆春とそう年の変わらない二人組。もう一組は揃って帽子をかぶった四人連れだ。先週の土曜日も豪儀に遊び、最後まで店に居座り続け、キャストの歓心を買ったグループだった。

隆春は不快な気持ちを押し殺し、二つのグループを案内した。「あいかわらずえらい髪してるな」と、年甲斐《としがい》もなくB系の格好をした四人組の一人が笑えば、「僕たち、あんまりこうゆうとこ慣れてないんです」と、二人連れの片割れは卑下したような笑みを浮かべた。どちらの言葉も隆春を苛立たせるだけだった。

両者は遊び方も対照的だった。二人組の若者は当然女の子を指名せず、ついたキャストにドリンクを振る舞いもせず、ハウスボトルをちびちび舐《な》める。一方の四人組は「空いている女全部呼べ！」と声高に叫び、食べもしない料理でテーブルを埋め、キャストの胸元に何度もチップを突っ込んだ。

当然、店中の視線が四人組のテーブルに集中した。他の客たちは苦笑しながら、時間もそこそこに席を立った。するとそれまでその客についていたキャストたちもどんどん四人組のテーブルに吸収され、次第に貸し切りのような状態ができあがる。こうなると面白くないのは、二人組のテーブルにつかされたキャストたちだ。

そのうちの一人が沙紀だった。男たちはなんとか沙紀の気を引こうと躍起になっているようだが、冗談みたいに金を落とすテーブルを近くに当てられてしまえば、いくらなんでも分が悪い。

隆春は沙紀からのＳＯＳを無視していた。どうせ三十分を過ぎれば、イヤでもキャストはチェンジする。

だが二十五分を過ぎた頃、トイレから出てきた男の一人が隆春に歩み寄り、「やっと遊び方わかってきました。サキさんとトモカさんを指名にしてください」と、この期に及んで場内指名を入れてきた。

席について男が嬉《うれ》しそうに耳打ちすると、沙紀は露骨にうんざりし、隆春にまで怒りの顔を向けてくる。その態度に、今度は隆春が苛立った。客前で見せる姿じゃないという憤りは当然あったが、それ以上に、数万円という決して安くない金を使いながら軽く扱われ、笑みを絶やさぬ男たちにムカついた。

時計の針はちょうど〇時を指そうとしていた。ラジオの放送時間を目前に控え、隆春は一度携帯のチェックに行こうかとも思ったが、このとき、四人組のテーブルが大きく沸いた。

目をやると、一番鼻につく四十代くらいの男が、ハンチング帽を脱いでピカピカに輝く坊主頭を披露していた。「なんか川崎の方の大きいお寺の長男さんらしいよ。すごいお金持ってるみたい」という先週の沙紀の言葉を思い出す。

ふと男と目が合った。すぐに視線を逸《そ》らそうとしたが、紙一重の差で男が大きく手招きした。

イヤな予感を抱きながらテーブルに近づくと、男はまだ歌っている最中のキャストから強引にマイクを奪い取り、隆春に差し向けてきた。

「いえ、自分は」

バイトの身だからというわけではない。バンドなどしていながら、人前で歌える心理が今一つわからない隆春は、普段からカラオケにだけは行かなかった。

男は簡単には引き下がらなかった。助けを求めてマネージャーに視線を送ろうとした隆春の背後から、「責任者呼べ」という声が聞こえてくる。キャストの一人に呼ばれてあわてて駆け寄ったマネージャーは、「こいつ、しばらくテーブルに置いといてもいいよな？」という男の言葉に、もみ手をしながら「そりゃ、もう」とへりくだった。

男は、隆春がもっとも嫌うバブルのノリそのものだった。「ハイ、駆けつけ三杯」などと手を叩《たた》く姿は、隆春の目には滑稽《こっけい》にも映る。「二世の坊主」は絶対に許さないと、隆春は人知れず心に誓う。

結局、隆春はドンペリを立て続けに六杯も飲まされた挙げ句、歌も三曲歌わされたところで、ようやく解放された。

「はー。それにしてもお坊さんって儲《もう》かるんですね。お布施とかお葬式とか、そういった金だったりするんでしょうね」

去り際、隆春は酔ったフリをして、精一杯のイヤミを言った。男はまったく気にする素振りを見せなかった。むしろ嬉しそうにほくそ笑む。

「そりゃあ寺や宗派によるだろうな。経営がうまくいってる寺なんて一部だよ。東北の方のやぶれ寺なんか、そりゃひどいもんだって聞くぜ。ああ、あとカルト教団なんかはボロ儲けしてるだろうな」

男はさらに品なく笑い、隆春の手に一万円札を押し込みながら、続けた。

「ま、どこの業界も変わらないってことだ。持ってるヤツは持ってるし、ダメなヤツは何をやらしてもダメなんだよ。もういいよ、どっか行けよ」

そう言って男が手で追い払う仕草を見たとき、隆春は一瞬目の前が白くなるのを感じた。キレるときに必ず起きる前兆だ。今日がラジオの放送日でなければ、見境なく殴りかかっていたに違いない。

放送終了まで十分ほど残っていた。一位の発表だけなら聞けるかもしれないと、隆春は許可ももらわず控え室に戻り、トイレの個室に駆け込んだ。

便器の中に顔を突っ込み、高いだけの酒をこれでもかと吐き出しながら、イヤホンを耳に押し込んだ。渋谷の雑居ビルのトイレの個室だ。電波が届くことを願いながらチャンネルを回すと、ノイズにまみれたカニの通販のCMが流れてきた。直後に、例のDJの声が聞こえてくる。

『さぁ、波乱含みの今週も残すところあと一曲となりました』

隆春は便器を抱え込むようにして、濡《ぬ》れた地べたにへたり込んだ。メンバーの顔、山下の言葉、そして見下した坊主の笑みが胸にゴチャゴチャと入り乱れる中、DJの無情な声は轟《とどろ》いた。

『今週の一位は、おめでとう！　群馬から刺客の登場だ！　初登場第一位は——』

その瞬間、隆春は呼吸することも忘れて、天を仰いだ。しばらくなんの感慨も湧かなかった。ただ、一位を獲得したという女性ボーカルの声を延々と聞きながら、「こんなのに負けているようじゃ知れてるわ」と、他人事《ひとごと》のようにつぶやいた。

どれほどの時間を狭い個室で過ごしたのか。ようやく少し落ち着きを取り戻して、隆春はチッチョリーナから留守電が入っているのに気づいた。何か決定的なことを告げられるのはわかっていたが、不思議とためらうことなく再生ボタンをプッシュした。

『ああ、ラジオ聴いた？　さっきみんなにはちょろっと話したんだけど、俺、先週IT系の会社から内定もらってたんだ。どんな会社なのかイマイチよくわかってないんだけど、正直言うと、俺ずっと自分がチーピンの足引っ張ってるって思ってたし、結構今までしんどかったからさ。でも、お前とかムロタとかは絶対才能あると思うから、音楽続けろよな。ひとまず、これまでありがとう。また報告する』

隆春はあいかわらずなんの感情も抱けないまま、今度は数件入っていたメールの中からドリームのものを選択した。

『タカ、ごめん。今回は九位だったって。今後のことはみんなで話し合って決めてください。チーピンはここで終わるべきじゃないと思うし。ただ、俺はやっぱり今回で抜けるよ。またみんなにも言うけど、まずはタカに。これまでありがとう』

メンバーの顔がゆっくりと浮かんで、消えた。呆気《あっけ》ないものだった。それでも残ったメンバーで、とは思わなかった。自分自身の心が完全に折れてしまっていることを、隆春はハッキリと認識した。

ようやく重い腰を持ち上げ、洗面所で顔を洗っていると、うしろから「いやぁ、なかなか上手《うま》くいかないもんですねぇ」と馴《な》れ馴《な》れしい声が聞こえてきた。

鏡に二人組の片割れが映っている。とてもじゃないが付き合っていられないと、その場を離れようとしたが、男は隆春に「逃げることないじゃん。ねぇ、キャバ嬢落とす必勝法教えてよ」と、下卑た笑みを見せつけてきた。

「なぁ、お前らさ」

血が全身をゆっくりと駆けめぐっていくのがわかった。そして目の前に、真っ白な世界が広がった。

「お前ら、マジで何がしてぇんだよ？　もっとマシな生き方しろよ」

「はぁ？」と言った男の顔からみるみる血の気が引いていく。隆春は自分が男の何にキレているのかよくわからないまま、か細い首に手を掛けた。

「お前ら、仕事何してんだよ？」

「なんだよ、あんたには関係ねぇだろ」

「関係あるんだよ！　いいから言えよ！」

男はそのとき、なぜか気まずそうに顔を背けた。

「公務員だけど」

「またかよ」

また安定か、という言葉をぐっとのみ込んで、隆春は拳《こぶし》を握りしめた。男の目が化け物でも見るように見開かれる。八つ当たりであることは充分に理解していた。

だから、黙ってその場を離れたのか？

それなのに、男に拳を振り下ろしたのか？

隆春はよく覚えていない。この夜のことで記憶に残っているのは、ここまでだ。


翌朝、目を覚ましたとき、隆春は自宅のベッドの上にいた。男とあのあとどうなったのか、仕事はどうしたのか、どうやって帰ってきたのか。何一つ記憶にない。とりあえず警察沙汰《ざた》になっていないことは救いだった。

頭が軋《きし》むように痛んだ。それなのに水を飲みにいくのも億劫《おっくう》で、しばらくあみだクジのような天井の木目を眺めていると、断片的に沙紀とのことがよみがえった。

沙紀は裸だったと思う。見覚えのない安っぽい部屋で、沙紀は同じように裸の自分を睨《にら》みつけ、髪の毛をかき乱し、泣いていた。でも、どうして彼女が泣いていたのか、怒っていたか、思い出すことがどうしてもできない。

その日の夕方、隆春は昨年のお盆以来帰っていなかった八王子《はちおうじ》の実家に向かった。あまり顔を合わせたくなかったが、一夜にして白紙になってしまった今後について、とりあえず父と話をしてみたかった。

日曜だというのに母屋に人の気配はなかった。工場に回ってみたが、自動車のベアリングを作るための旋盤は、役目を果たし終えたかのように微動だにしていない。父は六畳ほどの事務所で電話をしている最中だった。

「だから何度も言ってるじゃねぇか！」

部屋に足を踏み入れた瞬間、怒声が耳を打った。入り口に立つ隆春に気づくと、父は一瞬ギョッとした表情を見せたが、すぐに小さく舌打ちし、背を向ける。

昔気質《かたぎ》が洋服を着て歩いている――。そう父を揶揄《やゆ》していた母は、隆春が高校三年生のときに乳ガンで他界した。長く闘病生活を続けていたが、隆春が奇跡的に大学に合格し、家を出ることが決まると、見届けるようにして息を引き取った。

母の口癖は「隆春は安定したサラリーマンになるの」というものだった。それは父の事業が傾き始めるずっと前から言い続けていたことだ。母はまるで今日の父を予見していたかのようだった。

狭い部屋の中、あまり聞きたくなかったが、イヤでも〝担保〟や〝手形〟といった生々しい単語が聞こえてくる。「アベちゃん、頼むよ。もうホントにさ」と卑屈に笑う声も響いた。

電話は一向に終わる気配がなく、気づくと隆春はソファでうとうとしていた。その隆春の頭を、長い電話を終えた父が容赦なく小突いた。

「なんだよ、テメー。何しに来やがった」

今となっては二人きりの家族だ。いきなりそんな言い方もないだろうと隆春が苦笑していると、父はさらに顔を赤らめ、「何なんだよ、その髪型は。ということはお前、もう就職は決まったんだろうな」と素《す》っ頓狂《とんきょう》なことを訊《たず》ねてくる。

「決まってるわけねぇだろうが。こんな髪してんのによ」

隆春はポケットのタバコを探しながら開き直って口にした。

「テメー、しゃあしゃあと。なんのために大学まで行かせてやったと思ってんだ。いつまでもフラフラフラフラしやがって」

「はぁ？　全部俺の金と奨学金じゃねぇか。あんたが一銭でも出してくれたことがあったかよ？」

昔は一方的に怒鳴られるだけだったが、いつの頃からかケンカばかりするようになっていた。売り言葉に買い言葉で、思わずいつものように言い返してしまったが、今日は言い合いをしにきたわけではない。

「なんだよ、仕事、調子良くないのかよ？」

ほとんど空のピース缶から一本抜き取り、火をつける。「お前には関係ない」と言って答えようとしない父に、「体調は？」と畳みかけた。

　父は趣味の将棋さながらに、突然帰宅した息子の心を読もうとしていた。しかし、どこかズレているのも将棋と一緒で、「金ならないぞ」と釘《くぎ》を刺すように言ってくる。隆春は「期待してるかよ」と鼻で笑い、隠していてもしょうがないと、素直に心の内を打ち明けた。

　学校のこと、バンドのこと、潰《つい》えてしまった夢のこと。それほど意外な話をしているつもりはなかったが、隆春が話している間、父は神妙そうな顔をし続けていた。

　それでも、かつては毎日のように隆春に家業を継ぐことを強制していた人だ。一人息子が跡を継ぐことを喜ばないはずはないと、隆春はどこかタカをくくっていた。

「俺に仕事を引き継ぐって考え、実際どうなの？」

　部屋には油にまみれたネジやナットがそこら中に転がっている。父はその一つを手に取り、小さく息を吐くと、「話は終わりか？」と言って、おもむろに立ち上がった。そして机の引き出しからノートを取り出し、隆春の膝《ひざ》に放り投げた。

「工場の帳簿だ。好きに読め」

　もちろん、帳簿の読み方など知るはずがない。それでも飛び飛びの日付に一円、五十銭、中には十二銭と、昔ばなしのような細かい数字が並んでいるのを見れば、厳しい状況であることは予想がついた。

　ノートを眺めている間もひっきりなしに電話は鳴っていた。その都度出るように水を向けたが、父は受話器を見ようともしなかった。その電話の音以外、工場は静まりきっている。輝かしい時代を知っているだけに、その静けさがきつかった。

父は隆春と視線を合わせようとしなかった。無言のままノートを突き返すと、ゆっくり肩を落とし、独り言のようにつぶやいた。

「これでもお前にはすまないと思っているんだ」

言葉の意味がわからず、どういうことかと首をかしげた隆春に、父は「さっきから鳴ってる電話、売り掛けの督促だ。ここんとこ、そんな電話しかかかってこねぇよ」と白状するように口にした。

「いくら足りねぇんだよ」

思わず出た強い言葉に、父は今度は「お前には関係ない」とは言わなかった。丸い背中をさらに丸め、「とりあえずは、二十」と拍子抜けするほど簡単に打ち明ける。

ああ、さらに半額か。山下との会話を思い出し、隆春は無意識に天を仰いだ。気まずい空気が充満し、沈黙が二人を包みこむ。こんなときに限って電話は鳴らない。

卑下したように笑い、父は続けた。

「俺からお前に残してやれるもんはたぶんもう何もない。できることなら、お前には安定した仕事に就いて欲しい」

セリフの最後に「お母さんが言ったように」という言葉が省略されていることを、父は認識しているのだろうか。隆春は静かに目をつぶった。できれば見ていたくない姿だった。

父と別々に夕飯をとったあと、隆春は中学生のときに頼み込んで買ってもらったテレキャスターをアンプにつないだ。部屋の灯《あか》りをスタンドだけにして、軽く爪弾《つまび》く。いつか世界を救うための唯一の武器は、その夢を見た当時のままのうなりを上げた。

隆春はしばらく迷った末に、チーピンの曲ではなく、T. REXの"20th Century Boy"をかき鳴らした。耳コピではじめて覚えた曲だった。そして昔流行《はや》ったマンガにもまったく同じ場面があったのを覚えていた。

マンガの主人公は朝が来るまでギターを弾き続けた。その騒音に近所中の人たちが家の周りを囲み、警察まで出動してくる中、主人公はギターを鳴らし続け、そして朝日が上がる頃、それが何だったかは忘れたが、何やら覚悟を決めるのだ。

ビートルズのアップルレコード屋上でのライブエピソードを引用した場面は最高にクールで、読んでいて背中が震えた。でも、現実の物語はいつだって儚《はかな》いものだ。少なくとも自分の人生は、マンガのストーリーになり得ない。

弾き始めてから一分もしないうちに、父がドアを蹴《け》破《やぶ》って入ってきた。酒臭い息を吐き出しながら、父は間髪容《い》れず隆春の顔面に拳《こぶし》を入れる。そして「このガキが。しまいにゃ本当にぶち殺すぞ」とうなるように口にした。

昔から酒を飲むと気が大きくなる人だった。口いっぱいに鉄の味が広がったが、隆春はかまわずギターを鳴らし続けた。父は怯《ひる》んだように息をのんだが、さらに力を込めて隆春を殴りつけ、今度はギターを奪い取り、思い切り床に叩《たた》きつけた。ものすごい音を立ててボディが絨毯《じゅうたん》に跳ね上がった。アンプから、かつてない爆音が轟《とどろ》いた。

父はこちらに背中を向けて、崩れ落ちるようにあぐらをかいた。しばらくして鼻をすする音が聞こえてくる。隆春は無惨に折れたネックを拾い上げた。大切なものをまた一つ失った。

父は、肩を震わせながら、何度も「ちくしょうが」とこぼした。幼い頃、あれほど大きく見えた父の背中がウソのように小さい。しばらくボンヤリしていたが、隆春はその背を何度か叩いた。父は首を横に振り、「すまんなぁ、隆春」と、最後は懺悔《ざんげ》するように泣き出した。

深夜になり、隆春はドリームに電話をかけ、事情も説明せずに「二十万貸してくれないか」とお願いした。ドリームも理由を質《ただ》さずに「明日《あした》用意しておくよ」と言ってくれた。仲間うちでの金の貸し借りは苦手だったが、これ以上何かを失うことの方がはるかに恐かった。

車は道玄坂《どうげんざか》のパーキングに置きっぱなしになっていた。管理会社から警察へ、警察から車庫のあるアパートの大家へ、そして大家から保証人である父へと電話は経由し、隆春がその旨を伝えられたのは翌朝になってのことだ。

大家から管理会社の番号を聞き出し、「夕方には取りにいきます」と伝え、隆春は重い腰を持ち上げて大学に向かった。

昨晩、ふとんにくるまった隆春の頭をたくさんの「安定」という言葉が占拠した。バンドメンバーの、山下の、母の、そして父の口から出た言葉は、それぞれ意味合いは違っていたかもしれないが、一つ一つが隆春の胸を深くえぐった。父から工場を継ぐことを断られた今、安定の在り処《ありか》といえば、とりあえず大学くらいしか思いつかない。

大学の就職課はたくさんの四年生でにぎわっていた。やはり世間は自分が想像する以上に不景気のようだ。そんなことを思いながら、隆春は見よう見まねで企業の募集情報を集めた。たくさんの視線が自分の方を向いていた。見れば、自分以外はみんなスーツを着込んでいる。スーツはおろか、隆春は髪の毛だってそのままだ。

途端に居心地が悪くなり、隆春は目についたパンフレットを片っ端からかき集め、就職課を離れた。空き教室に入り、並べたパンフレットをめくっていく。東京都の職員採用の要項を眺めているくらいまでは良かったが、それが三鷹《みたか》市、八王子市、消防士、救急救命士、果ては海上保安官や皇宮護衛官などといったものにまで行き着いた頃には混乱し、なぜ人は働かなければならないのかなどということまで考えていた。

あっという間に途方に暮れて、隆春は机に突っ伏した。窓際に、さっきはいなかった男が座っていた。

男は静かに本を読んでいた。その背筋はピンと伸び、美しいシルエットが逆光の中に浮かび上がっている。よく見ると、知った顔だった。話したことはなかったが、一年生の頃から何度か一般教養の授業で一緒になったことがある。

決して目立つタイプではないが、隆春は見るたびに男のことが気になった。いつも何かを見透かしたようにうすい目をし、いかなるときも真面目に授業を聞いていて、そういえばノートが回ってきたこともあったはずだ。そのノートにしっかりと記されていた名前は、たしかそう……。

隆春は窓際に歩み寄った。近づく直前まで、男は隆春の存在に気づかなかった。

「ねぇ、仏教学部の人だよね？」

隆春の問いかけに、男はゆっくり顔を上げる。驚いた素振りを見せず、つまらなそうにうなずいた。

隆春の通う駒山大学の仏教学部の多くの学生が髪を染め、チャラチャラとだらしない格好をしている中で、男は一年生のときからこざっぱりとした身なりをしていた。あれから三年も経つというのに、印象は当時と何も変わらない。

窓からこぼれる陽を浴びながら、隆春は男を鋭く見据えた。問いかけることは、至極自然のなりゆきに思えた。

「あのさ、一つ聞きたいんだけど」

隆春が質問したとき、男はたしかに笑った。のちに男は「気持ち悪いヤツだと思ってたんだ。笑うわけないだろ」と否定したが、隆春はこのときの男の笑顔を、以後、忘れることはなかった。

「ああ、そうか……」

大きくノートに書かれた名前は、強く印象に残っている。

「たしか小平《こだいら》くんっていったよね」

小平広也《ひろや》は一度首をかしげ、小さくうなずいた。隆春は「俺、水原。よろしく」と右手を差し出した。

しばらくは不思議そうに隆春の手を見つめていたが、吸い寄せられるように広也はその手を握り返した。

ねぇ、坊主って安定してるの――？

それが、二人がつながるきっかけとなる言葉だった。あまりに唐突なこの質問は、隆春と広也の二人の間で長く笑い話のタネになるのだった。

三　章　山の下の願い

数時間の移動で火照った身体を、冷たい空気がなでた。鈍重な雲が空を覆い、古いタクシーの排気ガスが行き場をなくしたように立ち込めている。想像以上の街のさびれように気が滅入《めい》り、小平広也《こだいらひろや》はロータリーを出たことを後悔する。

得度式の日から二ヶ月が過ぎた。この間に少しでも実家の憲和寺《けんなじ》での仕事を身につけたいと思っていたが、父はそれを許さなかった。「今しかやれないことを」とオウムのように繰り返し、広也に仕事を与えようとしなかった。

父の言葉に甘え、それが「今しかやれないこと」かは定かじゃなかったが、小説を読み、坐禅《ざぜん》を組み、友人と会うなど、表面上は静かな生活を送った。だが、何をしていても山での生活に気が逸《はや》り、とても心穏やかな、とはいかなかった。

〈宝町〉という繁華街の看板が目に入った。「最後の娑婆《しゃば》」という俗っぽい言葉も脳裏を過《よ》ぎったものの、修行をまったく不安に感じていない自分には関係ない。

「長穏寺《ちょうおんじ》の門前まで」

忙《せわ》しなくタクシーに乗り込むと、広也は足下を叩《たた》きながら行き先を告げた。

「あれ、ひょっとして雲水さん？」と、額に深い皺《しわ》を刻んだ運転手は遠慮なく訊《たず》ねてくる。ダウンジャケットとキャップという格好に僧の気配があると思えなかったが、なんのことはない。吊《つる》していた笠《かさ》に運転手の視線は行っていた。

「はい。明日上山《じょうざん》なんです」

「そうか。兄ちゃんで今年はもう二人目だよ。こいつは縁起がいいや」

運転手はバックミラー越しに何度も視線を向けてきた。広也は気づかないフリをしていたが、運転手の話は止まらない。

「ねぇ、雲水さん。今日はもう門前町に泊まるだけだろ？　いくらなんでもまだちょっと早すぎるんじゃないか」

「でも、他にやることもないですし」

「良かったらこの辺の観光地でも見てってよ」

「観光地って言ったって、それこそ長穏寺くらいしか知らないですよ」

「夕方までに着けばいいんだよな。東尋坊《とうじんぼう》くらい知ってるだろ？」

「ああ。まぁ、名前くらいは」

運転手は車を止めると、嬉《うれ》しそうにメーターを止めた。そして「料金、ここまででいいからよ」と言い、再び車を走らせる。

たしかに時間は充分あった。乗りかかった舟と思い直して、広也はまた車の外に目をやった。雲の切れ間から数本薄日が差し込み、雪のかぶった田畑を赤く染めている。小さい頃からよく似た光景を見てきたはずなのに、赤と白のコントラストは息をのむほど美しく、神々しくも感じられた。

春の訪れを間近に控えているのが信じられないほど、日本海は猛《たけ》り狂っていた。嵐のような北風が容赦なく吹きつけ、海に向かう広也の全身を打つ。

「な、すごい景色だろ？」

運転手はなぜか誇らしそうに鼻をこすった。その言葉をなんとなく聞き流し、広也はあらためて大荒れの海に目を向ける。

似たような景色であるはずなのに、実家近くの神木《かみき》海岸で目にするそれとは何かが少し違っていた。一つは観光地として周辺が整備されていることだろう。飲食店や土産物屋が数軒建ち並び、旅行者用に駐車場やトイレも完備されている。

そして何よりも違うのは、東尋坊はハッキリと〝死〟の匂いを感じさせることだ。投身を防ごうとする看板がそこら中に立てられ、点在する公衆電話には誰でも使えるように十円玉が積まれている。

扉には故郷への電話を促すポスターが無数に貼られ、〝救いの電話〟の番号も併記されている。受話器に直接手書きされた〈闘うということは、怖いということ〉という一文は、阻止するための文句か、それともこれから逝く者の言葉だろうか。

「いつからこんなんなっちまったんだろうな。誰かが身投げしてニュースになると、立て続けに誰かがまた飛び降りやがる。なぁ、雲水さん。あそこに島が見えるだろ？」

運転手が指さす方を広也は目で追った。陸続きと思っていたところに、なるほど、赤い橋が架かっている。

「あそこ、夏になると肝試しスポットになるんだ。死体が潮の影響で流れていって、島の周りに多くの霊が浮遊しているんだとよ。誰かにとってはこれ以上なく悲しい出来事が、ガキの三文話に化けちまうんだ。親の気持ちになればイヤになるよな」

いかにも若者が好みそうな都市伝説だと思った。しかし、それよりも広也が気になったのは運転手の口にした最後の一言だ。

「親？」

広也の言葉に、運転手は小さく首をひねる。

「一昨年《おととし》だったかな。俺の同僚の息子もここから飛び降りたんだ。そいつ、子供生まれてすぐにかみさん亡くして、必死にタクシー走らせて、男手一つで必死に育て上げてきたんだよ。なのにさ、やっとこさ中学に上げて、さぁこれからっていうときに、ケチなイジメが原因でな」

運転手はまるで自分に非があるとでもいうふうに目を伏せた。

「そいつ、自分が最後の支えになれなかったって今も後悔してるんだ。学校になんかハナから期待してなかったし、地域のコミュニティなんてどこにあるかもわからない。最後の砦《とりで》になり得たのは家族だけだったのに、守りきることができなかったって、そんなことばかり言いやがる」

その家族の画《え》を想像するのは簡単だった。思い描いた季節は冬。暗い雲が覆う極寒の季節は、周囲との結びつきを希薄なものに感じさせ、人を孤独な気持ちに陥《おとしい》れる。寒さの中で父と子はあまり言葉を交わさず、毎日をやり過ごすように生きていた。中学時代の自分とダブらせ、そんな光景を想像した。死と密接な関係にある仕事に就こうとしているのだ。ここで命を捨てた者があると聞いて、他人事ではいられない。

広也は視線を海に落とし、静かに両手を合わせた。背後から声がかかった。

「なぁ、雲水さん。その気持ち、いつまでも忘れないでくれよな」

振り返った広也に、運転手は強くうなずきかけた。

「そしてできたら、死んだ人間の供養だけじゃなく、生きている人間の支えにもなってやって欲しいんだ。学校も、村も、家族もアウトなんだとしたら、人間、何にすがればいいんだよ。そここそ宗教の出番じゃねぇのかよ」

そして最後に吐いた運転手の一言は、ハッキリとした嫌悪感を伴って、広也の胸に刻み込まれた。

「夜遊びするのもいいんだろうけどさ。たまにはあんたたちの方から顔を見せてくれよ。バチ当たるもんじゃねぇならさ」

どこよりも雪深い長穏寺の門前町に着いた頃には、陽はとっぷりと暮れていた。

「遅かったじゃない！　心配してお父さんに電話しちゃったわよ」

宿泊先の南季荘《なんきそう》の名物女将《おかみ》、歴代の雲水から〝やっちゃん〟と呼ばれ慕われているという五十代の女性が、玄関先で迎えてくれた。

「はじめまして。お世話になります。あの、これ、その親父《おやじ》から」

広也が土産をカバンから出すと、やっちゃんは呆《あき》れたように微笑んだ。

「何がはじめましてよ。小さい頃しょっちゅう来てたでしょ」

「え、僕ですか？」

「あなたに決まってるでしょ。ホント、見違えるようになっちゃって」

広也は長穏寺に来ることもはじめてだった。きっと兄とはき違えているのだろう。

今夜、南季荘に泊まるのは広也しかいなかった。ひょっとすると同日上山《どうじつじょうざん》の人がいるかもと身構えていたので、ホッとする気持ちが強かった。

長穏寺に上がる修行僧は年間およそ百二十人。その多くが二月～三月にかけての、いわゆる春安居《はるあんご》の時期に上山する。日時は寺から指定され、七人前後が三日間隔で山を上る。同安居《どうあんご》の結束は何より強く、さらに同日《どうじつ》の絆《きずな》は計り知れないものなのだと、いつか教区の人が言っていた。

案内された二階の部屋から、坂の途中に点在するいくつもの宿が見渡せた。この灯《あか》りの中に自分と同日の者がいる。それが本当に一生の付き合いになるのならと、広也はどこか不思議な思いがする。

一階に下りると、広也のためだけに所狭しと料理が並べられていた。すき焼きに刺身、野菜炒《いた》めに白いご飯と、必死にほおばる広也を見やりながら、対面に座ったやっちゃんは「明日からは粗食だもんね」と、目を細めた。

三杯目のご飯が運ばれた頃にはいい加減満腹感を覚えていたが、やっちゃんはあれこれと勧めるのをやめない。しまいには「残すんなら野菜にしなさい。明日からは野菜ばっかりよ」とさらに肉を追加してきて、広也はさすがにウンザリした。

食事を終え、旦那さんを交えて話をして、部屋に戻ったのは二十一時を回った頃だった。あまりに満腹すぎて、しばらく何もせず寝そべっていると、寺から先輩の雲水が訪ねてきた。

「何か不安なことはないか?」という一言から始まり、ずいぶんと気を遣われたやりとりを十分ほどしたあと、先輩はゆっくりと立ち上がった。

「では、今日はしっかり休みなさい。明日から厳しいぞ」

先輩が帰るのを見届け、もう一度風呂でも入ろうか迷っていると、再びふすまをノックする音が聞こえた。

言い残しでもあったのだろうかと、広也は不用意に戸を開いた。まったく予期しなかった顔がそこにあって、思わず絶句しかかった。

大学の同級生がしてやったりという表情を浮かべてそこにいた。呆然《ぼうぜん》と立ちすくむ広也に微笑みかけ、「飲もうぜ」と缶ビールの入った袋を掲げる。

「飲もうぜって、なんで……。水原《みずはら》?」

きっと間抜けな顔をしていたに違いない。隆春《たかはる》は嬉《うれ》しそうに目を細めた。

「夕方、お前がタクシー降りるところが部屋から見えてな。本当はすぐに来たかったんだけど、宿の人に先輩が夜来るって聞いたから。やっと来れたよ。俺も明日上山だ。同日だな」

隆春を部屋に上げ、テーブル越しに向かい合っても、まだこの男がここにいることが不思議だった。

あらためて隆春の顔を凝視する。不意に胸をかすめたのは、「坊主って安定してるのか」と尋ねられた、出会った日のことだった。

※

最初に出会えたのがこいつで本当に良かった。友人の顔を見つめながら、水原隆春はあらためて思う。

広也と話して以来、隆春は多くの仏教学部の学生から話を聞いたが、広也ほど生き方に期待を抱かせてくれる人間とはついに巡り合わなかった。最初に知ったのが広也以外の誰だったとしても、おそらく自分はこの場所にいなかったに違いない。

「なぁ、一つ質問してもいいか？」

あいかわらず不思議そうな顔をしている広也に、隆春はかまわず問いかける。

「小平って、典型的って言ったら大げさかもしれないけど、寺が実家の、まぁ二世なわけだよな。なのに広也って、なんでそんな名前してんの？　めずらしくね？」

前から聞いてみたいことだった。広也はまるで意味がわからないといったふうに眉間《みけん》にシワを寄せる。隆春は説明をつけ足した。

「寺の息子ってそれっぽい名前の人が多いじゃん。元信《もとのぶ》とか、秀俊《ひでとし》とか、音読みになったときに〝ン〟がつくヤツが圧倒的に多いよね。それなのに小平の広也って、安名《あんみょう》になると〝コウヤ〟だろ。寺なんか関係ない俺の〝リュウシュン〟の方がよっぽどそれっぽいじゃん」

広也は無言のまま隆春の目を見つめていた。そして「それはさ」と、ボソッとこぼした一言から始まったのは、隆春には想像もつかない、長い家族の物語だった。

隆春は一つ一つの言葉に納得しながら、広也の話を聞いていた。なるほど、だからこいつは他の学生とは違うのか。だからこいつは信仰に対して真摯《しんし》なのか。

「水原の方は？　どうしてここにいるの？」

広也はすべて話し終えると、澄んだ目をして訊《たず》ねてきた。

「俺の方はそうだな。何から話そう」

隆春がおどけてみせると、広也は「全部聞くよ。べつに夜は長いんだし」と真顔で言った。明日《あした》はもう上山だ。もちろん冗談とわかっていたが、こいつは見た目よりもずっと図太いんじゃないかと思うと、嬉しくなる。

「俺はあの頃、安定って言葉に取り憑《つ》かれててさ。お前に会う直前まで、マジで公務員になろうとか思ってたんだよね」

隆春は一度目を伏せた。あらためて教室の中の広也の姿が目に浮かぶ。あの日に覚えた期待感の正体を言葉にすることができなくて、それからしばらく、隆春はむさぼるように仏教について学んだ。仏教学部の教授や学生から可能な限り話を聞き、多くの仏教書を読み漁《あさ》り、坐禅《ざぜん》会などにも積極的に参加した。

大学が夏休みに入ると、かねて念願だった東南アジアを回った。隆春はここで宗教がその土地に根付く、色鮮やかな場面と巡り合った。何よりも目を見張ったのは、僧侶《そうりょ》が人々の生活に溶け込み、尊敬の対象とされていたことだ。

ミャンマーの中部、マンダレーから少し北へ行った小さな村で、托鉢《たくはつ》に回る僧について何日間か一緒に歩いた。夜も明けきらぬ時間にもかかわらず、村人たちが道の端で裸足《はだし》になり、オレンジ色の袈裟《けさ》をまとった僧たちが来るのを待ちかまえていた。ここでは宗教と人々との正しい関係性が成立している——。瞬間的にそんなことを感じた。

そのとき、隆春は久しぶりに音楽のことを思い出した。自分がかつて音楽に夢見ていたこと、口癖のように言っていた言葉がある。

「俺が音楽で世界を救う！」

半分は冗談で、でも残りの半分は心の底から叫んでいた。ビートルズも、ジェフ・ベックも、ツェッペリンも、隆春にとっては神様だった。クラプトンが、ジミヘンが、ボブ・ディランが、レッチリが、いつも救いの対象だった。彼らは憧《あこが》れであり続け、そしていつか自分もそうなりたいと心の底から願っていた。そんな人生から、呆気《あっけ》なく音楽がこぼれ落ちた。

でも、自分の夢はまだその手段しか奪われていないのではないか。現に目の前に、真剣に世界を救おうとする人たちがいるではないか。ミャンマーでの光景は、隆春に臆面《おくめん》もなくそんなことを思わせた。

帰国してからは宗派について学んだ。数多《あまた》ある中から敬千宗《けいせんしゅう》に辿《たど》り着いたのには、いくつもの訳がある。もっとも過酷と言われる修行を受けてみたいという欲求や、純粋な禅への興味。中でも一番の理由は、開祖である慧抄《けいしょう》禅師の生き方が最高にカッコいいと思ったからだ。布教活動のいっさいを弟子に委《ゆだ》ね、自らはさらなる過酷な修行の場を目指し、より遠く、未踏の地へ。そしてついに辿り着いた雪深き山中に長穏寺を開くと、生涯そこで修行だけに打ち込んだ。

パンクじゃん、と隆春は思った。そのストイックな信仰への向き合い方と、新しい価値観を生み出していく様は、憧れたパンクの生き方そのものだった。幸いにも敬千宗の僧にも知り合いはできていた。そもそも大学だって敬千宗系なのだ。根気よく人脈を辿り、真摯に懇願すれば、誰かが弟子にしてくれるだろうとタカをくくっていた。

だが、蓋《ふた》を開けてみればそんなお人好《ひとよ》しはいなかった。それまで面倒を見てくれていた住職たちも、「弟子」という単語を耳にした途端に隆春の話に取り合ってくれなくなった。

「坊主になるのが難しいなんて夢にも思ってなかったし、あの頃ほどボンボン二世を憎らしく思ったこともなかったよ」

話しているうちに当時の怒りがふつふつとよみがえり、隆春は不満が止まらなくなった。

「なぁ、小平。この言葉知ってるか？　家庭厳俊陸老の真門より入るを容《ゆる》さず。鎖鑰《さやく》放閑さもあらばあれ善財の一歩を進め来る」

「え？　ああ、あの長穏寺の山門に掲げられてるやつでしょ」

「じゃあ、意味も知ってるよな？」

「身分の高い人でもこの山門は通さないが、本気で修行を望む者には門戸はいつでも開いている。長穏寺は誰でも受け入れるとか、そんな感じだったような」

「俺の言いたいこと、わかるよな？」

長穏寺で修行を受けたいなら、得度を受ける必要がある。得度を受けるためには師匠を見つけなければならない。だが、その師匠を見つけるということが、部外者にとっては何よりも難しい。ずっと後になって年に百二十人ほどの雲水の中で、寺院関係者ではない人間は十人にも満たないという話を聞いた。

東南アジアへの旅行から季節を越えた冬のはじめ。僧侶になることをなかば諦《あきら》めかけていた隆春に、突然チャンスは舞い降りた。

久しぶりに帰った八王子の実家で、すでに短く刈り込んでいた髪を見やりながら、父は黙って隆春の話を聞いていた。安定することを求められ、結果持ち帰ってきたのが僧侶という答えなのだ。説教されることも覚悟していたが、父は「わかった」と一言だけ言うと、突然携帯を取り出し、隆春に部屋から出ていくよう指示した。

そして二時間ほど過ぎ、隆春が他にすることもなく部屋でクラシックギターを鳴らしているところに、顔を紅潮させながら入ってきた。

「スーツがないならアパートに取りに行け。明日、紹介してもらった寺を訪ねるぞ」

翌日、父の顔見知りの他宗派の僧侶と合流し、阿佐ヶ谷《あさがや》にある健福寺《けんぷくじ》という寺を訪ねた。

健福寺は、参道に金色の亀がたくさん祀《まつ》られた、よく言えば立派な、悪く言えばケバケバしい寺だった。正直に言うと隆春の好みではなかったけれど、贅沢《ぜいたく》は言っていられない。案内されるまま客間に入り、父と二人下座に腰を下ろした。

現れた山本興隆《やまもとこうりゅう》という住職は、なんとなく予想していた通り恰幅《かっぷく》の良い人だった。隆春を観察するようなマネはせず、学生時代のことや、なぜ僧を志したかなど、当たり障りないことばかり聞いてくる。

不思議だったのは、住職の長女も同席していたことだ。「君の後輩で駒山の文学部に通ってるんだ。よろしくな」と住職から紹介された美香《みか》という女性は、まだ少女のようなあどけなさを残していた。さらにしばらく世間話を続けたあと、住職は不意に父に視線を向けた。

「では、あとの話は我々だけでいたしましょうか」

「あとの話?」と思わずこぼした隆春に、住職は満面に笑みを浮かべる。

「君は僧侶になりたくてここに来たんだろ?　得度式の日取りとか、本山に送る志願書のこととか、進められることは少しでも進めておかないと」

そして美香に顔を向けて、住職は言い聞かせるように口を開いた。

「隆春くんに寺の中を案内して差し上げなさい。それから隆春くんも今後わからないことは美香に連絡するように。この寺のことは私より知ってるからな」

大げさに笑った住職の言葉を実践するように、美香は丁寧に健福寺の中を案内してくれた。その歴史から名前の由来、建物に使われている建材や、金色の亀を祀っている理由に至るまで。美香の説明は的確でわかりやすく、短時間のうちに寺のあらかたのことを把握できた。

境内のほとりにある池を眺めているとき、美香ははじめて興味を示したように、隆春に目を向けてきた。

「自分から僧になりたいなんて変わってますよね」

「そうですか?　魅力的な仕事だと思うんですけど」

「あ、べつに敬語じゃなくていいですよ。私まだ二年生ですし。それに、隆春さんって普段そんなキャラじゃないですよね。私、学校で一度見かけたことあります。ギター背負って、面白い髪してました」

「いや、それは」と口ごもりながら、隆春はみるみる顔が赤くなるのを自覚する。師匠となる人の娘さんだ。うかつなことは口走れない。

美香は何かを気取ったように苦笑した。

「大丈夫ですよ。告げ口するわけじゃないですから。それに、あんまり私のこと気にしないでくださいね。あれ、父の悪い癖なんです」

「あれって？　どういう意味？」

「それ、マジで言ってます？」

こくりとうなずいた隆春を見て、美香は呆《あき》れたように息を漏らした。

「いや、さっきのあれ、完全に私の婿さがしですよ。というより、自分の後継者探しですね。前にも何度かありましたから。うち二人姉妹で、両方嫁いじゃったら跡取りがいなくなるんです。それでお父さん焦っちゃって。今回はとくにひどいですけど」

それでも言葉を正確に把握するのに時間を要した。自分の与《あずか》り知らないところで、ワケのわからないことが進行している。

「何それ？　俺そんなつもり全然なかったんだけど」

「だから、気にしないでいいって言ってるじゃないですか。大丈夫です。私もこんなことで休みをつぶされたくないだけなので。だからしばらくの間、私も水原さんを隠れ蓑《みの》にさせてもらいます。貸し借りはなしということで、どうぞよろしくお願いします」

これまでの苦労がウソのように、その日からトントン拍子に事が進んだ。翌週には生まれてはじめての袈裟《けさ》を纏《まと》い、数人の親戚《しんせき》の前で得度式を行った。健福寺でのアルバイトも始まった。年末には長穏寺から通知が届き、晴れて上山する日も決定した。

俺からは何も残せないと言っていた父は、隆春に最高の人脈を用意してくれた。その父は隆春の知らないところでパソコン教室に通い、勝手に『息子が出家してしまうオヤジの日常』などというブログを始めていた。

需要があるとはとてもじゃないが思えなかったが、父の誇らしさが文面から滲《にじ》み出ている気がして、少しだけ嬉《うれ》しかった。

「というわけで、俺がここに来れた経緯はそんな感じかな」

会話が止むと、静寂が二人を包みこんだ。車の音も、虫の声も聞こえてこない。しばらく続いた沈黙を広也がゆっくりと破る。

「水原はどれくらい山にいるつもり？」

「俺はそもそも仏教学部じゃないからな。最低一年半いなきゃならないけど、できるならもう少し長くいたい。せめて三年。やっぱり二世の雲水に比べたら、下地が全然ないからさ。小平は？」

「僕は早く実家に戻って、父親からも学びたいと思ってるから。たぶん一年で下りると思うよ」

時計の針が〇時を指した。ビールの缶を袋に戻し、隆春は重い腰を持ち上げる。

「さてと、じゃあ戻るよ」

窓の外に、街灯に照る街が見えている。隆春は引き寄せられるように近づき、寒いだろうなと思いながら、開け放った。

「おっ、なんか雪の匂いがする」

感じたままを口にして、隆春は振り向いた。すると、なぜか広也は驚いたように目を瞬《しばた》かせ、しばらくすると呆れたように鼻で笑った。

となりに立って、同じように門前町を見下ろす広也に、隆春はつぶやいた。

「ケジメとして、俺は今日からちゃんとお前のこと下の名前で呼ぶからよ。下の名前っていうか、安名で、広也《こうや》って」

「じゃあ、僕は隆春《りゅうしゅん》だね。っていうか、雪の匂いなんて全然しないじゃん」

その言葉には応じず、隆春は山の上に目を向けた。深い闇に阻まれ、その姿は見えなかったが、鬱蒼《うっそう》としたあの森の中に長穏寺はたたずんでいる。

「いよいよだな」

隆春が言うと、広也も柔らかい笑みを返してきた。

「ああ、楽しみだ。本当に」

自分たちを厳しく律することの何をこんなに楽しみに思うのだろう。隆春にはうまく説明できなかったが、胸はたしかにうずいていた。

日はもうまたいだ。今日、いよいよ山を上るのだ。不安ももちろんあったけれど、楽しみに思う気持ちの方が大きかった。

門出にふさわしい、よく晴れた朝だった。昨夜と同じように窓を全開にすると、東京では感じられない凜《りん》とした風が頰をなでた。

私服や携帯など、寺での生活に不必要なものをすべてバックパックに詰め、宿の人に自宅へ送ってもらうよう手配した。父に最後の電話をかけてから食堂に下り、はじめから決めていた大盛りのカツ丼を注文した。

おそらくは人生で一番おいしいカツ丼だった。山から下りたらまた同じものを食べようと心に誓う。そのときは、これ以上においしいものが待っているに違いない。

予定の時刻が近づき、隆春は窓辺に立って道路を眺めた。まだ同日の雲水が上がってくる気配はない。女将《おかみ》が忙《せわ》しなくやってきて、隆春の身体を指でつつく。

「どうする？　何番目にいくつもり？　一番行っちゃう？」

長穏寺での生活は何をするにもこの順番で決まるのだそうだ。隆春たちより先に上山した者が先輩なのは当然のこととして、同日の中でも坂を上った順に序列ができるというのである。

一番目だけは生活の中で何かにつけて先頭を切らねばならないことが多く、誰もが敬遠すると聞いていた。昨夜、広也も「とりあえず一番は避けるよ。っていうか隆春の真うしろを歩く」と言っていた。

ならば一番目を行ってやろうと、隆春は思った。すべてを切り開いた慧抄禅師ならそうしたはずだ。二世じゃない自分が先頭を切らないでどうするんだという強い気持ちが胸を叩《たた》いた。

「では、お世話になりました。いってまいります！」

太陽が雪に反射する町に一歩を踏み出すと、通りの雰囲気がガラリと変わった。宿や商店の人たちの視線が一斉に集まり、周囲の空気が引き締まる。

隆春は力強く歩を進めた。途中、南季荘の前に着くと、広也が待ちかまえていた。

隆春はニヤリと笑い、先に行けよとアゴを突き出した。しかし広也は気づかないフリをし、やっちゃんという女将に一礼して、隆春のうしろにピタリとついた。いや、ひょっとすると広也はフリをしたわけではないのかもしれない。実際に隆春の素振りに気づいていないのだ。緊張から顔が引きつっているのが見て取れた。

隆春は歩を緩めなかった。いよいよ門を目の前にしたとき、どうしても我慢しきれなくなり、一度だけ振り返った。揃って真新しい笠《かさ》をかぶった男たちが二十メートル間隔で列をなしている。隆春を含め六人だ。このメンバーが同日上山、生涯続くかもしれないという同志なのだ。

入り口に〈長穏寺〉の石柱が立っている。そこで待っていた先輩雲水に連れられ、地蔵院と呼ばれる安下処《あんげしょ》に入った。今夜はここで一泊し、山での心構えを教わることになっている。目と鼻の先に見えている寺に入る前の、最後の安息。足を踏み入れるまではそう思っていた。

隆春に続いて続々と新しい雲水が入室してきた。六人のうち三人が黒縁の垢抜《あかぬ》けないメガネをかけている。一定の修行を積まなければ黒縁以外かけてはならないという規則をどこかで聞いた。外見だけではその個性はつかめない。

「揃ったか」

隆春を先導した地蔵院係という役職の古参が声を上げる。他に三人いた地蔵院係も鋭く目を光らせている。部屋の緊張感が一段増した。

「だから全員揃ったのかと聞いているのだ！」

突然の怒声とともに一人の古参の顔が隆春に向いた。何人集まるかなんてあらかじめ聞いていない。

隆春は「たぶん」と首をかしげたが、古参は「その口の利き方はなんだ！　はい、いいえ、どちらかで答えろ！」と、さらに因縁をつけてくる。

状況がつかめないまま、一瞬、目の前が白くなる感覚に襲われた。なんとか気を鎮めて「はい」と答えると、古参は小さく舌打ちして「もう一つ、こちらの目は絶対に見るな」と告げ、次に脱いだわらじのたたみ方を指導し始めた。

すでに師匠から習っていたことであり、隆春は言われるまま実践した。しかし、一人だけあきらかに要領を得ない太った同日がいて、今度はその男が古参たちの標的となった。「早くしろ！」「何をしている！」「こちらの目を見るな！」「大バカ者が！」……。四方から追い込まれ、太った男は今にも泣き出しそうな顔で作業したが、あわてるほどわらじは手につかず、古参だけでなく隆春たちをも苛立《いらだ》たせた。

ようやく太った男が作業を終えると、銀縁メガネをかけた古参が座るよう促した。このとき、隆春ははじめて全員の顔を見渡せた。

広也以外に二人見知った顔があった。駒山の学生だったはずだが、キャンパスでの雰囲気とは違っている。揃って見慣れないメガネをかけていることもあるが、それ以上に顔が異常に青ざめているのが気になった。

それは彼らに限ったことではない。普段はあきらかに小生意気そうな男や広也までもが、今にも倒れそうなほど表情をこわばらせているのである。

「荷物の検査を行う。各自、前に出せ」

隆春は指示された通り袈裟《けさ》行李《ごうり》をおおっているふろしきをほどいた。さすがに山に禁止物を持ち込む輩《やから》などいないだろうと思っていたが、一人の同日の前で、古参は「なんのつもりだ、これは！」と声を荒らげた。

古参の手には、電柱などで見かけるピンクチラシが握られていた。指摘されたのはまたしても先ほどの太った男だ。男は何のことだかわからないと必死に抗弁したが、古参は追及をやめない。

「お前、神聖な場にこんなものを持ち込んでいいと思っているのか」

「でも、僕そんなもの」

「口答えするな！　お前のような者に山の秩序は乱されるのだ！」

「でも！」

見上げると、他の古参たちはバカにしたような笑みを浮かべていた。隆春はこのやり取りが茶番なのだとすぐに理解した。誰の仕業か知らないが、何者かによって太った男が陥れられているのは明白だ。

パチンと、頭の中で何かが弾《はじ》ける音が聞こえた。広也がバレないように袈裟を引っ張ってくれなければ、突っかかっていたかもわからない。

「もういい、やめなさい。それからお前も誰かにつけ入られるような隙を見せるな。そうしたことが実際に山の秩序を乱す」

そう言った男が他の古参より格上なことは、一人だけつけている黄色い絡子《らくす》を見ればわかった。最古参であるはずの男は一列に座った新人と正対し、腰を下ろす。名簿に目をやってから、視線を隆春に向けた。

「一番は東京都出身の健福寺徒弟、水原隆春だね？」

最古参は大きく息を吐く。

「お前にはまず言っておきたい。一番に上山をした。そのことは褒める。しかし、お前は坂の途中で何度か振り返ったね。そんな落ち着きのないことではこの長穏寺では務まらないぞ」

「いや、何度もなんて振り向いてないと思います」

隆春は思わず言い返した。たしかに振り向きはしたが、それは地蔵院に向かう直前のたった一回のことだ。それをつかまえて落ち着きがないという言い分は受け入れられないと、自然と漏れた言葉だった。

リーダー格の古参は信じられないというふうにかぶりを振った。

「口答えするバカがあるか。いいか、長穏寺では何があっても上下関係が絶対だ。私だから良かったものの、他では絶対に許されないぞ。以後、気を引き締めなさい」

「納得がいかないことがあった場合はどうしたらいいんですか？」

「だから、そういうことを言っているのだ！　それがわからないようなら、今すぐ下に突き返すぞ！」

最古参は突然隆春の胸ぐらをつかまえ、金切り声を上げた。他の古参たちは隆春を指さしながら、何やらメモを取っている。何を書いているかは知らないが、言いたいことがあるならはっきり言えばいい。あいかわらずの陰湿さが気にくわない。

「なんだよ、これ」

口から思わず言葉が漏れた。下劣で、理不尽で、これじゃまるで大嫌いな体育会系のノリそのものだ。さもなければ軍隊の陳腐なマネゴトだ。

もうすでに修行が始まっているということか。でも想像し、憧《あこが》れたものとは何かが決定的にずれている。

隆春は唇をかみしめた。そして人知れず拳《こぶし》を握りしめた。

※

「なんだよ、これ」という隆春のかすれる声は、かろうじて小平広也の耳には届いていた。いよいよ始まったなと、広也は気を引き締め直す。

「二番は……憲和寺の徒弟、小平広也だね？」

最古参の顔が広也に向けられた。

「お前はどれくらい山にいるつもりだ」

「自分は一年で下りようと思っています」

「一年か」

すでに数年目の修行僧が相手だ。嫌がられる答えだとわかっていた。案の定、古参は眉間《みけん》にシワを寄せ、広也の目をきつく見据えた。

「最初からそんな考えで果たして務まるのか。何か理由でもあるのか」

「はい。自分の実家は寺を営んでいます。少しでも早く戻って、長く一人で仕事をしてきた父の手助けをしたいと思っています」

「そうか。実家が寺ならば仕方がない。立派な僧侶《そうりよ》になって師匠を助けてあげなさい」

「はい、ありがとうございます」

それから二、三のやり取りがあっただけで、広也の番はすぐに終わった。だが、ホッと息を吐いたのも束の間、三番の太った男がまたしてもやらかした。「何のために山に来たか」という問いに、ご丁寧にも「二等教師の資格が欲しいからです！」などと答えたのだ。つまり、とっとと住職になれる資格を取りたいという意思表示だ。

広也はうんざりする思いで天を仰いだ。わざわざ逆鱗《げきりん》に触れることを言う同日に問題はあるが、いちいち突っかかる古参も古参だ。

横目でちらりと太った男を覗《のぞ》き見た。指先の感覚がなくなるほどの寒さの中、男は異常なほど汗をかいている。長穏寺に限らず、修行道場は全国に点在している。わざわざもっとも厳しい寺を選ぶこともなかったのに。

男がどういう経緯で長穏寺に来たのか、少しだけ興味が湧いた。どんな環境で育ってきて、どういう学生時代を過ごしてきたのか。昨夜の隆春の言葉と合わさって、想像せずにはいられなかった。

最古参とのやりとりで、同日の者たちがどういった背景を持つのか、朧気《おぼろげ》ながら見えてきた。三番の太った男は北海道の出身。想像した通り、檀家《だんか》数五百を抱える中規模の寺の跡取りで、父親の命を受けて長穏寺の門を叩《たた》いたとのことだった。

次に並ぶ駒山の二人とは面識はあった。二人とも桜友寮《おうゆうりょう》という大学寮の出身者、通称〝チェリー・フレンド〟で、縦横のつながりは他のどのメンバーよりも強いだろう。

次第に余裕を見せ始めた二人を眺めていたら、キャンパスを我が物顔で歩く、揃って派手な学部生たちを思い出した。そういえば、この二人も寮を出た直後から髪を茶色に染めていたはずだ。四番、五番という安居順も、いかにも先輩から情報を仕入れてきたチェリー・フレンドらしい選択だった。

六番上山の小生意気そうな男は、聞かれもしないのに自ら東大出だと語り始めた。在学中に司法試験に合格したことや、将来的には父の弁護士事務所に入ること、山には自分を見つめ直すために来たことなどを、淀《よど》みなく口にする。

その声を遠くに聞き流しながら、広也はあらためて同日の顔を見渡した。親しみにくそうな面々を前に、イヤでも「一生ものの付き合い」という言葉がよみがえる。

話を聞いている間は、徹底して正座を強要された。幼い頃から正座が生活の中にあった広也は苦じゃなかったが、他の連中は痛そうに足をずらしていた。もちろん、そのたびに古参たちから容赦ない罵声《ばせい》が飛んだ。

十七時ちょうどに玄米、みそ汁、いんげんのあえものという夕食をとり、二十時前に照明が落とされた。神経が昂《たか》ぶって落ち着かない。明日は三時半に起床だが、こんな時間は眠れない。

飾り気のない広い部屋に、六人が一列に寝かされた。いたるところから冷たい風が吹き込んでくる。みんなは何を思うのだろう。真っ暗な闇を見つめながら、広也の胸にふと家に帰りたいという思いが過《よ》ぎる。

昨夜以来、隆春とは一言も口を利けていない。話し忘れたことがあったのに、次に話ができるのはいつになるのか。まさか一年後ということはないだろうが。

隆春に、タクシーの運転手の話をしたかった。運転手が切実そうに訴えた「もっと顔を見せてくれ」という言葉は、宗教が土地に根付いていたという、隆春が東南アジアで目にした光景と親和性がある気がしてならなかった。

山に籠《こ》もって、自分を律することに意味がないとは思わない。だが、籠もっているだけでは、たぶん救える人も救えない。自分がどのような僧侶を目指すのか、朧気ながら見えた気がした。

一時間ほどいろいろなことを考え続け、やっとウトウトしかけた頃、「みなさん、まだ起きてますか？」というか細い声が聞こえた。誰も反応しなかったが、声の主は覚悟を決めたように息を吐き、さらに続けた。

「良かったら自己紹介しませんか？」

太った男の声だった。途端にしらけた空気が充満する。次にひりひりとした緊張感が立ち込めたが、チェリー・フレンドの一人が呆気《あっけ》なくそれを打ち破る。

「うるせぇよ、デブ。連帯責任になったらどうするんだ。死ねよ」

太った男も、駒山の学生も、ゆくゆくは立派な寺の住職として、周囲からもてはやされるのだろう。暗闇の中の「死ねよ」という言葉も、拒絶されてしくしくと泣き出した声も、どちらも広也の気を滅入《めい》らせるだけだった。

翌朝、まだ深い闇に包まれていた長穏寺の空を、粉雪が舞っていた。起きて早々古参たちに煽《あお》られ、忙しく食事をとり、上山した順に再び列を作り、広也たちは地蔵院を出発する。「がんばるんだぞ」という最古参の声を背後に聞いて、向かった先は長穏寺の山門だ。

寺の象徴ともいえる厚さ十センチほどの到着板は、これまで何度叩かれたのか、中心が深くえぐれていた。入門を許されてやっと三度叩ける木板を横目にしつつ、広也たちは客行《かあん》と呼ばれる役職の僧が現れるのをひたすら待った。

しらじらと夜が明け始め、鐘の音が山中に轟《とどろ》き、先輩雲水たちが廻廊《かいろう》の掃除を始めても尚、客行が現れる気配はない。風に舞う雪が少しずつ降り積もり、笠《かさ》が重たくなっていく。冷えた空気で目が乾き、鼻はもがれたように痛み出す。

「おい、いいぞ。顔を上げろ」

おそらく三時間は過ぎていたはずだ。ボンヤリと見上げると、熊のように肩をいからせた男がそこにいた。少なくとも一年以上は粗食生活のはずなのに、まず肉付きの良さに目を奪われた。

「お前らの姿を見せてもらった。お前ら本気でここで修行するつもりがあるのか？　身体は揺れるわ、手は落ち着かないわ。おい、三番！　貴様はとくにひどい！」

突然指摘された太った男が「ひっ！」と声を上げた。すると、客行は「誰が声出していいって言った？」と低くうなり、迷いなく男の頬を張った。

長時間の待機で疲れ果て、不意に殴られた驚きが加わり、太った男はヘナヘナと地べたに座り込んだ。客行は悠然と男を見下ろしながら、「立て。お前のために使う時間はない」とつまらなそうに言い放つ。

そこから始まった客行の説教は、優に一時間以上続いた。ようやく解放されたかと思うと、今度は山での心構えがいつ終わるともなく続く。広也はさすがにうんざりしかけた。これも修行と割り切れば楽だったが、客行の顔にこの状況を楽しんでいる節が見られるのが不快だった。

客行はゆっくりと歩きながら、六番の東大の男から順に一人ずつ顔を眺め回した。そして隆春の前で歩を止め、ようやく形式的な儀礼が始まった。

「一番」

「はい！」

快活な隆春の声が山の中でこだまする。

「お前は何をしに長穏寺へ来た？」

「慧抄禅師様の教えを乞《こ》うために参りました！」

隆春は胸を張って即答した。しかし、客行はそんな言い分は認めないといったふうに首を振る。

「お前みたいなモンが禅師様の名前を軽々しく口にするんじゃねぇよ。御開山様だ。言い直せ」

「イヤです」

隆春はキッパリと言い切った。それどころか、さらに強い口調で言い直した。

「絶対にイヤです！」

「はぁ？　なんだ、お前？」

客行の目が獲物を狙うように細くなる。隆春の方も負けていない。

「自分が憧《あこが》れを抱いたのは慧抄禅師様の生き方です。ゴカイザンサマなどというよそ行きの名前の人に、憧れを抱いたことはありません！」

昨日の一件から続いているのだろう。隆春は完全にキレていた。広也は見て見ぬふりしかできなかったが、心のどこかで痛快にも感じていた。下手に内情を知らない強みが隆春にはある。

一度は瞳《ひとみ》を見開いた客行もまた、ゆっくりと口角を吊《つ》り上げた。

「そうか、お前が水原隆春か。昨日のことは地蔵院係から聞いてるぞ」

ほくそ笑んだ客行は、自らを「岩岡厳俊《いわおかげんしゅん》」と名乗った。隆春は知ったことかと目を逸《そ》らす。

「とりあえず、長穏寺へようこそ、と言っておこうか。長い付き合いをしようなぁ、水原ぁ」

長穏寺の山門には四天王像が祀《まつ》られ、訪れる者を気高く見下ろしている。だが広也の目には、五体目がしっかりと映っていた。岩岡厳俊という、僧になるために生まれてきたような名前の男は、山門の前で仁王立ちしていた。

雪はさらに強くなっていた。まだ自分たちは入門さえ許されていないのだ。時間の感覚が一瞬歪《ゆが》む。一年という月日が途端に永遠のように感じられる。

俗世から完全に隔離された孤独感が、広也の胸を風のように過ぎていった。

四　章　山笑う――春

山門をくぐった日から一ヶ月が過ぎた。この間、小平広也《こだいらひろや》は多くの諦《あきら》めや妥協とともに、規則や作法、リズムなど、生活に際する様々なことに慣れていった。たとえば音読みで名前を呼ばれることも、同日《どうじつ》に愚痴をこぼされるのもその一つだ。

「ねぇ、広也《こうや》。もう僕、いよいよ限界かもしれないよ」

相談に乗ってほしいと懇願されたときから予想はしていたが、またそんな話かと広也は辟易する。男が不満を言うのはいつものことだ。驚きはない。

「僕、そろそろ上に報告しようかと思ってるんだよね」

手に持ったほうきを神経質そうに握りかえながら、奥住貴久《おくずみききゅう》はため息をついた。

「報告？　何を？」

「だから、精神的にもうきついって。このままじゃ病気になりそうだって」

頭上には雲ひとつない空が広がっている。風もなく、寺から一キロほど山を上ったところにあるダムの水面は、微動だにしない世界を一寸《いっすん》も違《たが》わず映し出す。

ようやく青く色づき始めた木々に阻まれ、眼下にある寺の七堂伽藍《しちどうがらん》は見渡せない。何年も使い込まれていそうな末広がりのほうきや作務衣《さむえ》、頭の手ぬぐいを除けば、ピクニックにでも来たかのようなのどかな光景が視界を占める。

「本当に限界なら仕方ないけど、まだがんばれるんじゃないのか？」

「でも僕、このままじゃ本当におかしくなりそうだ。こんなに毎日疲れているのに夜は寝つけないし、痩《や》せ方だって普通じゃない。僕はただ二等教師の資格が欲しいだけなんだ。いつか実家の住職になれればいいだけで、長穏寺《ちょうおんじ》に残るつもりはない。一等教師とか、師家《しけ》の資格が欲しいだなんて贅沢《ぜいたく》は言ってない」

「だったらせめて一年間は泣き言いわずにがんばれよ」

「がんばるだけの価値があるなら言わないよ。でも、ここでの生活は修行なんかじゃない。こんなの慧抄《けいしょう》禅師の教えじゃない。広也もそう思うでしょ？」

自分の不確かな考えを口にし、他人から強引に同意を得て、背中を押された気持ちになる。奥住の悪いクセだ。「痩せて」も同安居《どうあんご》の誰より肥え、「寝つけなくて」も広也より早く眠りに就く同日の「太った男」は、捨てられた犬のような目を向けてくる。

就寝前に泣き声を聞き続け、温情を見せてしまったのがいけなかった。「平気？」という一言が、奥住にとってどれほど救いだったか。人間性を知った今では想像するのに難くない。

入山してからの数週間はたしかに地獄の日々だった。同安居たちは「寒さ」と「眠気」にいつも苛立《いらだ》っていたようだが、広也が何よりも厳しく感じたのは、常に監視されている「周囲の目」だ。一時半に起床し、二十二時半に就寝するまで。常に向けられている視線の圧迫感はかなりのもので、それらは必ず敵か味方かの判別を迫られた。

駒山《こまやま》大仏教学部の桜友寮《おうゆうりょう》の出身者、いわゆる〃チェリー・フレンド〃は、学生時代に築いてきたテリトリーに絶対に他者を立ち入らせようとしなかった。宮城学院出身の奥住はもちろん、駒山とはいえ他学部の隆春《たかはる》や、同じ学部であっても話したことのない広也にさえどこか蔑《さげす》んだ目を向けてくる。

チェリー・フレンドの数は三十を優に超えている。同安居百二十人の中で最大派閥を形成し、すぐに長穏寺での生活にも馴染《なじ》んでいった。彼らの仲間入りを果たそうとする同安居はあとをたたない。奥住はその筆頭だ。しかし佐々木安正《ささきあんしょう》や牧田一成《まきたいっせい》といった同日のチェリー・フレンドに近づこうとしては、「お前といると煽《あお》りを食らう」と、逆にいびられた。

思わず奥住に声をかけたのは、入山から三週間が過ぎた頃だった。掃除の時間にもかかわらず、奥住が流し場にこもり、嗚咽《おえつ》しているところを見てしまったのだ。

「ねぇ、君。平気？」

広也の方から隆春以外の誰かに声をかけたのは、このときがはじめてだ。他に人がいるとは思っていなかったのだろう。奥住はぴくりと肩を震わせ、ゆっくりと広也の顔を仰ぎ見た。

奥住はしばらく広也を凝視していた。広也にはこのとき奥住が何を考えているのか簡単に理解できた。目の前の男に身を委《ゆだ》ねたら得か、損か、その短い間に必死に判断しようとしていたのだろう。

「ありがとう。広也くん、だよね？」

鼻から息が抜けるような甲高い声には、人を不愉快にさせる力がある。長穏寺では安《あん》名《みよう》で名前を呼ぶことが習わしだ。音で読む「広也《こうや》くん」という呼び方に誤りがあるわけではなかったが、媚《こ》びるようなニュアンスは驚くほど不快だった。

結局、境内の掃除に間に合わず、その夜、広也は入山してはじめて先輩から合掌正座を命じられた。合掌正座は長穏寺に伝わるいくつかの罰則のうちの一つだ。

夜の反省会で吊《つる》し上げにあうことが増えたのもまた、この夜がきっかけだった。


陽の光にさらされ、作務衣だけでもそれほど寒さは感じない。ひばりのさえずる声がポッカリと拓《ひら》けたダムに響く。上山から一ヶ月。山深い長穏寺にも確実に春は近づいているようだ。

「とりあえず戻ろうよ。いつまでもここにはいられない」

広也の言葉に、奥住は顔を青くした。掃除時にゴミ出しを任されるようになり、ついでにダムに立ち寄ることを覚えた。空の青を感じられるだけでもここでの生活に慣れてきているはずなのに、奥住はそんなふうには思えない。

「とにかく、本当に苦しくなるまではがんばるべきだよ。もうすぐ転役《てんやく》もあるし、そうしたら衆寮《しゆりよう》からは抜けられるんだ。だからそれまでは泣き言をいわず、死ぬ気でやれよ」

広也は奥住の背中をポンと叩《たた》いた。しかし、奥住の方は水面に目を向けたまま微動だにしない。

「僕さ、広也。中学生のとき、不登校だったんだよね。あの頃は毎日のようにひどいイジメにあっていて、助けてくれる人もいなかったし、本当につらかったんだ」

そういえば、〝広也くん〟から〝くん〟が消えたのは、いつだっただろう。

「僕は一人っ子で、ずっと父さんの言いなりだった。物心ついたときには寺を継ぐレールが敷かれてて、いつのまにか苫小牧《とまこまい》にある駒山の付属中を受けることになってた。僕も父さんに喜んでもらいたくて勉強した。だから中学に合格したときは、今まで生きてきて一番嬉《うれ》しかった。それなのに、ヤツらは――」

奥住は悔しそうに唇を嚙《か》みしめた。焦《じ》れる広也を見向きもせず、独白は続く。

「あいつらも寺の跡継ぎだったんだよね。あの頃は本当に仏教に絶望しかけてたんだけど、そのときの学校の先生はすごくいい人で、無理して学校なんか来なくていいって言ってくれてさ。でも、父さんは僕が家にいることを許してくれなかったし、それ以上に僕を苦しめたのは檀家の人たちだった。跡取りは大丈夫なのかって父さんにプレッシャーをかけて、苛立った父さんの気持ちが僕に向いて。父さんに殴られるたびに、仏なんかいるのかって思ってたよ。それなのに、結局僕自身が一度も望んでいないのに、こうして大本山にまで修行なんか来させられて」

「いや、待ってよ。それはちょっと違うだろ」

時間がないことをつい忘れ、広也は思わず言い返していた。

「お前が境遇を不幸と思うのは勝手だよ。実際、大変な目にもいっぱいあってきたんだと思う。でも、仕方なく山に来たとか、諦《あきら》めて寺を継ぐっていうのは違うだろう」

「なんで？　何が違うの？」

「本当に望まなかったのなら、家を出れば良かっただけだ。どうあれここに来たということは、それはお前の意志なんだ」

たとえば隆春が言うほど、広也は寺の跡継ぎが優遇されているとは思わない。生まれながらに課せられた使命はたしかにあるし、二世には二世の、三世には三世なりの葛藤《かっとう》が少なからずあると思う。

でも、それらが絶対的に抗《あらが》えないものかと問われたら、答えはノーだ。二十歳を過ぎたこの時代の人間が翻弄《ほんろう》される運命など、そう多くあるはずがない。

そもそも仏教における世襲など、構造上正しくないのだ。世界的に見て、仏門での世襲がまかり通っているのは日本だけ。いつか隆春にそんな知識を披露されたこともある。

奥住は卑屈な笑みを浮かべ続けた。

「でも、これまでたくさんの仏教的な儀式や行事に立ち会ったけど、実際に絶望させられることばかりだったよ。法を説くのは人でしょ？　なのに仏教にかかわるほとんどの人が、ずっと僕を苦しめてきたんだよ」

奥住の目は次第に赤く潤んでいった。言葉に詰まりながら、かすれる声を絞り出す。

「現にここの連中だって、僕たちを苦しめるじゃないか。跡取りでさえなければこんな目にはあわなかったんだ。たった一度の人生なのに、どうして翻弄されなければならないんだよ。本来、宗教は人間の救いにならなければならないものなのに」

「なんで逆のことは思えないの？」

自分中心の甘ったれた考えにいよいよ嫌気が差し、広也は口を挟んだ。

「二世として生まれてきたから道を踏み外さずにこられたのかもしれない。どうしてそういうふうには思えない？」

「だって、跡継ぎでさえなかったらいじめられる理由はなかったんだ。不登校にならなくてすんだし、こうして山なんかに来る必要もなかった」

「もっと次元の違う苦しみが絶対にあった」

「それはわからないよ。でも、僕は本当に苦しかった。今も苦しみ続けている。生まれたときから将来が決められていて、人生そのものが苦行みたいで。僕の人生は誰のものっていう不満がずっとつきまとっていたんだよ」

話は堂々巡りを繰り返した。埒《らち》があかないという気にもなったが、ここに来るのにかなりの苦労をした隆春の顔が頭をかすめ、一言いわずにはいられなかった。

「どんなに仏教に従事したくてもできない人はいるんだ。境遇が不幸だなんて、いくらなんでも失礼すぎる」

「どうして？　それと僕とは関係ない。僧侶になりたいんだったら長穏寺に来ればいいだけじゃん」

「どうやって来るんだ？　師匠はどう見つけるんだよ？　得度《とくど》は？　首尾良く修行に来られたとしても、じゃあ誰が、いつ、どんな理由で寺を継がせてくれるんだ？」

「あの、それは……」

「僕たちはもっと謙虚に、この状況を恵まれていると思わなきゃいけないんだ。継がせてもらう寺があって、継ぐかどうかの選択肢もあった。それに――」

奥住は怯《おび》えたように広也を眺めていた。そのつぶらな瞳《ひとみ》が苛立《いらだ》ちを増幅させる。広也は小さく息を吸った。

「僕の師匠は最初から法を説くのは人間だって言ってたよ。宗教にすがる人は、従事する人間からしか法に触れられないって。それが理解できないのなら本当に山を下りればいい。うん、たしかにその選択肢だってある。自分で決めることだ」

宣言するように言い残し、広也はようやく立ち上がった。結局、奥住の最初の相談から一周しただけとわかっていたが、理解できないならそれまでだ。

ダムに通じる長い階段を下り、寺へと続く急勾配《こうばい》の一本道を足早に下っていく。山からの雪解け水が途中いくつもの支流と交わり、坂と並行する太い本流に合流する。

奥住は無言のまま広也を追い、途中から肩を並べるようにして歩いていた。だが伽藍《がらん》が近づくと突然足を止め、ボソリと言った。

「たしかにそうなのかもしれないね。うん、広也の言う通りだと思うよ」

虚をつかれ、広也も思わず足を止めた。だが、次に奥住の口から出てきたのは、期待したものとは正反対のものだった。

「やっぱり、ここから出ていくよ。今夜、脱走する。ねぇ、広也。涅槃金《ねはんきん》貸してくれないかな？　必ず色つけて返すからさ」

奥住は悪びれる様子もなく口にする。涅槃金とは入山のときに持ち込めるたった千円の金のことだ。

「いい加減にしろよ」

「だって、転役しちゃったらチャンスはなくなるかもしれないだろ。もしそうなったら広也が責任取ってくれるのかよ」

「なんでもかんでも人のせいにするなよ。だいたい――」

しかし、そう口にしかけたときだった。

「なぁ、お前らさぁ。なにポヤってんだよ」

坂の下から声が聞こえた。ほうきを肩に掛け、見上げていたのは滑川弘陵《なめかわこうりょう》という先輩雲水だ。先輩とはいえ高卒二年目で、今年二十歳を迎えたばかりの滑川は、タチの悪いことに大卒の一年目を徹底的に目の敵《かたき》にしている。長穏寺では年齢は関係ない。入山した順番こそすべてだ。

もともと底意地が悪く、苦手なタイプの先輩だった。それが最近になって〝講送寮《こうそうりょう》〟

という一年目を統括する役職に抜擢《ばってき》されると、滑川の陰険さは爆発した。

高卒が寺に三年いなければ資格をもらえない中で、一年で山を下りる大卒者を面白く思わないのだろう。他の古参の庇護《ひご》にある駒山出身者には気遣う様子を見せなくもないが、そうじゃない一年目に対する滑川の陰湿さは異常と思えるほどだ。同安居《どうあんご》の中で浮いている奥住と、その煽《あお》りを受けがちの広也はいつも格好の餌食《えじき》だ。

「お前らぁ、今まで何やってたぁ?」

滑川は一歩、二歩と近づいてきた。

「ゴミ捨てに行ってました」

滑川の視線は奥住の方に向いていたが、守るように広也が答えた。滑川は舌なめずりしてほくそ笑む。

「お前らはゴミ捨て一つでこんなに時間がかかるんか」

滑川は奥住の胸にほうきの柄を押し当て、太ももに蹴《け》りまで入れた。

「おい、デブ。お前はいつもケチらしてくれてるな。今朝は応量器をやらかしたかと思えば、今度は二丁前にポヤりかよ。はい、ゲットー。ゲットー」

滑川はさらに奥住を追い込んでいく。〝ケチらし〟とは「失敗すること」を、〝ポヤり〟とは「さぼること」を、〝ゲット〟とは「上に見つかること」をそれぞれ指す言葉だ。

長穏寺は自分と向き合える環境だと信じていた。だが、蓋《ふた》を開けてみればこんなものだ。決して聖域ではない。三百人の俗人が暮らす小さな社会があるだけだった。もう僕にかかわるな。そう懇願したい気持ちだった。

「お前ら、晩課は出なくていいからな。晩メシもなしだ。すぐに当番所行ってこい。合掌正座だ」

広也は小さく空を仰いだ。山を下りるまでに季節を四つ越えるのは、入山した日から変わらない。

※

完全なる〝闇〟と〝無〟の中で、水原隆春は不快な囁《ささや》き声を聞いた。

「隆春さん、おはようございま～す。朝ですよ～」

〝直加《じきか》〟と呼ばれる同安居の起床係が、寝起きドッキリのような声で一年目を起こして回る。小声であるのは僧堂で一緒に寝る古参に配慮してのことだ。彼らは一年目より数時間長く寝ていられる。

昨夜も二十二時半になると同時に眠りに落ちた。気絶したのではないかと疑いたくなる強烈な落ち方で、一瞬にして起床時間を迎えた。深夜一時半の長穏寺の僧堂は暗闇をミミズが這《は》うように、静かに、しかし確実に動き出す。

長穏寺には、主に雲水の食事を用意する〝大庫院《だいくいん》〟や、寺を訪ねてくる参籠《さんろう》者の応対に当たる〝接茶寮《せっちゃりょう》〟、海外からの観光客を案内する〝国際部〟など二十数個の寮舎が存在し、配属された修行僧が公務にあたっている。

入山して最初に配属されるのは、鐘撞《かねつ》きや境内の掃除など、長穏寺の基本を徹底して叩き込まれる〝衆寮《しゅりょう》〟という寮舎だ。ここで数ヶ月過ごしてから次の寮舎に転役し、またいつか衆寮に戻ってくるというサイクルを繰り返す。

隆春ら衆寮に所属する一年目の雲水は、物音を立てないように足音を忍ばせ、階下にある当番所に集まった。こんな時間に起きなければならない生活もあとわずかだ。ここを乗り切り、次の寮舎に移ってしまえば、三時半までは寝ていられる。いつもと同じことを自分に言い聞かせながら、隆春は卓に向かった。開いたのは〝公務帳〟という長穏寺のしきたりや作法が綴《つづ》られたノートだ。

公務帳には鐘の鳴らし方や食事の給し方、風呂《ふろ》や便所の習わしまでが事細かに綴られている。一日数時間集中して書き進めても一ヶ月はかかる分量で、一年目はまずこれを自分のノートに書き写すことからスタートする。大事な作業には違いない。

当番所は次第に静けさに包まれ、目をこすりながらもみなペンを動かした。瞬く間に時間が過ぎていき、三時を回ると少しずつ部屋を出ていく者が現れる。隆春はギリギリまでノートを取り、一ヶ月を目前にしてついに自分の公務帳を完成させた。長穏寺に来てはじめて覚える達成感ではあったが、感慨に耽《ふけ》っている余裕はない。

隆春は忙《せわ》しなくノートを片付け、部屋をあとにした。次に向かったのは洗面所だ。何人かの古参がすでに顔を洗っていて、この日最初の緊張が胸を襲う。

隆春は息を殺し、静かに桶《おけ》に水をためた。歯ブラシを口に含み、絶対に音が漏れぬよう丁寧に磨く。肉を断ち、酒やタバコからも解放されたわずか数週間の生活で、朝方の口のネバネバとした感じが消え失せた。汗もさらりとしたものに変わり、そういえばオナラも臭わなくなっただろうか。

うがいをし、耳の裏まできれいに洗い終え、隆春が僧堂に戻った頃、それまでの静寂を打ち破るように、けたたましい鐘の音が寺の七堂伽藍《しちどうがらん》に響き渡った。

三時半だ。係の者が振鈴《しんれい》を鳴らしながら、全速力で寺の廻廊《かいろう》を駆け抜ける場面は、長穏寺の起床の風景としてテレビなどでもよく取り上げられる。しかし、この鐘で起きる者などほとんどいない。この時間に目を覚ましているようでは間違いなく〝ゲット〟の対象だ。

数時間前まで布団の敷かれていた〝単《たん》〟と呼ばれる畳の台に、今度は坐蒲《ざふ》を敷く。これにもいくつものルールがある。何より気をつけなければならないのは、いかなる場合でも台の縁に身体を触れてはいけないことだ。

やってみるとこれが難しい。膝上《ひざうえ》ほどの高さのある単の縁に坐蒲を引き寄せ、腰を下ろす。そして〝不浄指〟とされる小指と薬指を用いずに身体を支え、ひょいと足を持ち上げる。

坐蒲の上にバランス良くあぐらをかき、履き物を揃えたら、再び不浄指を使わず身体を百八十度右側から回転させる。壁と向き合うと、今度は身体を左右に揺らし、リラックスできるポジションを整える。比較的身のこなしの軽い隆春は早々に一連の動作をこなせるようになったが、何人かいる太った同安居《どうあんご》たちはこれだけのことでも額に汗を浮かべている。

面壁《めんぺき》し、合掌すると、右足甲を左のももへ、左の甲を右ももに乗せる〝結跏趺坐《けっかふざ》〟という姿勢を取る。このとき必ず左足が上にこなければならないのだが、入山初日は何も知らずに左右の足を逆に組み、「このバカ野郎が！　それは仏様にのみ許される座り方だ！」と、ものすごい剣幕で叱られた。あわてて仏像を見てみると、なるほど、たしかに右足が上になっていた。

その仏像と同じように半眼の状態で四十五度下方の壁を見やりながら、手のひらを卵の形で組む。やがて廊下から一年目とは違う余裕のある足音が聞こえてきて、その音がすべて僧堂の中に吸収される。

僧堂には八十二枚の単が詰められている。「起きて半畳、寝て一畳」という言葉の通り、夜は八十二人の雲水が寝る僧堂で、百六十四名の雲水が足を組んだ。〝止静〟という名の小さな鐘が三度鳴る。肌寒い僧堂の中に熱気が立ち込める。時間は一炷《いっちゅう》、線香がすべて灰に変わるおよそ四十分。〝暁天坐禅《ぎょうてん》〟の始まりだ。

長穏寺ではすべての鐘が連動して鳴っている。一つの鐘が終わると次の鐘が、その鐘が止むとまた次がという具合に、大小様々な場所にある鐘の音が、坐禅中もときに勇壮に、ときに静かに雲水たちの耳を打つ。それ以外に聞こえてくるのは〝警策《きょうさく》〟を手にした堂行寮の歩く音、そして早速居眠りしている誰かが肩を叩《たた》かれる音だけだ。

ほとんど唯一隆春をかわいがってくれる安藤栄仁《あんどうえいしん》という三年目の古参がいる。他の先輩が「坐禅《ざぜん》なんてエロいことでも考えてりゃいいんだよ」などと下らない心得を説いている中、坐禅に対する彼の言葉は至極真っ当で、隆春の心を捉《とら》えた。

「坐禅の最中に何を考えるか、ということを考えている時点で、おそらく禅の本来の意味をなしていない。物事を考えることや、そもそも言語で思考すること自体、お前が何かに囚われている証拠だ。焦る必要はない。究極のリラックスとでも言おうか、自分を包み込む温かい存在を感じて、あ、気持ちいいなって思える日が必ず来るよ」

釈尊はインド・ブッダガヤの菩提樹《ぼだいじゅ》の下で四十九日間にわたり瞑想《めいそう》を続け、苦行で真理は得られない、世の真の出来事は仏の姿にこそ表れているという悟りを開いた。

敬千宗《けいせんしゅう》を興した慧抄禅師もまた、偶像を崇拝しがちだった聖徳太子以降の仏教の在り方に疑問を感じ、修行に赴いた中国から土産物の類《たぐい》を手にすることなく、仏法の神髄みを持ち帰った。すなわち己の内面や日々の生活の中にこそ修行はあり、悟りは開けるという釈尊に通じる教えを得たのである。

禅師様はより深く自分と結びつくために、この雪深い山の中に長穏寺を開いた。その日からおよそ八百年。禅師様の遺《のこ》した教えが正しく現代に受け継がれてきたとは到底思えないが、少なくとも隆春は慧抄禅師が目にした光景を自分も見てみたいと真剣に思っている。そこに広がる光や闇に触れる日のことを想像するのは、バンドでのデビューを夢見ることと匹敵するほど心が躍った。

大梵鐘という鐘の音に耳を傾けながら、壁の一点を見つめ、隆春はなんとか深く潜ろうと腹式呼吸を繰り返した。血が管を巡っていく音が聞こえ、身体の奥底から湧く熱を感じる。リラックスに近い状態で時間に身を委《ゆだ》ねることができている気がしたが、そのとき、背後にそっと足音が忍び寄った。

一瞬にして我に返り、まさか、また……？　と思った瞬間、冷たい警策が隆春の肩に置かれた。警策は寝ている者が振り下ろされるものだ。自分は絶対に寝ていないし、誤解されるほど身体が揺れていたなんてあり得ない。

隆春はかたくなに首を傾けようとしなかった。だが、警策が肩から離れた瞬間、条件反射的に頭を避けてしまった。鋭く、強く、警策が振り落とされる。風を切る音とともに、全身を貫く痛みが右肩一点に集中する。

警策後のおじぎも忘れ、隆春は呆然《ぼうぜん》としていた。しばらくすると身体の中心からふつふつと怒りがこみ上げてきた。まれに寝ていると勘違いされて肩を叩かれる者もいるというが、これは堂行寮のミスではない。もう何日も同じことが続いている。

ふと鬼の客行《かあん》、岩岡厳俊《いわおかげんしゅん》の顔が脳裏を過《よ》ぎった。全寮舎合わせて三百人ほどの雲水の中で、岩岡はもっとも名の知れた修行僧だ。「岩岡に睨《にら》まれると石になる」「長穏寺においては仏より偉い」「岩岡は夜な夜な天に召されている」……。そんなバカみたいな噂が星の数ほどつきまとう。かつて何人の雲水が岩岡にゲットされ、涙をこぼしてきたのだろう。

　思えばとんでもない男に反発したものだ。キレやすい自分の性格はもとより、その無知を心の底から呪いたい。七人いる堂行寮はみな入山して三年から四年目、対する岩岡はすでに五年目を超えている。たいていの古参が岩岡の配下にあり、その指令で動いているかは定かじゃないが、こうしていびられるのは例の一件があってのことと想像するのは難しくない。

　山門下の大梵鐘が十八回連続で撞《つ》き鳴らされた。坐禅開始時に去っていった音が戻ってきて、そして暁天坐禅の終わりを告げる大開静《だいかいじょう》が鳴らされる。

　隆春はゆっくりと身体をほどきながら目を開いた。警策を置く堂行寮が信頼していた安藤栄仁だったと知り、怒りとも悲しみともつかない気持ちが膨らむ。何日も続けて肩を叩かれてきたが、安藤が警策を握っていたのははじめてだ。

　毎日のように耳にする〝ケチらし〟や〝ゲット〟などと並び、長穏寺に古くから伝わる〝堂行モード〟という言葉がある。長穏寺内の警察と称される堂行寮に選出された責任感から、突然攻撃性を身につけることを指すものだ。

　それまで誰よりも隆春に優しかった安藤が堂行寮に転役したのは、十日前のことだった。最初は心ある先輩の抜擢《ばってき》を心から喜んでいたのに、いざ選出されると他の古参と同じように、安藤は目さえ合わせてくれなくなった。やはり岩岡の息がかかったということなのか。

一日はまだ始まったばかりだ。隆春は深いため息をこぼしていた。

長穏寺は十万坪もの寺域の中に七十ほどの堂を有している。そのうち七つある代表的な修行場を一般に〝七堂伽藍《しちどうがらん》〟と呼ぶが、山の斜面を切り開いて建てられた七つの御堂は、すべて廻廊《かいろう》と階段で屋根伝いにつながっている。

人間の「頭」にあたる頂上部に朝晩のお勤めが行われる〝法堂《はっとう》〟があり、そこから見て右回りに階段を下りると生活や坐禅の拠点となる〝僧堂〟が、そして階段を下りきった「右足」部分に〝東司《とうす》〟、つまり便所がある。

東司から延びる百メートルほどの廊下は、途中、初日に岩岡とやり合った〝山門〟を通過し、「左足」の〝浴室〟へ。そして右側と同じ急勾配《こうばい》の階段を上ると、その中間に主に食事が作られる〝庫院〟があり、再び〝法堂〟へと通じている。そしてその六つの堂が囲む中庭の真ん中、人間の「ヘソ」の部分に〝仏殿〟が祀《まつ》られている。

最初は覚えることにも一苦労で、「頭」の〝法堂〟で朝課と晩課を、「右手」の〝僧堂〟で衣食住と坐禅を、そして「ヘソ」の〝仏殿〟で昼のお勤め〝日中〟を、と叩《たた》き込んだ。

中でも隆春は七堂伽藍の頂上部、法堂からの景色が好きだった。ちょうど門前町のある南の方角に谷が開け、四方を囲む山々、悠然と舞う鳥、斜面に添うように根を下ろす伽藍の様子は、額に納められた一枚の絵のように美しい。

東の空がほんのりと染まり始めた四時半、その法堂で朝課が始まった。本尊、聖観音《しょうかんのん》菩薩《ぼさつ》に見守られた二百人の雲水による一糸乱れぬ読経は、独特の緊張感を孕《はら》みながら全山に勇ましくこだまする。その声は長穏寺に朝が来たことを告げ、わざわざ早朝から見学に訪れる参拝者たちの目を見張らせる。

一時間ほどの朝課が終われば、息つく間もなく今度は行鉢だ。法堂から駆け足で僧堂に下りると、先ほどまで坐禅を行っていた単に再び坐蒲《ざふ》を敷き、〝応量器〟という食事をするための器を広げる。

いつもは逸《はや》る気持ちを抑えきれないほどなのに、今朝は坐禅の一件や、安藤の横顔がちらつき、食欲が湧かなかった。応量器をボンヤリと眺めながら、ひょっとして間違っているのは自分の方なのではないかと、弱い気持ちが芽生えそうになる。

岩岡との数時間にもわたる問答の末、ようやく入山を許された日の夜、布団にもぐった隆春の耳もとで広也がそっとささやいた。

「隆春、すごいな。ちょっと度肝抜かれたよ」

言葉の意味がわからず首をかしげた隆春に、広也はすぐに背を向けた。跡取りじゃない自分は意味のないしきたりに翻弄《ほんろう》される必要はない。隆春の目には、広也でさえ無価値な概念が染みついていると映るときがある。だが、実は「二世ではない」という柵《さく》に勝手に雁字《がんじ》搦《がら》めになっているのは自分なのかもしれないと、広也の言葉を思い出すと不安になる。

僧堂に「ちっ」と舌打ちする音が響いた。声の方を向くと、今朝の給仕当番、同日の佐々木安正が奥住貴久を鋭く睨みつけていた。

奥住はなぜかあわてたように応量器を持ち替えようとしたが、焦りからか手につかない。しまいには一番大きな〝頭鉢〟という器を派手にお手玉し、危うく落としかけるという失態をやらかした。同安居《どうあんご》たちのひえびえとした視線が奥住に注がれた。

行鉢を済ますと作務衣《さむえ》に着替え、再び法堂に全速力で駆け上がった。堂行寮たちの怒声を浴びながら山門までの廻廊掃除を終えると、その後は境内の掃除、日中、中食、そしてまた掃除、晩課、行鉢と一日の日程は進んでいく。

坐禅《ざぜん》が休みとなる〝四九日《しくにちび》〟という四と九のつく日を除けば、ほとんど変わらない毎日だ。だが暁天坐禅の一件から始まり、今日は隆春自身の精神状態が少し違った。事が起きたのは十五時を回った頃、二度目の境内掃除のときだ。

隆春はいつものように長穏寺に流れる川のほとりを掃いていた。ようやく春めいてきた陽を反射させた川のせせらぎが耳をつく。禅師様が魅了された水の流れだ。

少しずつ衆寮に戻る同安居が現れ始め、隆春も続こうとほうきを持ちかえた。だがそのとき、ダムに通じる川沿いの坂の上から怒声が聞こえた。

振り向くと、広也が顔を真っ赤に染めながら坂を下りてくるのが見えた。その背後にはいつものように奥住の姿もある。

そんなヤツにかまっている暇があるのかよと、言ってやりたい気分だった。だが広也はなぜか面倒くさそうに顔を背けると、足早に横を通り過ぎていった。

呆気《あっけ》にとられたまま、隆春はボンヤリとその背中を目で追った。すると次の瞬間、後頭部に鋭い痛みが走った。

「お前もポヤってる場合じゃねぇだろうが。手を動かさんか、手を」

隆春がもっとも嫌悪する滑川という年下の古参が横切っていく。はじめは頭の衝撃と滑川とが結びつかず、呆然《ぼうぜん》としていたが、男に頭を小突かれたのかと把握した瞬間、目の前が白く滲《にじ》んだ。

隆春はおもむろに拳《こぶし》を握りしめた。講送寮の滑川も岩岡一派には違いないが、一瞬どうでも良くなった。強い気持ちが胸を叩く。信念を通せないくらいなら胸を張って山を下りればいい。どうせ継ぐべき寺などない身だ。縛られる必要はない。

「おい、コラ。ちょっと待てや、チビ」

滑川は肩を震わせ、振り返る。その眉間《みけん》は心臓のように脈打っている。

「はぁ？　なんだ、お前。なんか言ったか？　気のせいか？」

住職や檀家《だんか》から小さい頃から甘やかされ、「修行してくれば車を買ってやる」などとそそのかされて、山へ来た。そんな典型的な二世坊主に、隆春は怯《ひる》まない。

「テメーは頭だけじゃなくて耳まで悪いのかよ。だからちょっと待てって——」

だが滑川との距離が近づき、いよいよ爆発しようとしたときだ。隆春の目の前がさっと影で覆われた。

「気持ちはわかる。だから落ち着け」

そうささやいた男の正体を把握したとき、隆春は思わず息をのんだ。

「はぁ？　なんだよ、お前」

隆春をかばうように滑川と向き合ったのは、榊善之《さかきぜんし》という同安居だった。公務でかかわったことはないし、話したという覚えもない。イヤな思いをさせられたことはなかったけれど、奥住や滑川と同じように、いや、それ以上に隆春が嫌う男だった。

榊は隆春の言葉を無視し、滑川に向け頭を下げた。

「すいませんでした！　こいつ、自分と弘陵さんを間違えただけなんです」

静寂が周囲に立ち込める。隆春は呆気に取られることしかできなかった。むろん、そんな言い訳が通用するはずがない。

案の定、滑川はしばらく榊を睨《にら》んでいた。だがしばらくするとなぜか諦《あきら》めたように息をつき、その顔をゆっくりと隆春に向けた。

「今回は善之に免じて許してやるよ。だけど次はないからな。とりあえず今日は当番所だ。正座しとけ」

すでに反発しようという気は失《う》せていた。それより榊のことが気になった。滑川が正座くらいで隆春を許したのは他でもない。榊善之が、滑川よりさらに上の古参たちから特別かわいがられる存在だからだ。

榊は我が物顔で長穏寺を練り歩くチェリー・フレンドの中でも、とくに目立った存在だ。佐々木や牧田といった取り巻きをいつも従え、誰かが必ず顔色を窺《うかが》っている。

「どういうつもりだ？」

助けてもらった礼も言わず、逆にすごむように隆春は訊《たず》ねた。榊は視線を坂の下に逸《そ》らすと、困ったように鼻をかいた。

「ほら、エマニュエル坊やが睨んでるぞ。その話はまた今度でいいよ。とりあえず正座がんばってね」

そう言い残し、榊は足取り軽く坂を下っていった。見れば、さらにその下から滑川が睨みを利かせている。

隆春は榊の考えが見えないことに腹を立てた。腹を立てながらも、かすかに安堵《あんど》している自分の気持ちにも気がついた。

※

当番所に他の人間はいなかった。物音一つ聞こえてこない。心静かに自分と向き合えるのが当番所にいるときだけだなんて、皮肉もいいところだ。

小平広也にとって正座はなんの罰にもならなかった。小さい頃から強要され続け、足の神経がおかしくなっているのだろう。奥住の方はものの数分で顔を青くし、顔中に汗を浮かべている。異常と思えるほどの量だったが、これ以上かまってもいられない。

広也は姿勢を整え、うすく目を閉じた。しばらくすると廊下から誰かが歩み寄ってくる音が聞こえてきた。部屋の戸に目を向けると、なぜか隆春が立っていた。

奥住を挟んで三人並ぶように腰を下ろし、隆春の方から訊ねてきた。

「こんなところで何やってんだよ？」

「べつに。ケチらして、ゲットされて、正座」

「滑川か？　またそのデブの煽《あお》りを食ったのか？」

「まぁ、そんなとこかな」とうなずいた広也を見て、隆春は卑下するように笑った。

「何やってんの、お前。よく他人の面倒なんか見てられるな。やっぱ跡取り息子は違うんだな。俺は自分のことで精一杯だ」

「は？　なんだよ、それ」

「だって、そうだろうが。二世の特権だよ。みんなで傷なめあって、時間やり過ごしてりゃイヤでも寺継げるんだろ？　ホントにいい御身分だよ」

「お前、いい加減にしろよ。いくらなんでも偏りすぎだ」

広也もついカッとなり、言い返そうとした。しかしそのとき、二人のやりとりを見ているものと思っていた奥住が突然横に転がり、口から泡を吹き始めた。

一瞬、隆春と目を合わせ、あわてて奥住に呼びかけた。

「おい。何してんだよ」という声にかろうじて反応し、奥住は「僕……、僕……」とうわごとのように繰り返す。

「なぁ、これって」

頭にきていたことを忘れ、隆春に問いかけると、隆春も目を瞬かせながら、「わからない。でも、これ」と奥住の足を指さした。

奥住の足はなぜか象のように膨れあがっていた。右足の甲には十円玉ほどの大きさのかさぶたがいくつもあり、そこから強烈な異臭を放っている。

「何なんだよ、これ」

顔をしかめる隆春に、広也は「とりあえず医務室連れて行こう」と、奥住の肩に腕をかけた。しかし、タイミング悪くそのとき滑川が入ってきた。

「お前ら、またケチらしとんのか。座っとけって言っただろうが」

滑川はすごむように口にしたが、広也たちはかまわず奥住を抱きかかえた。さすがの滑川も異変に気づいたようで、「おい」と言ったまま言葉をのみ込むと、力なくうなだれる奥住の頰を何度か叩いた。

「こいつ、脚気《かっけ》か？」

栄養不足と体力の低下から、長穏寺では毎年脚気になる者が現れるというが、実際に目にするのははじめてだ。

「わかりません。ただ、足もすごいことになっていて」

「ああ、そいつはべつだ。デブがみんななるやつだよ。こいつ百キロ近くあるだろ。その体重が全部のしかかってくるんだ。くさりもする」

滑川は当然のことのように口にすると、少し落ち着きを取り戻したようで、廊下を歩いていた一年目を二人呼びつけた。一緒に医務室へ行くつもりで広也も入り口に向かったが、滑川はそれを許さない。

「お前はまだ正座の途中だろうが」

「でも」

「いいから黙って座っとれ！」

見開かれた滑川の目に、悔しいが広也は一瞬気圧《けお》されそうになった。善悪など関係ない。どんなに理不尽だとしても、上下関係は絶対という山の価値観がすでに自分の中に染みついている。隆春にはあまり見られたくない姿だった。

隆春は諦めたように正座し、うっすらと目を閉じている。もう俺にかかわるなといった立ち居振る舞いに、広也の口からため息が漏れた。

互いに時間的な余裕もなく、山に来てからはまともな会話をしていない。さっきの話だって止まったままだ。当番所にはいつしか二人しかいなくなり、奥住が倒れたざわめきも消えていた。話をするなら今がチャンスと思ったが、広也の前にまたしても邪魔者が現れた。

「おお、こんなところにいたか。捜したぞ」

はじめ広也は自分が話しかけられていることに気づかなかった。しかし見覚えのあるその鋭い目は、たしかに自分に向けられている。声の主をゆっくりと悟り、背中が震えた。なんで……？　どうしてこの人が……？

「小平広也だな？」

広也の前にどっかりとあぐらをかいたのは〝鬼の客行《かあん》〟として知られる、あの岩岡厳俊だ。

「はい」

状況がつかめぬまま言葉が漏れた。岩国は誇るように胸を張る。

「いや、お前の親父《おやじ》さんとうちの叔父《おじ》がここの同安居《どうあんご》でな。小さい頃はお前の親父さんによく面倒見てもらってたんだ。今度倅《せがれ》が上山するからって連絡も受けてて、機会を窺っていたんだが、なかなかな。どうだ、寺の生活は」

何が楽しいのか、岩岡は豪快に笑い立てた。狭い世界だ。どこで誰がつながっていても不思議はないが、父からそんな話を聞いたことはない。

広也はうなずきながらも、隆春の様子が気になった。案の定、隆春は怪訝《けげん》そうに眉《まゆ》をひそめている。岩岡は隆春を見向きもしなかった。しばらく無為な会話が続き、ヒリヒリとした時間が流れたが、岩岡は何かを思い出したように立ち上がった。

「そうだ。お前に渡したい物があるんだ。ついてこい」

虚をつかれ、広也は再び隆春に目を向ける。

「いえ、さすがにそれは」

誰に対して否定しているのか自分でもわかっていなかった。先を歩き出していた岩岡の目が、今までとは打って変わって鋭く光った。

「古参の言いつけに歯向かうヤツがあるか。いいから黙ってついてこい」

突然の厳しい声に、部屋の空気が震えた。広也は仕方なく岩岡のあとを追った。本当はすぐにでも隆春に弁解したかったが、一年目に古参の、ましてや岩岡の誘いを断る権限などあるはずない。いや、それだけの勇気が自分にはない。

部屋を出る間際、隆春に「とりあえず明日《あした》話の続きをしよう」と語りかけた。隆春の返事はなかったが、明日、無理にでも自分の方から話しかければいいことだ。奥住の方も折を見て様子を窺いにいこう。見えない誰かに弁明するように、広也は心の中でそう唱えた。

しかし、奥住はこの夜のうちに医務室からの脱走を企てた。そしてそれぞれべつの寮舎への転役が言い渡され、しばらく隆春と話す機会を持てなくなった。

どちらの件も広也が知らされたのは、翌朝になってのことだった。

五　章　風薫る――夏

衆寮《しゅりょう》から、寺内の清掃や雑務を行う〝直歳寮《しっすいりょう》〟への転役《てんやく》を言い渡されたとき、水原隆《みずはらたか》春《はる》はハッキリと嫌悪感を覚えた。同時に寮を移るのが榊善之《さかきぜんし》とわかったからだ。高卒の古参、滑川弘陵《なめかわこうりょう》に絡まれたときに盾にならされた気持ち悪さが残っていた。

とはいえ、転役後も榊から話しかけてくることはほとんどなかった。榊の周りにはいつも誰かが群がっていて、寮舎の古参にも学生時代の先輩が何人かいた。

転役から一ヶ月ほどが過ぎ、世間ではゴールデンウィーク真っ只中《ただなか》の五月一日。この日、隆春ら一年目は「客人扱い」とされていた〝暫到《ざんとう》期間〟を抜け、ようやく長穏寺《ちょうおんじ》の雲水と認められた。突然呼び集められた山門の前で、いつもは厳しいばかりの古参たちが、一眼レフカメラを手に柔らかい笑みを浮かべている。

「よし、お前らみんな列を作れ。入堂記念に写真撮ってやるぞ」

寺内を統括する堂行寮《どうあんりょう》の一人が声を上げる。堂行寮に呼び集められるときは、たいていろくな場合じゃない。今朝も当然叱られるものと身構えていたので、調子が狂う。

「ええから早く並ばんか！　お前らがノロノロやっとる間に、他の公務はちゃくちゃく進んでんねんぞ！」

　他の堂行寮の怒声に、同安居たちはようやく先頭の列がしゃがみ、二列目が中腰にと、三十人×四列の隊形を作った。

「それじゃあ、撮るぞ。お前ら全員で写真を撮る機会なんてもうないからな！」

　二月から三月にかけて長穏寺に上がった隆春の同安居は、全部で百二十五人。そのうちの三名が脱走するなり、身体を壊すなりして、すでに山を下りている。名前も忘れたが同日の東大卒は「ここに求めていたものはない」という言葉を残して山を下った。

　最初に脱走を企てた奥住貴久《おくずみききゅう》は、家族からの説得があったようで、一週間ほどして父親に連れられて帰ってきた。転役後は寮舎が違うので普段の生活まで窺《うかが》えないが、同じ寮の広也《ひろや》がフォローしているのだろう。奥住の顔色は日に日に良くなっている。

　百二十人を超える雲水を一度に収めたデジカメを下ろし、数人の堂行寮がモニターを覗き込んだ。しかし、なぜかみんな冴《さ》えない表情を浮かべ、次々と首をかしげる。

「お前ら、もっと笑えよ。本当に一生の記念だぞ」

　他の古参も口を開く。

「っていうか、じゃあ、お前らもう仲のいいもん同士くっつけよ。その方が緊張しないだろ。好きにしろ」

　古参の前で白い歯を見せることは殺人級の罪。そう教え込まれてきた身としては簡単なことではなかったが、同安居たちは素直に従った。隆春も「一生の記念」という言葉が引っかかり、ならばここは広也だろうかとその姿を捜したが、その横にはあいかわらず奥住がいる。

他に友だちになりたい者はおらず、仕方なく隆春はのんびりと突っ立っていた。そのときだ。

「ギターとか弾きたくならないの？」

そう言って突然肩を組んできたのは、榊だった。驚いて目を開いた隆春にかまわず、榊は小声で語りかけてくる。

「実は俺、隆春くんのライブ見たことあってさ。なんで〝チーピン〟のギターがこんなとこにいるんだよ。ずっとそのこと話したいって思ってたのに、でもなんか嫌われてるみたいだしさ。俺、なんか君に嫌われるようなことしたっけ？」

「いや、ちょっと……」

長穏寺の山門前という状況と「チーピン」という単語がうまく結びつかず、隆春は言葉に詰まる。

「あ、撮るみたいよ」

「えっ」

隆春が振り向いたと同時に、フラッシュが瞬いた。その瞬間、同安居たちの間に大きな笑いがわき起こる。隆春は楽しげな雰囲気に一人だけついていけなかった。そんな隆春を、榊はやはり楽しそうに向き返った。

「ライブを見たっていうか、実は俺たち対バンしたことあるんだよね。俺、〝激虎《げきとら》〟っていうバンドでドラムやっててさ。隆春くんは覚えてないと思うけど」

「いや、覚えてる。それはよく覚えてるけど、でも」

覚えているどころか、四人組の激虎はかなり激しい楽曲と、目を見張るような実力者揃いで、一緒にプレイしたバンドの中でもとくに印象に残っている。

中でも隆春が心を奪われたのは、ステージの最後方で独特のリズムを刻むドラムだった。一心不乱にスネアを叩《たた》く姿も、フロアを睨《にら》む切れ長の目も、照明に反射して赤く飛び散る汗も、すべて隆春の心を鷲《わし》づかみにして離さなかった。

隆春は思わず榊の切れ長の瞳《ひとみ》を凝視した。たしかに背格好は近い気もするが、記憶の中の男とは簡単には合致しない。

「だって、あのバンドのドラムって、かなりいかついドレッドだったじゃん。めちゃくちゃタトゥー入ってたし。お前、桜友寮《おうゆうりょう》だったんだろ？　いくらなんでもあんなマネできないだろ」

榊は桜友寮で四年間を過ごしたという生粋のチェリー・フレンドだ。一応は厳しいことで知られる環境にあって、バンドをしていたという話も、ましてやあの奇抜な外見も容易に信じられるものではない。

だが、榊は平然と首を横に振った。

「あれはもちろんウィッグとペイントだよ。ずっと坊主だったから、ライブがあるたびにヅラかぶってたし、彫り師の先輩に絵を描いてもらってたんだ。っていうか、そんなことはどうでもいいよ。隆春くんこそなんでこんなとこに――」榊がそう訊《たず》ねてこようとしたとき、堂行寮の一人から「お前らベラベラくっちゃべってんじゃねぇぞ。図に乗るな！」という声が飛んできた。

榊は愛想良く「失礼いたしました！」と言い放ち、首をすくめる。そしてしばらく迷った素振りを見せたあと、隆春に右手を差し出してきた。

「ま、ひとまずしゃべるきっかけができて良かったよ。同じステージでしのぎを削った者同士ということで、これからはよろしく」

引き寄せられるように手を握り返したとき、ふとあの日ドラムを叩いていた男の姿がよみがえった。ライブの終了とともに一斉にドラムを囲んだファンたちと、いつも榊の周りを取り巻く連中とが重なり合う。

榊善之――。頭の中で反芻《はんすう》してみる。ライブの夜、パソコンでバンド名と一緒に検索にかけたのも、そういえばそんな名前だった気がした。

榊と話をするようになって、生活が一変した。もっとも顕著だったのは、あれほど執《しつ》拗《よう》だった古参のいびりがぴたりと止んだことだった。坐《ざ》禅《ぜん》中に意味なく叩かれることはなくなり、逆に先輩の方から声をかけられる機会が増えた。

三週間前の写真撮影の日以来、榊はいつも隆春のとなりにいる。必然、隆春の周りをチェリー・フレンドが囲むことも増えた。まるで自分という人間の価値が上がったかのように、連中はよく話しかけてきた。

榊やチェリー・フレンドたちは、隆春に様々な情報をもたらした。たとえば〝木《こ》の葉《は》拝登《はいとう》〟という今日のイベントの存在を教えてくれたのも、やはり桜友寮出身の一人だった。

木の葉拝登とは、かつて長穏寺で重い病に倒れた慧抄《けいしょう》禅師が、治療のため京都に向かう途中で立ち寄った旧北陸道の要所、木の葉峠を訪ねる行事である。その道中も「隆春くん、水はまだある?」「隆春くん、あとちょっとだよ」と、かつては敵対視していた佐々木《ささき》安正《あんしょう》や牧田《まきた》一成《いっせい》といった同安居たちがひっきりなしに声をかけてきた。

山頂で休憩が与えられても、あっという間に隆春と榊の周りを十人近いチェリー・フレンドが取り囲んだ。いい加減つるむことに気疲れしていた隆春は、しばらくすると一人輪から離れ、見晴らしのいい切り株に腰を下ろした。

自生する藤の花の紫が晴れ渡った空によく映えた。シャクナゲやタンポポといった色鮮やかな花に、幼い頃よく遊んでいた八王子の森を思い出す。これでタバコとギターがあれば最高なのに……と妄想していた隆春の頭上に、ふと影が差した。

「邪魔なら去るけど?」

見上げると、榊が肩を揺らしていた。隆春は思わず背後を覗《のぞ》いたが、仲間はついてきていないようだ。

「だったら最初から来るなよ」

そう悪態を吐《つ》きながらも、隆春は他のチェリー・フレンドがいないことに安堵《あんど》し、空いた切り株を指さした。若葉が豊かな季節のせいか、二人が並んだ視線の先にいつか禅師様が見たという長穏寺の姿はない。

榊が茶化すような口ぶりで尋ねてくる。

「俺さ、ずっと自分が嫌われてるんだと思ってたんだけど、違うな。お前は継ぐ寺があるヤツのことを憎んでるんだ。どうだ、正解だろ？」

決めつけたように訊ねてくるのは榊のクセで、たいてい的を射ているからタチが悪い。

「なんだよ、突然。お前はいつも話の展開が急すぎるんだよ」

「そんなのいいよ。答えろよ」

隆春は何も言わずに視線を逸《そ》らした。でも、榊は諦《あきら》めない。隆春の思ってもみないことを言ってきた。

「俺さ、ハッキリ言うけど、お前のそういう気持ちわかっちゃうんだよね。俺もいまだにあいつらのこと蔑《さげす》んでるとこあるし」

そう言う榊の視線の先に、楽しげに笑う佐々木たちの姿がある。

「なんでだよ。お前だってバリバリのチェリー・フレンドじゃねぇか」

「あ、認めた。やっぱ嫌いなんだな、チェリー・フレンド。駒山で、仏教学部で、桜友寮か。たしかに典型的かもしれないけど、でも俺の実家は寺じゃないぞ。なんなら両親はクリスチャンだったよ。ま、二人ともとっくの昔に死んでるけどさ」

榊が身の上話をするのはめずらしい。家族のことはもちろん、バンドのことだってあの日以来聞いていない。

呆ける隆春にうなずきかけ、榊は照れくさそうに目を伏せた。

「俺は小さい頃に親父《おやじ》と姉貴亡くしててさ。バブルと一緒に親父がやってた事業が弾《はじ》けて、絵に描いたような一家心中。で、俺とオフクロだけ生き残っちゃって、それからの生活は目も当てられなかったよ。気のおかしくなったオフクロに毎日ボコボコにやられて、あんた殺して私も死ぬって、俺はいいから勝手に死ねよって話でさ。まぁ、そのオカンも俺が小五のときに病気で死んで、そこからは親戚《しんせき》中たらい回し。でも、親父の借金がそのへんにもあったらしく、おばさんたちの恐いことっていったらなかったよ」

榊は一気にまくし立てた。そうして始まった独白は、隆春が安易にイメージしていた駒山生の半生とはまるでかけ離れたものだった。

中学校に上がったある日、榊は家出を決意した。向かったのは宝灯火寺《ほうとうかでら》という四国の寺だ。そこでは全国から不登校児童生徒が集まり共同生活を送っていると、いつかテレビでやっていた。

教科書の中に隠しておいた金で、榊は徳島行きの夜行バスのチケットを買った。朝早く高速内のバス停で降ろされ、地図帳を片手にひたすら歩き、ボロボロになりながら榊が宝灯火寺に辿《たど》り着いたのは、結局日が暮れた頃だった。

連絡もせず訪ねた榊に、のちの師匠となる住職は驚きもせず、持っていたハッサクを与えてくれた。

師匠と親戚との間で一度だけ話し合いの場がもたれ、榊は寺に預けられることが決まった。

住職のもとから中学校に通い、高校に入るとアルバイトを始め、貯めたお金と奨学金で卒業後は迷わず「駒山に行きたい」と願い出た。数年間住職の背中を見続け、他の選択など想像もできなかった。

住職はこのときも粛々と得度《とくど》の仕度を整えてくれた。数え切れないほど多くのものを与えてもらったと語る榊だが、それが一番の贈り物だったと振り返る。

「俺は宝灯火寺で、はじめて宗教の意味を知ったよ。そしてひたすら考え抜いて、行動することが僧侶《そうりょ》の仕事と教わったんだ。俺の師匠の名前は——」

「木下大樹《きのしただいじゅ》老師、じゃないのか？」

驚いたように目を見開いた榊に、隆春はかぶりを振って応《こた》えてみせた。話を聞いている途中から気づいていた。不登校児童生徒というキーワードに疑念が湧いて、「ひたすら考え抜く」という言葉に、確信を抱いた。

昨夏の東南アジア旅行、タイ北東部の地雷撤去作業の現場で、隆春は木下と出会っている。木下は日本から引き連れてきたボランティアスタッフを束ね、率先して作業に当たっていた。たまたま現場に居合わせた隆春も、気づいたときには手伝っていた。

その夜、簡単な打ち上げの席で、隆春はわずかだが木下と話をする機会があった。木下が徳島の寺の住職であることも、二十年も前から「命の現場」に足を運び続けていることも、そのときに知ったことだ。

「怖くはないですか？」という隆春のつまらない質問に、木下は真剣な眼差《まなざ》しで答えてくれた。

「怖いのは失うことじゃないよ。失うことを怖れて、動けなくなることだ。自問自答を繰り返すと、本当に大切なものが見えてくるものだよ。考え、考え、考え抜いて、そして行動する。私に与えられた唯一の使命と思うんだ」

年齢も性別も、肌の色の違いも関係なく、テーブルに笑いが溢《あふ》れていた。その中心に木下がいた。隆春はカリスマの宗教家をはじめて目にする気持ちだった。

榊の表情から驚きの色は消えていた。「そうか。お前もあそこにいたんだな」とつぶやくだけだ。

二人の頬を生ぬるい風がなでた。見上げると、太陽の光を反射させた飛行機が悠然と飛んでいる。航路に二本の線状の雲が残り、なかなか消えようとしない。

背後の様子があわただしくなり、誰かから「出発するぞ！」という声が掛かった。隆春は尻《しり》を叩きながら先に立った。

「俺はずっとギター弾きたいと思ってるよ。上山して、大体のことには折り合いをつけられるようになったけど、ギターだけはたまに無性に弾きたくなって困る」

不思議そうに首をひねる榊に、隆春はうなずきかけた。

「お前が聞いてきたことだろ。ギター弾きたくならないのかって。その答え。せっかく忘れようと努力してたのに。ま、下山したときの楽しみにとっておくよ」

隆春は冗談のつもりで明るく言ったが、榊はどこか一点を見つめ、なぜか真剣に思案した。

「案外、一年も待たなくていいかもな」

しばらくして出てきた突拍子もない言葉に、隆春はどういうことかと首をひねる。榊は我に返ったようにうなずき、笑みを浮かべた。

「俺もお前のギター久しぶりに聴きたいしさ。まぁ、その前にハードルを越えてもらわなきゃならなくなるとは思うけど。たぶん可能だ」

「なんでそんなことができるんだよ。っていうか、ハードルってなんだよ？」

その質問に榊は答えようとしなかった。「蔑んでる」と言っていたチェリー・フレンドの輪に戻り、いつもの意地悪そうな表情を隆春に向ける。

「ま、いずれにせよ先の話だから気にするな。そうだな、とりあえず制中《せいちゅう》が明けたくらい。夏を越えて、少し涼しくなってきた頃かな。好きなだけギター弾かせてやるよ。楽しみにしてていいからな」

※

人間の尊厳を奪い取るほど冬が過酷な分、長穏寺の夏は過ごしやすい。窓から陽の差し込む日中は汗ばむこともあるが、太陽が沈み、夜が深まれば寒いくらいだ。

小平《こだいら》広也は寮舎の窓から境内を見渡した。蛙やキリギリスなどの多くの命が共鳴し合い、月に照らされた長穏寺の夜を演出する。

「どうした、外なんか見て。やっぱり夏の制中は厳しいか？」

振り向くと岩岡巌俊《いわおかげんしゅん》が同じように外を眺めていた。

「いえ、想像していたよりは。もっと厳しいと散々脅されていましたから」

「そうか、今年は首座《しゅそ》が道広《どうこう》だからな。首座寮の厳しい年というのはそれは厳しい修行になるんだぞ。お前らはラッキーだったんだよ」

岩岡が柔らかい表情を見せるのは広也の前だけだ。他の同安居《どうあんご》が見たら腰を抜かすに違いない。

夏と冬、長穏寺には年に二度、百日間にわたり外に出ず修行に励む〝制中〟と呼ばれる期間がある。もとはインドから伝わってきた習慣で、たとえば夏は虫などの生命が活性化し、草木が生い茂る雨の季節に、無用な殺生を避けようということから始まったものだと言われている。

制中に入るまでの一週間は、長穏寺全体にものものしい雰囲気が立ち込めていた。数日前まで「この暫到が！」と口汚く罵《のの》っていた古参たちが、暫到が明けたと同時に「そんなことで制中が務まるか！」と声を荒らげるようになった。

制中に入る直前に、その百日間を仕切る〝首座〟と呼ばれる修行期間のリーダーが発表された。そして初日の〝首座《しゅそ》法戦式《ほっせんしき》〟で、広也は涙がこぼれそうなほど感動した。法戦式は得度式と並び、敬千宗《けいせんしゅう》ではもっとも重要とされる習わしだ。住職になろうとするなら誰もが経験するもので、近い将来、広也も実家の憲和寺《けんなじ》で受けることになるはずだ。

だが、どこか形式的な他寺のものとは違い、長穏寺の首座法戦式には想像をはるかに超えた迫力があった。

法堂に集まった多くの雲水が〝般若《はんにゃ》心経〟を読み上げる中、長穏寺の現禅師から首座に竹篦《しっぺい》が贈られる。誇らしく胸を張り、竹篦をかまえた首座に向け、古参から次々と制中に懸ける意気込みを問う声がかかる。首座は淀《よど》みなく、そして爆発的な大声でそれらの問いに対する答えを述べていく。香の匂いと冷たい緊張感が立ち込める中、目前で繰り広げられる禅問答の応酬とその熱気に、広也は放心するばかりだった。

昨夏の制中は岩岡の息がかかった古参が首座に就き、岩岡自身は書記に納まったという話を聞いた。三人の首座寮が制中の修行をコントロールすることもあり、去年の法戦式は地獄の百日間がいよいよ始まるのだと、そこら中でため息が漏れたという。

そして事実、昨年は何度も夏制中を経験している数年目の古参でさえ「過去最悪」とこぼすほど厳しいものだったと言われている。

制中に入って二度目の満月に照らされ、境内の草木が白く浮かび上がっている。五月中旬から始まった修行期間も五十日目を過ぎ、すでに半分を折り返した。

岩岡が言ったように、衣笠《きぬがさ》道広が首座を務める制中は厳しすぎることなく、かといって中だるみすることもなく、程よいプレッシャーの中で過ごすことができている。

「ならば、とくに困っていることはないんだな？」

父の顔見知りというだけで、岩岡は驚くほど広也に親切だった。普段なら「ええ、とくには」と言葉を濁すところだが、今日は思わず「すいません、あの」と、声を発していた。岩岡は虚をつかれたように「どうかしたか？」と眉《まゆ》をひそめる。

「いえ、あの、奥住のことなんですが」

「なんだ、あいつまた何かあるのか」

「そういうわけじゃないんですけど。ただ、やっぱり様子がおかしくて」

「なぜそう思う」

「感情をあまり感じないんです。喜怒哀楽に乏しくて、話していても視点が合っていませんし、最近じゃ何を言っているのかよくわからなくて」

「何か原因があるのか？」

「さぁ、それは」

岩岡は弱ったように顔をしかめたが、すぐ毅然《きぜん》とかぶりを振った。

「わかった。とりあえず堂行寮には俺の方から伝えておく。お前は気にせず、自分の修行にしっかりと励め」

そして再び表情をゆるめ、話題を変えた。

「そういえば、親父さんいらっしゃるの来週だったたな。お前がつけるように手配しておくから、久しぶりに水入らずで話すといい」

広也の答えを待とうとせず、岩岡は静かに踵《きびす》を返した。いつもの自分を取り戻すかのように、そのうしろ姿はすでに鬼の古参そのものだ。


目を覚ますと、まず奥住がいるか確認するところから広也の一日は始まった。

「ああ、広也《こうや》。おはよう」

広也と奥住は宿泊客などの応対に当たる〝接茶寮《せっちゃりょう》〟に配役されている。三默道場の一つである衆寮とは違い、それぞれの寮舎、とくに接茶寮のある松陰閣と呼ばれる建物では話をすることは難しくない。

坐禅《ざぜん》が休みとなる〝四九日日《しくにちび》〟で、いつもより一時間長く寝られたためか、今朝の奥住はいつになく調子が良さそうだ。

「大丈夫？　問題ない？」

「問題って何が？」

「だから身体とか、精神的なものとかさ」

毎日同じやりとりを繰り返しているはずなのに、奥住は不思議そうに眺めてくる。

「なんでそんなこと聞くの？　大丈夫に決まってるじゃん。ほら、元気、元気」

そう力こぶを作ってみせる男と、昨晩、布団《ふとん》の中で「もうダメだ、おしまいだ」と唱えていたのとが同じ人間とは思えず、広也は背中に寒気を覚えた。

ハッキリ言って、奥住はとっくに壊れていた。限界なんてものじゃない。人としての尊厳を散々踏みにじられ、広也以外の逃げ場を失《な》くした結果、本来あるべき感情がことごとく失われてしまっている。

脱走を企てたことが、結果的に奥住をより厳しい立場に追い込んだのだ。

「不登校に、駒山の不合格、しまいにゃ長穏寺まで逃げ出す気か。お前はどれだけ俺に恥をかかせれば気がすむんだ！」

父親は母親が止めに入るまで奥住を殴り続けていたという。脱走から一週間後、強引に長穏寺に連れ戻されてきた奥住に、生気はなかった。しばらくは気味悪がり、奥住が罰則を受けている間にちょっかいを出す者はいなかったが、それも時間の問題だった。面壁《めんぺき》してひたすら座り続ける一週間の罰が解け、あらためて接茶寮に配役されたと同時に、奥住に対する嫌がらせは再開した。

佐々木や牧田といったチェリー・フレンドが奥住を追い込んでいる場面を、広也は何度も目にしている。イジメとの線引きは難しいが、滑川らが怒鳴り声を上げ、鉄拳《てっけん》制裁を食らわせる光景も目撃した。

そのうち奥住は毎夜ブツブツと一人で何かを唱えるようになった。それなのに人目のあるところではそんな素振りをおくびにも出さず、明るく振る舞おうとする。奥住の異変に気づいている者はほとんどいない。

広也はなるべく積極的に声をかけるよう努めていたが、そんな広也にさえ奥住はついに弱音を吐かなくなった。これまで散々安売りし、いつ枯れ果ててもおかしくないプライドが、奥住をギリギリのところで奮い立たせている。

奥住の存在は広也にとって最大の悩みだった。坐禅をしていても、公務中も、最近は奥住のことが頭から離れない。奥住にとって最良のことは何なのかと、ひたすら考え続ける毎日だ。

「今日はのんびりしててええなぁ」

寮の中で一番親しい脇田武広《わきたむこう》という二年目の古参が、肩を揉《も》みながらつぶやいた。たしかに静かな午後だった。電話もほとんど鳴らず、柔らかい木漏れ日が窓から差し込んでくる。

「今日はというか、今日も、ですけどね。明日だって一組だけですし」

広也は苦笑しながら応じた。接茶寮の仕事は基本的には宿泊者を案内し、食事や風呂《ふろ》の世話をするというものだ。付属高の研修旅行の季節などは忙しくなるが、宿泊客のない日もめずらしくない。

「ま、夏休みになればイヤでも〝親子で学ぼう雲水体験〟なんてのもあるからな。この時期は一組いれば御の字や。冬なんてもっとひどいぞ。他の寮舎の連中からはやっかみ半分で〝寝茶寮《ねっちゃりょう》〟なんて言われ出す」

「寝茶寮？」

「ああ、誰とも接しないで、ただ寝て、お茶をすすっているだけって意味なんやて。うまいこと言うヤツがいたもんやで」

そう言って白い歯を見せる脇田は、駒山出身者ではめずらしく心ある雲水だ。大阪にある実家の寺をいつも案じ、ひいては敬千宗の、仏教界の未来にまで言及することも少なくない。たった一つの悪いクセを除けば、ほとんど完璧《かんぺき》な先輩だ。

「そういえば広也の親父さんは明日やったな。楽しみやろ。お前が担当するんか？」

「いえ、普通にローテーション通りにやってもらいますよ」

「なんでや。厳俊さんの許可もらっとんのやろ？　変な意地を張らんでええで」

「許可っていうか、一方的に会えって言われてるだけですから。自分ばかり優遇してもらうつもりはありません。普通に公務をこなしてます」

時計の針は十六時を指そうとしていた。広也たちは早々に仕事を切り上げ、机の上を片付けていた。今日も静かに乗り切れた。そんなことを思っているところに、突然初老の女性が血相を変えて飛び込んできた。

「うちの人が大変なの！　お願い、とにかく早く来てちょうだい！」

女性はたった一組の参籠客の一人だった。ボンヤリと脇田と顔を見合わせ、ほとんど同時に席を蹴《け》った。奥住が何かやらかしたのだと、広也はすぐに理解した。

あわてて現場に駆けつけると、広也は一瞬にして凍《い》てついた。奥住が目を充血させながら、参籠者の首もとを絞め上げている。「ふぅ……、ふぅ……、ふぅ……」と、獲物を狙う獣《けもの》のように荒い呼吸を繰り返す。

奥住を強引に引き離すと、参籠者はすぐに床にへたり込んだ。しばらく呆然《ぼうぜん》としていた脇田が思い出したように膝《ひざ》をつき、合掌して詫《わ》びを入れる。広也は奥住を押さえ込んだまま立ちすくんでいた。あまりの出来事に身動きさえ取れなかった。

「僕は悪くないぞ……。あいつが僕をバカにしたんだ……」

「いいから黙れ！」

「イヤだ、どうして僕が黙らなきゃいけないんだ。あいつも、あいつも、あいつも、あいつも……。みんなが僕をバカにする！」

脇田が懸命に謝罪している間も、奥住は一人一人を指さしながらしゃべり続けた。聞けば、たしかに参籠者の方にも非があった。正門横に〈不許葷酒入山門《くんしゅ》〉と彫られた石碑があるように、長穏寺では酒気を帯びた者の入堂を禁じている。被害を受けた参籠者はそれを破り、酒の匂いを振りまいて、注意した奥住に悪態まで吐いたという。

だが、最近ではそんな教えも過去のものになりつつある。移動の車中や門前町で一杯引っかけてから参拝に訪れる者はあとを絶たない。それどころか、雲水の間でも密《ひそ》かに酒が出回っているくらいなのだ。

広也自身は口をつけたことはなかったが、接茶寮に転役してきて何よりも驚いたのがそれだった。とくに門前町に近い松陰閣は酒を手に入れるのが容易《たやす》く、酒盛りする古参は少なくない。脇田はその筆頭だ。酒癖が悪く、広也も強引に飲まされそうになったことが何度かある。

そんな裏を持つ者たちがなぜ参籠者だけ注意することができるだろう。あきらかに酒気を帯びていたところで、見て見ぬフリをするのが常だった。

奥住は強く注意を促したらしい。ただでさえ酒で気が大きくなっていた参籠者は、そんな奥住に「この半人前が」と暴言を吐いた。その一言に過敏に反応し、奥住は烈火のごとく怒り狂った。

長穏寺の雲水がキレるなどよほどのことと思ったのだろう。被害を受けた男性はバツが悪そうに首を揉むだけで、大きな問題にはしないでくれた。

その夜、寮長を中心に接茶寮の何人かの古参が集まり、その場に広也も呼ばれた。議題はもちろん奥住の処遇についてだ。

脱走の件から始まり今回のことに至るまでを考え、とりあえず奥住を「北禄院《ほくろくいん》」に送るよう上に進言してみてはどうかという話が出た。北禄院とは心を病んだ者のための別院だ。

しかし、話がまとまりかけたとき、部屋で寝ているはずの奥住が突然戸を開いた。昼間のギラついた目の光はすでに消え失《う》せ、一転、穏やかな表情を浮かべている。

「本当にすいませんでした」

奥住は神妙な口調で言い、床に手をついた。呆気《あっけ》にとられた寮長たちを尻目《しりめ》に、淡々と続ける。

「お願いします。もう一度チャンスをください。僕をここにいさせてください」

そう言った奥住は、広也の目から見ても驚くほど毅然《きぜん》としていた。昼間の場面に立ちあっていない古参たちは拍子抜けしたように口をすぼめる。でも、違うのだ。こうしてまともに見えるほど、広也は不安でたまらなくなる。

古参の一人に促され、広也が奥住の肩を持ち上げた。奥住の瞳《ひとみ》にはやはり感情が宿っているとは思えない。反省する気持ちも、怒りもなく、ただ表層的な謝罪を繰り返しているだけだ。結局、問題をこじらせたくない古参たちは、もう少し様子を見ようということで話を打ち切った。

代表して広也が奥住を部屋に連れていった。誰も侵入してこない布団の中だけが、奥住にとって安住の場所だ。広也は子供を寝かしつけるように、奥住の背中をさする。

「なぁ、頼むからあまり無理するなよ。心配だよ」

以前は「死ぬ気でがんばれ」と言っていたくせに、今はそんな言葉さえ奥住を追い込む一因になったのではないかと憂鬱《ゆううつ》になる。

布団の中の奥住は素直だった。必死に泣くのをこらえながら、「ごめんね、広也。いつも迷惑かけて。ホントにごめんね」とうわごとのように繰り返す。

その声にはきちんと媚《こ》びる奥住らしい響きが含まれていて、広也は安堵《あんど》した。

翌日、先に七堂伽藍《しちどうがらん》を見学してきた父たちは、昼過ぎに松陰閣にやってきた。父が視線を送ってくるのは気づいていたが、広也はそちらを見なかった。

夜になって、広也はいつもより早く寝仕度を整えた。身内が同じ建物にいるというのはなんとなく落ち着かないものだ。布団をかぶり、なかば無理やり目をつぶっていたところに、ふすまを開く音が聞こえた。

「起きとるか？」と尋ねてきたのは脇田だった。よほどショックだったのだろう。昨日の一件以来、脇田は目に見えて憔悴《しょうすい》している。

「厳俊さんが呼んどるで。三階に来いって」

使いっ走りにさせたことをまず詫びて、広也は諦《あきら》めて松陰閣三階の客間を訪ねた。

「失礼します」

ふすまを開け、膝をつくと、岩岡が嬉《うれ》しそうに目を細める。そして柔和な笑みを浮かべ「では、自分は先に」と、父と、見覚えのある老人に頭を下げた。

岩岡が出ていくのを見届けた父は照れくさそうに手を振った。

「元気にしてたか。お前ははじめてだったな、先に紹介しておこう」

「いえ、存じています」

父が老人に手を向けようとしたのを、広也は遮った。はじめ、広也は老人を古くからの檀家《だんか》の一人だろうと思っていた。でも、違った。

「坂中玄宗《さかなかげんしゅう》老師、でいらっしゃいますね？」

広也には心から尊敬する僧侶《そうりょ》が四人いる。面識があるのは父と、長穏寺の現禅師。あとの二人は、徳島・宝灯火寺の木下大樹老師と、長穏寺と同じ福井県内に自ら生誕寺《せいたんじ》という寺を建立した、目の前にいる坂中玄宗老師だ。

「これはこれは。こんな老いぼれを知ってもらっているとは光栄なことだ。広也《こうや》くんと言ったかな。どうだい、長穏寺の生活は？」

坂中は好々爺《こうこうや》然と微笑んだ。知っているなどというものではない。坂中は敬千宗の枠を飛び越えた〝超〟が付くほどの有名人だ。

長穏寺と並ぶ横浜の大本山で十二年間禅師を勤め上げ、事務方のトップにという宗務庁の打診を「修行が足りぬ身だから」と断った。

そして誰もが次の進路を注目する中、より理想とする修行の場を追い求め、慧抄禅師が生まれたとされる縁《ゆかり》の地に、私財を投じて生誕寺を建立した。たった一人で修行に打ち込むための場所だったはずが、今では全国から心ある雲水たちが押しかけているという。九十歳を迎えて尚、坐禅《ざぜん》や托鉢《たくはつ》といった古くからの修行に身を投じているという話も聞いた。

広也には個人的な思い入れもあった。まだ高校生で進路について迷っていたとき、父にも言わず何人もの宗教家の講演に出向いたことがあった。みな似たり寄ったりの、ハッキリ言えば退屈な話が多い中で、広也が感銘を受けた僧侶は二人しかいなかった。宝灯火寺の木下大樹老師と、生誕寺の坂中玄宗老師の二人である。

生きることと、死ぬこと。二人の講演のテーマは対極だったが、はからずも両者に合致した一言があった。それは「年間三万人もの自殺者がいることを、僧はもっと恥じなければならない」といった種類のものだ。とくに坂中老師が続けた「家族制の崩壊した今、本来、宗教は生と死の間にある最後の砦《とりで》」という一言には、僧侶という生き方の可能性を感じずにはいられなかった。

その老師と父が同じ部屋の中で親しげに向き合っている。広也が首をかしげると、父は気恥ずかしそうにしながらも教えてくれた。

「玄宗さんは、私がここにいた頃の役寮だったんだよ。以来、もう三十年になりますかね。お付き合いさせてもらっているんだ」

「小平くんは至極真面目な男でね」

そう切り出し、坂中は広也の知らない若かりし頃の父の話をいろいろと聞かせてくれた。水が流れるように緩やかな二人の会話は、聞いているだけで心がなごんだ。

どれほどの時間が過ぎたのだろう。ふと会話が途切れたとき、坂中はくすりと笑い声を上げた。

「広也くんには何か悩み事がありそうだね」

突然のことに驚いて、思わず父を仰ぎ見た。父も不思議そうに眉《まゆ》をひそめ、坂中を見やる。そんな二人を弄《もてあそ》ぶかのように、坂中は肩を揺すった。

「頭で考えることをしちゃいかんよ。心の奥深くから聞こえる声に耳を傾けるんだ。泉のように湧き出してくる景色に触れることが、禅の意と私は思うんだよ」

坂中老師の目に引き寄せられるように、広也は口を開いた。

「僕だって深く自分に潜りたいと思っています。でも、ここには雑念が多すぎます。どう振る舞えばいいのか、自分でもよくわからないんです」

坂中は一瞬怪訝《けげん》そうな表情を浮かべたが、すぐに柔和な笑みを取り戻した。

「君は『正方目録《しょうほうもくろく》』を知っているかね」

しばらくの沈黙のあと出てきた問いに、広也はやはり呆気にとられた。もちろん知らないはずがない。全八十七巻にも及ぶ『正方目録』は、慧抄禅師が残した仏法の指南書だ。敬千宗の雲水にとって唯一無二のものである。

質問の意味がわからないままうなずいた広也に、坂中はさらに畳みかける。

「読んだことは？」

「もちろんあります。体系立って身についているとは思いませんが」

広也が口ごもると、坂中は「はっ」と声を張り、本当におかしそうに顔をほころばせた。

「私だって身についてなんかないよ。それどころかね、私は御開山様はなぜあんなしょうもないものを残してしまったのかと思っているくらいだ」

「しょうもない？」

「うん。私は人間の心の中にこそ仏は宿るという禅師様の教えを、本当に素晴らしいものだと思っているよ。偶像にすがらず、いかに心を空っぽにして、自分自身と向き合うことができるのか。それだけをひたすらに追い求めた慧抄禅師だというのに、どうしてあんな頭でっかちで、形式張ったものを残してしまったのか。なぜだと思う？」

「わかりません。なぜですか？」

「あれはね、禅師様の若気の至りだったんだよ。若い頃、理想を追うがあまり衝動に突き動かされて一気に書き上げてしまったもの。恋に溺《おぼ》れた若きし頃の日記みたいなものかな。恥ずかしくて、いつかは燃やしてしまおうと思っていたのに、思いがこもっているだけになかなかそうすることができない。そうこうしているうちに、五十四歳だったか、自分が思っているよりもずっと早くに亡くなってしまったんだな。今の僧侶たちがありがたがっているのを見たら、慧抄禅師は勘弁してくれって嘆くはずだよ」

坂中は断定するように言い切った。ふと視線を向けると、父は困ったような表情を浮かべている。

坂中はかまわず続けた。

「もっと簡単なことなんじゃないのかな。いちいち考えなければいいだけだ。今こうしたいと思うことに忠実であればいい。雑念が多いのは場所じゃない。自分の頭の中だということに君はまだ気づいていない。お父上の前で言うのは忍びないがね。まだまだ修行が足りんようだね」

翌朝、参籠《さんろう》の掃除を終えると、広也は隆春のもとへ歩み寄った。心の声に従えというのなら、奥住のその後など考えるなというなら、きっとこういうことだ。

たとえば部活や予備校のように、長穏寺には三百人の雲水が共有する目的はない。ともすれば互いが疑心暗鬼になりそうな殺伐とした環境の中で、チェリー・フレンドはただ共通のオモチャを持ちたいだけだ。標的を共有することで、自分たちの結びつきを確固たるものにしたいだけ。奥住はその道具にすぎなかった。

「ねぇ、隆春《りゅうしゅん》」

少なくとも、広也が相談できるのは隆春しかいなかった。信仰はもっと救いになるべきと言ったことへの期待があったし、家業でもないのに長穏寺に身を投じた覚悟を信頼もしていた。一緒に奥住に手を差し伸べてくれるのは隆春しかいないと信じていた。

だが、広也の呼びかけにまず振り向いたのは、隆春の周囲を取り巻いたチェリー・フレンドの面々だった。一瞬の間があって、それまでの会話の笑みを引きずった隆春がゆっくりと顔を上げる。

このとき、広也はハッキリとした違和感を抱いた。たしかにここ最近、隆春がチェリー・フレンドと親しげに話している場面をよく見かける。そのこと自体を咎《とが》めるつもりはないが、何か違った。隆春がすでにチェリー・フレンドを掌握し、完全に手なずけているように見えたのだ。

隆春がイジメに加担しているか知らないが、もし気づいていないとすれば怠慢だ。隆春を中心にチェリー・フレンドが円になっている構図に、広也は寒気さえ覚えた。

「なんだ、お前？」

最近、隆春がいつもつるんでいる榊という同安居《どうあんご》が間に入った。怯《ひる》んだつもりはないが、夢から覚めたような気持ちになる。奥住を救いたいと思うなら、これまで以上に自分が盾になればいいだけだ。

「いや、ごめん。なんでもない」

そう言い残し、広也は踵《きびす》を返した。隆春は不思議そうな視線を送ってきたが、結局言葉は交わさなかった。

この選択を悔やむことになるなんて夢にも思っていなかった。ただ隆春に対する不満と不安が、胸の中で渦巻いていていた。

六　章　天高く——秋

　九月上旬——。歓喜の声とともに百日間の夏制中《せいちゅう》が明け、坐禅が休みとなる〝四九日《しくにち》〟を翌日に控えたある日の昼過ぎ。水原隆春《みずはらたかはる》の耳もとで、榊善之《さかきぜんし》がささやいた。

「今日、開枕《かいちん》が済んでも、寝ないで待っててくれるか。行動に移す」

「行動？」

「ああ、俺は約束は守るからな。ずっと気にはしていたんだ」

「だからなんのことだよ」

「今は言えない。とりあえずみんなにも内緒にしといてよ」

　榊はいたずらっぽく微笑むだけで、それ以上のことを言わなかった。法堂《はっとう》での晩課を終え、僧堂で薬石《やくせき》を済まし、線香二本分が灰に変わる〝二炷《にちゅう》〟におよぶ夜の坐禅を行ってもまだ、事情を教えようとしない。

　夜坐《やざ》を終えて寮舎に戻り、先輩雲水としゃべっているところに、就寝時間を告げる開枕の音が聞こえてきた。隆春たちが配役された直歳寮《しっすいりょう》にも鐘の音が近づき、ゆっくりと遠ざかっていく。しばらく所在なく待っていたけれど、隆春はとりあえず布団にくるまった。寝まい、寝まいと思いながら、三十分は過ぎただろうか。

「おい、隆春……」

ボンヤリとした灯《あか》りの中で、榊が懸命に手招きしていた。なぜかわきに巾着袋《きんちゃくぶくろ》を忍ばせ、頬を紅潮させている。

「行くぞ」

「え？　行くって、どこに？」

「いいから。ついてこい」

すでに寝入っている古参に配慮しながら、榊は先を歩き出す。開枕後の長穏寺には怖いほどの静寂が立ち込めている。忍び足とはいえ、ピタリと一致した二人の足音が建物中に反響する。それ以外に聞こえてくるのは早秋の虫の鳴く声だけだ。

直歳寮のある庫院《くいん》という建物を出ると、小走りで廻廊《かいろう》を下りた。山門前に至ったところで、榊は先ほどの巾着袋から足袋《たび》を取り出し、隆春に渡してくる。

訊《たず》ねたいことは山のようにあったが、榊は首を振るだけだ。山門を出て、五大杉の脇を通り過ぎる。鐘楼《しょうろう》近くに差し掛かったところで、榊は「とくにこのへんは慎重に」と小声で言った。言われるまでもないことだ。開枕後に出歩いているところなど見つかれば、ただじゃすまないことは目に見えている。

木《こ》の葉拝登《ははいとう》があって以降、九頭竜川《くずりゅうがわ》の灯籠《とうろう》流しに、門前町の夏まつりと、何度か寺の敷地をまたいだことはあった。でも、それらは公務としてのことであり、このような掟《おきて》破りの外出はもちろんはじめてだ。

門前町に通じる正門の近くに差し掛かったとき、不意に「おい、おい」という声が聞こえた。あわてて周囲を窺ったが、声の主は見つからない。

いい加減ウンザリしかけたとき、突然草むらから人影が現れ、隆春を羽交い締めにした。引きずり込まれた植え込みの中で、ボンヤリと表情が浮かび上がる。八谷承元《はちやじようげん》という古参が微笑んでいる。一つ年輩の和尚だが、これまで話したことはない。

隆春は八谷の顔を浮かび上がらせた正体に目を奪われた。携帯電話だ。修行生活から遠く離れた文明の利器を前に、思わず声が漏れる。

「すげぇ、携帯だ」

顔を上げると、八谷は誇らしげに鼻をすすった。

「いいだろ？　あとで貸してやるよ。それより準備はいいか。足袋は脱いどけよ。物音を立てるな。さぁ、行くぞ。3、2、1」

タイミングを見計らったように、数十メートル先の龍門《りゆうもん》前にライトを落とした車がついた。勢いよく飛び出していった八谷を先頭に、榊、隆春とあとに続く。

八谷は迷うことなく横付けされた車の助手席に乗り込んだ。榊もこなれた手つきで後部座席のドアを開く。隆春は一瞬、車そのものに見とれてしまった。角張ったフォルムが特徴のベンツＧクラス。最高級クラスのＳＵＶだ。

「イエーイ、よっちゃーん、久しぶりーっ！」

助手席の八谷が大きく右手を振り上げる。よっちゃんと呼ばれた男は八谷を一瞥《いちべつ》すると、つまらなそうに口を開いた。

「べつに久しぶりじゃねぇし。っていうか、浮かれるのは早ぇんじゃねぇの？　さっき変な車が停まってたぜ」

「ウソ？　マジ？」

「ああ、南季荘《なんきそう》の前あたり。観光客の車だとは思うけど」

「いやいや、まずいっしょ。おい、お前らも一応頭隠しとけ」

八谷がするのと同じように、隆春と榊もシートの陰に身を隠した。あいかわらず状況はつかめなかったが、本当に寺を抜け出てしまったのだ。取り返しのつかないことをやらかしたという思いは、巻き込んだ榊への恨みへと変わっていく。

三分ほどして「もういいぞ」という八谷の声がした。顔を上げたと同時に、よっちゃんという男とバックミラー越しに目が合った。

「先に紹介しておく。善之はもう知ってるんだよな」

「はい、もちろん。っていうか、いつもすいません。吉川《よしかわ》さん」

榊がペコリと頭を下げると、続いて八谷は隆春を紹介した。

「実は俺も話したの今日がはじめてなんだけどな。水原隆春《りゅうしゅん》。ほら、いきなり厳俊《げんしゅん》さんに目をつけられた」

「ああ、例の」

吉川は少しだけ驚いたように目を見開いて、再び隆春に視線を向けた。

「そうか、君が厳俊にやられた子なんだ。厳俊、ムカつくだろ？」

「はぁ、まぁ」

「隆春くんもチェリー・フレンドなわけ？」

「いえ」

「そう、それじゃあいろいろと大変だ」

岩岡のことやチェリー・フレンドを知っているなんて、どうやら男はかなり長穏寺の内部事情に通じているようだ。隆春は一瞬そう思いかけたが、そうじゃなかった。考えてみればわかりそうなものなのに、八谷に言われるまで気づかなかった。

「こいつは吉川仁宗《じんしゅう》っていってな。俺の同安居《どうあんご》。今は名古屋の大寺でかなりアコギな住職の下で坊さんやってる」

「桜友寮《おうゆうりょう》ではないけどね」と言った吉川に、八谷が小馬鹿にしたように笑う。

「こいつんとこは金持っててな。駒山《こまやま》のときもすごいマンションに住んでたんだ。この車だって長穏寺で修行したご褒美とか言うんだぜ。その金も誰かのお布施だって認識もしないで。やってられねぇよ」

「いやいや、それは違うね。うちの親父、マンション持ってるからさ。俺がもらってるのは基本的にはその運用とかで得た金だ」

「同じようなもんだ。その元手だって辿《たど》れば誰かのお布施だろ」

車一台、人っ子一人いない真っ暗闇の農道を、ベンツは快調に走っている。途中、橋を渡り、トンネルをくぐり、県道と合流したところで、隆春にもいい加減どこへ向かっているのか見当がついた。

ちょうど半年前、期待と不安を胸に福井駅から乗ったタクシーと、同じコースを辿っている。その駅の近くにある宝町という繁華街に、長穏寺の雲水が夜な夜な出没しているという噂を耳にしたことがある。そのときはさすがにウソだと思ったのに。隆春は心の中で舌打ちする。

「こんなこと、しょっちゅうやってるのかよ」

棘《とげ》のある隆春の声に、榊はおどけたように首をすくめた。

「不満？」

「なんで俺を巻き込んだ」

「巻き込んだとか言うなよ。みんな行きたがってるんだぜ。お前とは約束しただろ。ギター弾かせてやるってさ」

そう言って榊は一見屈託のない笑みを浮かべたが、隆春にはその心根の部分が透けて見える気がした。結局、隆春を迎合させたいだけなのだ。他のチェリー・フレンドのように隆春がへりくだらないことを実は面白く思っていない。だから、あの手この手を使って懐柔しようとしてくる。

木の葉峠の山頂での一件以来、榊との距離はさらに縮まった。だが、深く付き合うことでいくつかの矛盾も見えてきた。

「ひたすら考え抜いて、行動することが僧侶《そうりょ》の仕事」

いつか榊はそう言った。影響を受けた宗教家が同じなのだ。親子のように生活を共にしてきた者と、旅先で一瞬交わりを持った者。かかわり方は正反対だが、宝灯火寺《ほうとうかでら》の住職、木下大樹《きのしただいじゅ》から教わったことは一緒だった。必死に考え抜くことこそが信仰であり、宗教家に必要なものは周囲を惹《ひ》きつける存在感という点だ。

日常生活の中で僧侶の顔が見えないことが、隆春の仏教に対する不満だった。いつも建物の中に引っ込み、特定の人のためだけに経を唱え、夜になると繁華街に繰り出し、日ごろのウサを発散する。

そんな連中に誰かを救えるはずがない。犯罪を抑止する力も、自殺を食い止める甲斐《かい》性《しょう》も持ち合わせていない。そもそも自分の世界と、一般人が生きる社会とを別のものだと考えている。もっと言えば、見下してさえいるのだ。

生まれたときから利権に守られた跡取りたちには、そんな憤りは伝わりさえしないだろう。そもそもいつから宗教は「利権」に成り下がったのか？　連中は立ち止まり、逡《しゅん》巡《じゅん》する気配すら見せようとしない。

何も八谷や吉川が特別というわけではない。それこそが長穏寺に来て何よりも隆春の気を滅入《めい》らせることだった。そして、だからこそ隆春には自ら宗教の世界に飛び込んだという榊に対する期待感があったのだ。

実際、榊は他の駒山出身者たちとは一線を画していた。しかし深い付き合いをしていく中で、一つだけどうしても拭《ぬぐ》いきれない違和感があった。

あるとき、隆春はチェリー・フレンドの佐々木安正《ささきあんしょう》が、奥住貴久《おくずみききゅう》を追い込んでいる場面を目撃したことがある。たしかに奥住には日ごろから問題が多かったが、少なくともこの日の佐々木の文句は言いがかりに近かった。

黙っていられなくなり、隆春は二人の間に割って入った。「そのへんにしとけよ」という言葉に奥住は安堵《あんど》した表情を浮かべ、逆に佐々木は驚いたように目を瞬《しばた》かせた。

二人が去るのを見届けていた隆春の背後に、誰かが近づいた。

「無理だよ。安正たちに言ってもわからないって」

振り向くと、やはりチェリー・フレンドの牧田《まきた》一成《いっせい》が苦笑していた。

「どういう意味だよ？」

「見てればわかるだろ。完全にコントロールされてるんだよ。というか、ほとんど洗脳に近いかな」

「なんで……」と言いかけて、隆春はすぐにかぶりを振った。

「っていうか、誰にだよ」

「そんなの、善之に決まってるじゃん」

牧田は当然のように言い放ち、周囲を見回しながら続けた。

「俺も前は結構言いなりになってたんだけどな。あいつといればいい思いすることも少なくないし。でも、なんで継ぐ寺もない野郎に偉そうにされなきゃならないんだって思い始めてさ。基本的にここ下りちゃえばあとは寺の大小だろ。あいつはここでトップ狙ってるのかもしれないけど、そんなの俺には関係ないし」

隆春にも同様に継ぐべき寺などないのだが、そうした蔑《さげす》みはいつものことだ。べつに苛立《いらだ》ちもしなかった。それよりも牧田の最後の言葉が引っかかった。

「ここでのトップって何？　首座《しゅそ》になりたいってこと？」

「さぁね。もちろん首座は狙ってるんだろうけど、もっと上を目指してるんじゃないの？　共通の敵作ったら他の連中まとめるの楽じゃん。あいつはただ自分の存在を誇示したいだけだ。強引にカリスマになろうとしてるだけ」

「そんなことで？　っていうか、俺、榊のそういうとこ全然知らないんだけど」

「そりゃそうでしょ。隆春くんの前だと全然キャラ違うもん。基本的に誰かの悪口ばかり言ってるけど、隆春くんのは聞かないし」

「なんで？」

「さぁ、イケメンだからとか？」

牧田は冗談っぽく口にしたが、またすぐに真顔に戻って視線を落とした。

「だからさ、最近はついていけなくなってるヤツが本当に出てきてるんだよね。もう隆春くんがまとめちゃってよ。最近、隆春派だって公言する連中も出てきてるんだぜ」

これまで漠然とあった榊への違和感の正体を把握できた気がした。たしかに榊にはなるべくしてカリスマになろうとしている節がある。修行に打ち込むより、どれだけ人脈を作れるかに固執している。いつも周りに人を置き、付き合う先輩を価値があるかないかで選別する。

隆春がはじめて榊に対して疑問を持ったのは、慧抄《けいしょう》禅師の話をしていたときだ。

「山に籠《こ》もり、ひたすら修行に打ちこむことで多くの弟子を惹きつけた禅師様にこそ究極のカリスマを感じる」

真剣にそう言った隆春を、榊はバカにしたように鼻で笑った。

「何それ？　俺が御開山様なら敬千宗《けいせんしゅう》をもっと盤石なものにできたはずだぜ。あの人は自分のことで手一杯になりすぎたんだよ。今の敬千宗の衰退は、ハッキリ言って創始された直後から始まってたんだ」

榊が平然と口にした言葉は、隆春をぽつんと置き去りにした。釈然としないとか、納得いかないとかいうことではなく、土俵が違うという感覚に近かった。

隆春と同じレベルで禅師様を尊敬している人間は、一人しか思い浮かばない。広也《ひろや》ならばきっとわかってくれただろう。広也なら絶対に禅師様と自分を置き換えたりしないはずだ。

そういえばと、榊の顔を見つめながら隆春は思った。そういえば広也と最後にしゃべったのは、いつだったただろうか。

※

夏休みが終わっても忙しい日が続いていた。四九日日を明日に控え寺の中には浮ついた雰囲気が立ち込めていたが、広也ら接茶寮《せっちゃりょう》の面々は朝から公務に追われていた。

奥住貴久が広也のもとへ歩み寄ってきたのは、昼のお勤めを終え、寮舎で一息吐《つ》いているときだ。

「ねぇ、広也《こうや》。あとでちょっと話できない？」

ここのところ奥住の顔色は悪くない。あいかわらず広也の知らないところで同安居《どうあんご》や先輩から陰湿なイジメを受けているようだが、なんとかやり過ごしてくれている。

「ええんちゃう？　たまにはダムでも行ってこいや」

テキパキと公務をこなしながら、脇田《わきた》が気遣いを見せてくれた。奥住が参籠者にキレた場面をともに目撃した日から、脇田は劇的に変わった。誰よりも根気強く奥住の様子を見てくれるようになり、酒にも手をつけなくなった。

「水辺の空気でも吸ってきたらええやんか。俺も行けたらあとから行くしな」

「じゃあ、そうしようか」

広也が素直に言葉を受け取ると、奥住は顔をほころばせた。最近はこうした表情を見る機会が格段に増えた。もう奥住は大丈夫だ。見放すつもりはないけれど、やはり安堵する気持ちが大きかった。

冬、春、夏と、上山してから三つの季節が巡り、ダム周辺にはすでに秋の香りが立ち込めている。たった半年の間に、四つ目の季節が訪れようとしている。

「ここは好きだな。たとえ一瞬だとしてもイヤなことを全部忘れられるんだ」

ダムに通じる階段を登りきると、奥住は大きく息を吸い込んだ。見渡す限り広がる深緑の山々が、殺伐とした生活で張りつめた神経を癒《い》やしてくれる。

しばらく景色を見やったあと、息をするように奥住は言った。

「もうすぐ、また転役だね」

接茶寮に移って三ヶ月が過ぎた。広也でさえ規則の厳しい衆寮に戻るのを憂鬱《ゆううつ》と感じる。広也や脇田の後ろ盾がうすまることに、奥住が不安を覚えるのも無理はない。

そんな広也の想像に反して、奥住は暗い表情を見せなかった。

「僕、広也には本当に感謝してるんだ。同じ寮舎に広也がいてくれなかったらどうなってたかわからないよ。本当にありがとう。感謝してる」

「べつにお別れってわけじゃないんだからさ。衆寮に行っても楽しくやろうよ」

広也にとっても奥住は山で唯一できた友だちだ。いつか誰かが言っていた「一生ものの付き合い」かはわからないが、たしかに数年後、住職になって実家の寺を切り盛りする奥住の姿は見てみたい。

「昨日、父さんから手紙が届いてたんだ」

少しの沈黙のあと、奥住が言った。

「手紙？」

「うん、山に来てからはじめてもらったんだ。嬉《うれ》しかったな」

「そうか、良かったな。嬉しいよな、手紙って」

広也にも父からの手紙がよく届く。さすがに父は長穏寺のことをよく知っている。きっちり二ヶ月おきに送られてくる手紙の末尾は、いつも『季節の変わり目、身体にはくれぐれも注意して』という一文で締められている。

「お父さん、なんだって？」

広也が問うと、奥住は思い出したように微笑んだ。

「ああ、最低三年は修行してこなきゃダメだってさ。じゃなければ家の敷居はまたがせない。勘当するとも書いてあったかな。あと僕はやっぱり心が弱すぎるから叩《たた》き直してから帰ってこいって。そんなこともあったよ」

奥住があまりにも飄々《ひょうひょう》と言うもので、広也はすぐに反応できなかった。

「なんだよ、それ。なんでお父さんはそんなこと」

さびしげな表情を見せる奥住に、言葉が途切れる。奥住の父を批判するのは、本人をさらに追い込むことになると思ったのだ。

奥住の父親に、広也は憤りを覚えた。自分は散々甘やかしておきながら、世間体を気にし、育てることを寺に預け、そのことを疑問にも感じていない。

「僕は一人息子だからね。お父さんの期待はわかってるんだ」

そして、すでに逃げ場を失った奥住の退路をさらに断とうとしているのだ。奥住の父は自分の価値観を正しいと信じ込みすぎている。そんな僧侶《そうりょ》を、広也はこれまで何人も見てきている。

いつか奥住に言おうと思っていたことがあった。今がそのタイミングか定かではないけれど、広也は言わずにいられなかった。

「当たり前だけど、寺を継ぐことだけが人生じゃないからな。寺の息子として生まれてきたのは運命かもしれないけど、親の望む通り継ぐことは定めじゃない。貴久が何を選択しても、それは逃げじゃないと僕は思う」

いつか奥住に言ったこととはあきらかに矛盾していた。でも、あのとき突き放そうとしてしまったことを、広也は今も悔やんでいた。

奥住は何も応《こた》えず、唐突に空を見上げた。キレイなうろこ雲が覆っていた。生まれた証《あかし》を残そうとするかのような蝉の鳴き声もむなしく、空はすっかり秋のものだ。

「ねぇ、広也。お願い事してもいい？」

奥住は透き通った声で言った。「何？」と首をかしげた広也を一瞥《いちべつ》し、くすりと笑う。

「坐禅《ざぜん》しないか？」

「坐禅？」

「うん。僕、知ってるんだ。広也、四九日日のたびにここに来て一人で坐禅してるだろ？　僕も休日に何度かダムに来たことがあって、その都度広也を見かけてさ。本当は声をかけたかったんだけど、休みの日まで邪魔するのも悪いかなって思って」

奥住は確認するように何度かうなずき、淡々と続けた。

「広也は自分の坐禅の姿を見たことないだろ？　カッコイイよ。地に根を張っているみたいに揺らぎないのに、軽やかで。僕も青空の下でやってみたくて」

奥住は一気にまくし立てると、広也の返事を待たず、足の甲をももに乗せた。

「つきあってよ。もうワガママ言うのも、これで最後にするからさ」

そう言うと、奥住はそっと目をつぶった。妙に突き放した言い方は気になったが、広也も静かにあとを追う。

思いのほか自然と自分の内側に没入していけるのがわかった。ざわめきを断ち切るように息を吐いて、はじめて草木が風に揺れる様を感じた。水がさざめく美しさや、空を舞う鳶《とび》の凜々《りり》しい姿が脳裏に浮かぶ。「諸法無我」という禅の言葉がある。森羅万象は変化し続ける。立ち止まることはありえない。

もちろん、そうした思いさえ雑念には違いない。本来なら坐禅にもっとも不必要なものかもしれないが、以前のように必死に振り払おうとは思わない。最近は雑念にまで身を任せている自分に気づく。

流れに逆らわないことと、状況に抗《あらが》わないこと。あの夜、生誕寺《せいたんじ》の坂中玄宗《さかなかげんしゅう》住職が口にした言葉は、広也の坐禅する心境にまで大きな変化をもたらした。

「思うことに忠実であればいい」

そう説いた住職の言葉は、広也の心を軽くした。雲のように、水のように、絶えず流れ続けることが雲水だというのなら、人間はみなきっと死ぬまで雲水だ。坐禅を終えたら奥住に伝えよう。それが坐禅中、広也が言葉で考えた最後の思いだ。

「広也、本当にありがとうね」

奥住のかすれる声を認識するまで、かなりの時間を要した。うすく目を開け、奥住をのぞき見る。その頬をなぜか涙が伝っていた。

だが、広也が手を差し伸べようとしたときだ。

「おお、やっと見つけたで。何しとんねん、お前ら」

見上げた逆光の中に、脇田がいた。広也と涙を流す奥住を見比べ、脇田は意地悪そうな笑みを浮かべる。

広也は急に恥ずかしくなった。仲良く足を組んでいるところを見つかったのだ。一人のときですら誰にも見つからないようにしていたのに。

奥住の方はまったく照れた様子を見せなかった。

「なんやねん、お前は。気色の悪い」

そんな脇田の言葉にもめげず、奥住は笑っていた。まるで憑《つ》きものが取れたかのようにニコニコと微笑んだ。

開枕の音が過ぎ去ると、長穏寺はくっきりと「動」から「静」に切り替わる。「おつかれさん」という声がどこからか聞こえ、部屋の灯《あか》りが次々と落とされていく。

頭は冴《さ》えていたが広也も布団にくるまり、天井を眺めていた。三十分ほどして、ふと昼間の奥住の様子が気になって、広也は布団をはいだ。接茶寮に寝室は二つある。明確な区分はされていないが、基本的には寝相の悪い者が片方に押し込められている。奥住が寝るのはそちらの部屋だ。

広也は廊下に出て、静かにその戸を開けた。物音を立てないように、慎重に布団の切れ間を歩く。そして奥住の寝床に腰を降ろしてすぐ、異変に気づいた。布団がまったく揺れていない。あわててめくると、そこに手紙が置かれてあった。

闇に阻まれ、内容はすぐに把握できなかった。しかし一文だけ、広也に向けた言葉が目に飛び込んできた。

『そして広也へ、最期まで迷惑かけて本当にごめん』

顔をしかめ、瞬時に周りを見渡した。ヒザをついた姿勢のまま、少し離れたところの脇田のもとへ駆け寄った。

「なんやねん、こんな遅く」

脇田は不機嫌そうに言ったが、かまってはいられない。

「すいません、奥住がいません」

普段誰よりも寝起きの悪い脇田の目が、みるみる大きく見開かれる。

「脱走か?」

「わかりません。ただ」

広也が差し出した手紙を受け取ると、脇田は無言のまま廊下に向かった。蛍光灯の下で、先に手紙に目を通す脇田の顔がどんどん青ざめていく。たまらなくなって広也も一緒に覗《のぞ》き込んだ。

手紙には感謝の言葉が延々と綴《つづ》られていた。寮長に脇田、なぜか隆春に対してのものもある。

脇田の手が小刻みに震え出したのは、やはり広也に対する文言を読んだときだ。『最期まで』という一語が、まるで自らの意志を持つように力を有して見えた。

「なんやねん、これ。書き間違えたんとちゃうんか」

「わかりません。だけど」

「あのバカ、ホンマに何しとんねん」

脇田の口調には、どこか自分を責めるようなニュアンスが含まれていた。

「おい、広也。懐中電灯取ってこい。俺は寮長に報告してくる。ちっ、急げや!」

再び脇田と落ち合い、境内に飛び出すと、たちまち冷たい空気に身を包まれた。懐中電灯を片手に、敷地内を駆け抜ける。奥住の向かいそうな場所にあてはないが、寮舎でボーッとしているわけにはいかなかった。

鐘楼を横切り、五代杉のわきを通りすぎようとしたとき、広也は背後に人が動く気配を感じた。釣られるように振り返ると、月の出ていない長穏寺の夜に、人影がうごめいていた。

「武広《むこう》さん、あれ……」

よく見ると、影は一つではなかった。脇田は力なく首を振る。

「あれはちゃうで。またオッサンどもが街に繰り出そうとしとるだけや。ほっといたらええ」

脇田は先を急いだが、広也はキツネにつままれるような思いに駆られた。三人組は忍び足で龍門《りゅうもん》をくぐり抜け、あっという間に迎えにきた車に乗り込んだ。

「夜遊び、街、オッサン？」

寺には馴染《なじ》まない単語を復唱する。最後尾にいるのが隆春にも見えたが、さすがに気のせいか。意識はすぐに奥住に向かった。

※

八谷と吉川、そして榊の三人に引き連れられた雑居ビルの三階に、なぜか看板は出ていなかった。それどころかライトさえ灯《とも》っていない。坊主の遊び場、イコール自分が働いていたようなケバケバしい飲み屋と勝手に想像していただけに、人の気配すらしないのは不気味だった。

扉を開くと、さらに目を疑いたくなる光景が視界に飛び込んできた。うすいピンクの壁に囲まれた店内には、滑川弘陵《なめかわこうりょう》や安藤栄仁《あんどうえいしん》など八人ほどの見知った顔があった。出《い》で立ちだけは寺の中そのままに、寺にいるときとはまったく違った表情を見せている。

ある者は焼酎《しょうちゅう》の瓶を片手に、ある者はキャミソール姿の女性の腰に腕を回して、大騒ぎしていた。テーブルには空いたビール瓶が散乱し、分厚い財布が無造作に置かれている。下手くそなカラオケが大音量で鳴り響き、下品な笑い声が飛び交っている。

「一日ウン十万ってな。それを使うまでは寺に帰ってくるなっていう金主みたいな古参が寺の中にいるらしい。俺もくわしくは知らないけど」

榊の言葉は耳に入ってこなかった。隆春の目はすぐに違う光景に吸い寄せられた。カラオケで盛り上がる仲間たちを尻目《しりめ》に、一人でカウンターでウイスキーグラスを傾けている男がいる。

男はあきらかに他とは違う空気を纏《まと》っている。隆春は思わず息をのみ込んだ。制中に入る前、木の葉峠の山頂で榊が言ったことが唐突に頭を駆け巡る。

「まぁ、その前にハードルを越えてもらわなきゃならなくなるとは思うけど」

男はゆっくりと振り返った。一瞬怪訝そうな表情を浮かべたあと、隆春にとって何より高いハードル、岩岡厳俊《いわおかげんしゅん》は退屈そうに鼻で笑った。

隆春は迷わずカウンターに腰を下ろした。岩岡と話したいわけではなかったが、それ以上にテーブルについてバカ騒ぎする気にはなれない。

「いい身分だな。一年目の分際で」

グラスをゆっくり傾けながら、岩岡はすごむように言ってきた。

「あんたこそ大したことやってるんだな。寺ではずいぶん偉そうなのに。正直言ってガッカリですよ。さぞや立派な和尚なのかと思っていたのに」

半分はイヤミだったが、もう半分は本音だった。毀誉褒貶《きよほうへん》の激しい男ではある。陰で悪口を言う人間も多いが、しかしそういう者に限って隆春の目には中途半端にやる気のない僧に見える。入山の日に山門でやり合って以来、もちろん一度だって心を許したつもりはなかったが、どこかで岩岡に一目置いている自分もいた。

「まぁ、たしかにな。自分でも本当にそう思うよ」

岩岡はしみじみと口にする。張りのない声も、どこかリラックスした表情も、隆春にはすべて新鮮だ。寺では五年目を越えた古参など仏にも等しい。岩岡と面と向かって口を利くのもはじめてだった。

「たしかに俺はタイミングを逸したのかもしれないな。山に期待して、ここには何かあるはずだって信じすぎて、結局ズルズルと居続けた。こうやって当たり前のように夜遊びして、恥じ入ることもなくなった。安居《あんご》した頃の自分が見たら、堕落だって殺したくなるだろうな。お前は絶対こうなるなよ」

ふと壁に立てかけられたエレキギターが目に入った。かなり年季の入ったギブソンのフライングVだ。榊が言っていたのはこのことだろう。

手が小刻みに震え出す。できることなら思い切りかき鳴らしたい。他に人がいなければ、修行中の身でなければ、かまわず手に取ったに違いない。ギターさえあれば、この鬱屈《うっくつ》した気持ちも少しは解消されるはずなのに。

店の中のざわめきが不意に立ち消えた。次の瞬間、カラオケのスピーカーから大音量のバースデーソングが流れてきた。店の中の視線が岩岡に吸い寄せられる。

八谷と滑川が奪い合うようにマイクを取った。そして〈♪ハッピーバースデー、ディア、巌俊さ～ん〉と声高にハモったところで、店中に祝福の声が飛び交った。

岩岡は渋々立ち上がり、誰かの「何歳になったんだ？」という普段なら絶対に許されない質問にも、素直に「二十九」と答えた。そして「そうか。ということはもう七年目になるのか」と続けた小さな声は、おそらく隆春の耳にしか届かなかった。

「ええと、今日はありがとう。明日からまた厳しい巌俊さんに戻ると思うので、そのつもりで覚悟していてください」

今までで一番大きな歓声を浴びながら抱負を述べると、岩岡は一仕事終えたように席についた。

「昔からこういうスピーチみたいなのは苦手なんだ」

言い訳めいた言葉を無視して、隆春は詰め寄るように口を開いた。

「誕生日だからって酒飲んでいいなんて認めないからな」

「だから認めて欲しいなんて言ってないだろうが。何なんだよ、さっきからお前は。突っかかんなよ」

声に出して笑う岩岡を横目に、隆春は残っていたウイスキーを一息に飲み干した。半年ぶりの酒はやはり染みた。全身の血がたぎっているのを自覚する。

「なぁ、厳俊さん。こんなことしてて本当に一般の人を救ったりできるんですかね？」

しばらくして尋ねた隆春に、岩岡は淡々と問い返してきた。

「救うって、誰が？」

「だから俺たちが」

「はっ、何を言ってるんだ、お前は。図々《ずうずう》しいな」

分厚い肩を自分でもみながら、岩岡は吐き捨てるように続ける。

「俺たちが救うんじゃない。俺たちの方が生かされてるんだよ。お前、半年も長穏寺にいてそんなこともわからないのか」

「じゃあ、なんで――」

隆春は言葉につまりかけたが、なんとかのみ込まれそうになるのを断ち切った。

「じゃあ、なんで俺たちは僧侶《そうりょ》になろうとしてるんだよ？」

「さぁな。それを考えるためなんじゃないのか」

「またかよ。あんたらいざとなったらいつもそれだな。こっちが答えを求めると二言目には考えろって。一休《いっきゅう》さんのトンチじゃねぇんだぞ。たまにはスカッと答えろよ」

「なんだよ、お前。酔ってるのか？」

隆春は大きく首を振る。岩岡はなぜか優しい笑みを浮かべて、鼻をすすった。

「じゃあ、逆に聞くけど、お前はなんで僧侶になりたいんだよ」

「べつに。さっきも言った通り、俺は誰かにとっての救いでありたいんだ。こんな世の中だし、宗教の出る幕は絶対にある。そこに俺はかかわっていたい。悪いかよ」

なかばケンカ腰に声を張ると、岩岡はおどけたふうに苦笑した。

「悪くはない。ただ、ちょっと傲慢《ごうまん》だ。いいか、隆春。人を救えるのは仏だけだ。いや、仏じゃなくてもいい。キリストでも、アラーでもなんでもいい。人を救えるのはそうした存在だけであって、俺たちはその声に耳を傾けることしかできないんだ。敬千宗では、仏は自分の心の中に宿るっていう考えだよな。だから坐禅《ざぜん》がある。ひたすら考え続けるって、きっとそれだけのことなんだ。あいつらはバカみたいに仏の声に耳を傾けてるらしい。じゃあ仕方ない、もう少し生かしといてやるかって、お前の言う一般の人たちにそうやって生かされてるんだ。傲慢になるなっていうのはそういうこと」

「ちょっと、待てよ。なんで、そんな——」

「今から七年くらい前にな、お前とまったく同じ勘違いをしていたヤツがいたんだ。もっと俺を見ろ、俺を敬えって。そう思い続けた結果、ずるずる泥沼にはまっていったヤツがいた。これはそいつからの忠告だと思って、まぁ素直に受け入れろよ」

岩岡は最後に言って、からりと笑った。ところどころカラオケに邪魔されたし、酔ってもいた。岩岡の言いたいことは半分も伝わらなかったのかもしれないが、隆春は重かった何かがスッと消えていくのを感じた。

そのとき、八谷が慌てた様子でカウンターに寄ってきた。

「厳俊さん、ちょっと」

八谷は岩岡の耳もとで何かささやき、持っていた携帯を差し向けた。その声までは届かなかったが、まぶしく光る携帯の画面は目に入った。その瞬間、隆春は大きく目を見開き、絶句した。

『オクズミ自殺。すぐ戻れ』

文面から詳しい内容を窺《うかが》うことはできなかったが、とんでもない事態が起きていることだけは想像できた。

「状況は？」

動じた様子を見せない岩岡の問いかけに、八谷は怯《おび》えたように首を振る。岩岡は隆春に目を向けてきた。うながすように、隆春は力強くうなずいた。

二人で息を合わせたように、席を蹴《け》ったのはほとんど同時だった。

※

仏殿の像に手ぬぐいを巻き付け、奥住は首をかけていた。発見したのは、警備にあたっていた直歳寮《しっすいりょう》の同安居だ。「うあっ！」と叫んだ声は静寂に包まれた夜の山に大きくこだまし、すぐに騒然となったという。

このとき、広也は脇田とダムの近くを探索していた。昼間坐禅をしていたあたりに懐中電灯を照らしていると、遠くから救急車のサイレンの鳴る音が聞こえた。漆黒の闇の中を、赤いランプがせき立てるように近づいてくる。先に走り出した脇田を追って、広也も境内に駆け戻った。

白衣を着た男たちが廻廊《かいろう》を行き来していた。はじめて目の当たりにするものものしい長穏寺の夜に、広也は最悪の事態しか想像できなかった。

他の雲水たちの流れに沿って、廻廊の階段を駆け上った。そのとき、前方からざわついた声が聞こえてきて、声はさざ波のように広也のもとまで下りてきた。『十戒』の海のように、階段の人垣が壁沿いに割れていく。「そこ、どいて！」と絶叫する救助隊の声に呆然《ぼうぜん》と退くと、担架で運ばれる奥住の姿が見えた。

ある者は痛々しく目を逸《そ》らし、ある者は祈るように合掌した。そのすべてが広也には茶番に思えた。この中の誰が、奥住の声に耳を傾けてきたというのか。自分も含め、哀れむ権利は誰にもない。

通り過ぎていく奥住に、広也は話しかけることができなかった。あまりに柔和で、微笑んでいるようにも見える奥住に、かける言葉が見つからない。

去っていく奥住に導かれるように、何人かの同安居《どうあんご》はあとを追った。広也も続こうとしたが、そのとき突然強烈な吐き気を催した。耐えてきたものを廻廊の隅にぶちまける。目が熱く滲《にじ》み、吐く息がどんどん荒くなる。

どれほどの時間が過ぎたのか。ようやく呼吸が落ち着いてきた頃、広也は奥住が発見されたという仏殿へ向かった。

嵐が過ぎ去ったあとのように、仏殿は静けさを取り戻していた。悠然とたたずむ釈迦《しゃか》如来《にょらい》像は、奥住の一部始終を見ていたのだろうか。ならば、なぜ止めてくれなかったのか。どうして自分は止められなかったのか。奥住に逃げ道はなかったのか。

柱の陰に落ちていた手ぬぐいを手に取った。奥住がいつも使用していたものだ。じっと見つめ、息を吐く。そのとき、背後で「おい」という荒々しい声が轟《とどろ》いた。

いまだに頭が働ききらないまま、ゆっくりと振り向くと、そこに隆春がいた。そのうしろには、怯えたように唇を青くさせる榊がいる。

見えない何者かに操られるかのように、広也は歩き出していた。途中、隆春を横切るとき、かすかに酒の匂いを感じたが、関係ない。広也は真っ直ぐ榊のもとへ近づき、目いっぱいの力でその頬を殴りつけた。たいした力ではなかっただろうが、榊は頬に手を当て、へたり込む。

「テメェ。半端なことしてんじゃねぇぞ、コラ」

再び響いた隆春の声に、ふっと我に返る。あらためてゆっくりと振り返った。久しぶりに真正面から捉《とら》える隆春の顔だ。

「守るんだったら死ぬ気で守ってやれや！　中途半端な優しさがあいつを追い込んでいったんじゃねぇのかよ！」

隆春は目を真っ赤に潤ませながら、正面から批判してきた。なんで、お前に？　お前にだけは言われたくない。絶対に、お前には――。

しかし、広也は声に出して言えなかった。決して怯《ひる》んだわけではない。奥住の残した手紙にこんな一文があったからだ。

『隆春くんへ　いつかは助けてくれてありがとう。もう君は覚えてないかもしれないけど、本当に嬉《うれ》しかった。それともう一つ、できれば広也と仲直りしてください』

奥住の手紙には、広也の知らないことが山のように書かれていた。半年も一緒にいたというのに、自分が守っているつもりだったのに。結局、隆春の言う通りなのだ。悲しいほど知らないことばかりだった。

明日が奥住の誕生日だったということを手紙で知った。実は奥住の方が二つも年上だったというのも、やはりはじめて知ることだった。

七　章　山眠る――冬

小さい頃にテレビで見た僧は、みな同じような顔をしていた。似たような袈裟《けさ》や作務衣《さむえ》に、垢抜《あかぬ》けないメガネ。髪はもちろんキレイに剃《そ》られ、その細い目から何を考えているのか読み取れない。

だから入山する前は、みんなもっと「僧侶《そうりょ》」なのだと思っていた。だが、長穏寺《ちょうおんじ》に一歩足を踏み入れただけで、水原隆春《みずはらたかはる》は彼らが同じ「人間」であることを思い知った。いや、寺という閉鎖的なコミュニティの中で、彼らはより生々しく人間らしかった。

最初に面食らったのは、イニシアチブの握り合いだ。それはひたすらエンディングを目指すテレビゲームに似ていた。労力と時間を惜しみなく注ぎ、必死に目指し、辿《たど》り着いたところで、熱に浮かされていない者にはなんの意味もなさないもの。長穏寺での立ち位置の奪い合いは、隆春にそんなことを連想させた。

そして、彼らはより欲望に対して忠実だった。抑圧された日常の生活は、まるでそれを解き放つための貯蓄のようだ。あの夜、宝町の雑居ビルで目にした雲水《うんすい》たちのらんちき騒ぎは、今も脳裏から離れない。

官僚が社会の公僕であるように、僧侶は人々の心の下僕であらねばならない。かつてそう説いた住職がいた。しかし彼らは世俗に犯され、色を欲し、それなのに一歩敷地の外へ出れば当然のように尊敬されようとした。社会の心などとっくに宗教から離れているというのに、危機感さえ持ち合わせずに。

一人一人の雲水にハッキリとした個性があった。トップを狙う者、その腰巾着《こしぎんちゃく》に収まる者、そうした人間を遠巻きに眺める者、ポジション争いに利用される者。長穏寺の内部はテレビで見るのとは違っていた。一人一人が、当然ながら人間だった。

だが、奥住貴久《おくずみききゅう》の出来事があって以来、長穏寺に集った面々から個性は消えた。それは僧として生きることの覚悟から来るものではない。事件のあとに残ったのは、精神的に負った傷を正面から受け止められず、ただ山を下りる日を待ちわびるだけの無為な時間だ。

ちゃんちゃらおかしい、と隆春は鼻で笑った。自分の傷にさえ向きあえず、何が心の下僕だ。

奥住の件は、隆春に違う扉を開かせた。それは一周まわってもとの立ち位置、「坊主って面白そうじゃん」と無責任に思っていた頃の感覚に、不思議と近い気がした。

※

「さぁて、そろそろ行こうか」

振り向くと、隆春が満面に笑みを浮かべていた。小平広也《こだいらひろや》はほうきを動かす手を止めて、首をひねった。

「もうそんな時間？」

「ううん。まだ全然早いけどさ。まぁ、いいんじゃね、いい天気だし」

隆春が大げさに見上げた空を、広也は一緒に追った。なるほど、空には仲間の群れからはぐれたように雲が一つ浮かぶだけだ。

「たしかに。いい天気だ」

奥住の一件があって以来、隆春と連れだって山上のダムに行く習慣ができた。四九日《しくにち》日《び》はもちろん、休日でなくてもヒマを見つければ足を運んでいる。

隆春は否定するだろうし、広也も気恥ずかしくて口にはできない。でも、奥住が隆春に宛てた『広也と仲直りしてください』という一文は、少なからず二人の関係を正常なものに導いた。奥住が心の底から絞り出した言葉なのだ。影響がなかったといえばウソになる。

「なぁ、今日であの日からちょうど三ヶ月って知ってた？」

水辺に腰を下ろし、隆春は感慨に耽《ふけ》るように続けた。

「めちゃくちゃ早いと思わね？　入山から三ヶ月は上り坂みたいに苦しかったのに、この三ヶ月は逆に転げ落ちるようだったよ。今から三ヶ月後って、お前はもう山を下りてるんだろ？　いいのかよ？　お前は何かやり遂げたって胸張って言えるのか？」

しまいには責め立てる口調になった隆春に、広也は途中からウンザリした。

「話が長いし、質問が多すぎだよ。僕は何に答えればいいんだよ」

「じゃあ、まずは超早くね？　ってやつ」

「うん、早いな」

「え、それだけ？　なんかあるだろ。人間はそうして歳を重ねていくのかとか、ついこないだ彼岸花だったのにもう水仙だとかさ。そういう詩的なのを――」

「うるさいよ。ワケがわからないし、べつに詩的とも思わないよ」

広也はさすがに話を遮った。隆春が言うように、この三ヶ月間はたしかに異常な早さで過ぎていった。でも、それだけのことだ。何か感慨に耽るほど、そのスピードに特別な意味があるとは思えない。

しかし後半に続いた言葉は、不思議な力をもって広也の心を捉《とら》えた。三ヶ月後には自分は山を下りている。何者でもない自分を直視し続け、結局何かをやり遂げたという感慨を持てないまま、きっと山を下りるのだろう。

「そうか。ちょうど三ヶ月ということは、今日はいわゆる月命日《つきめいにち》なんだな」

隆春は手のひらを合わせながら、冗談とも本気ともつかないことを口にした。

「やめろよ、縁起でもない」

広也は咎《とが》めようとしたが、隆春の方も真剣な表情を崩さない。

「いや、本当にあの夜みんな死んだんだぜ。実際に行動を起こした奥住はもちろん、俺も、お前も死んだんだ。あの頃の鬱々《うつうつ》と考え込むだけの俺たちなんてまとめて成仏《じょうぶつ》しちまえばいいんだよ」

隆春は足もとにあった平べったい石を拾い上げ、器用に放り投げた。水の上を、石は自ら意志を持つように駆けていく。広がっていく波紋を見ながら、隆春が早かったと振り返るこの三ヶ月のことが脳裏に浮かんだ。

奥住が担架で運ばれ、救急車のサイレンの音が山の中へ吸い込まれていった。それからの数日間は長穏寺全体が浮き足立ったような、落ち着かない空気に包まれていた。坐禅《ざぜん》をしていても、食事をしている最中も、いつも奥住のことが頭にあった。それでも奥住のことを表立って口に出す者はいなかった。くさい物に蓋《ふた》をするような、修行そのものが途端にしらじらしいものに感じられた。

誰かがお咎めを受けたのか、警察の事情聴取があったのかさえ広也は知らない。奥住の一番近くにいたのは間違いなく自分だったのに、結局今日に至るまで呼び出されることはなかった。

深い木々に阻まれた伽藍《がらん》と同様、長穏寺の内部は外からは見えにくい。日本を代表する仏閣での出来事ということもあり、マスコミも警察も踏み込みにくい部分があったのだろう。

それほど大騒ぎになることもなく、気づいたときにはその影はちらつかなくなっていた。奥住がもたらした喧噪《けんそう》は何本も点《とも》されたロウソクの一本のごとく、気づかぬうちに

た。

同安居《どうあんご》たちとは逆に、ケンカばかりしていた三ヶ月だった。口をつぐもうとする同安居《どうあんご》たちとは逆に、

消えていた。そして表面上はこれまでと変わらない修行の日々が始まった。

広也は常に自分に奥住のことを突きつけていた。口をつぐもうとする同安居《どうあんご》たちとは

逆に、ケンカばかりしていた三ヶ月だった。相手はもちろん隆春だ。目立っていた一部の人間が影を潜めていく一方で、二人の口数は日に日に増えていった。

「うう、寒ぃ。やべぇよ。十二月ってこんなに寒かったっけ？　田舎育ちのお前と違って俺は都会っ子だからよ。骨身に染みるぜ」

先ほどまで晴れ渡っていた空が、いつの間にかうすい雲に覆われている。水面に映る景色も寒々としたものに変わり、山から吹き下ろす風が木々をざわめかせる。

「最近の俺、無理して明るく振る舞っているように見えるか？」

小さく背中を丸めた姿はどこかコミカルなのに、隆春は真顔で訊《たず》ねてきた。

「いや、べつに。なんで？」

「俺さ、いつからあんな風に宗教を正面から捉えるようになってたんだって、最近ずっと考えてるんだよね。だって俺、最初の動機って、安定してるんじゃないかと思ったからなんだぜ。本来、俺だけは傍観していれば良かったのに、二世が許せんとか、継ぐ寺がある奴《ヤツ》はダメとかさ。そんなことすら本当は関係なかったんだ。俺は自分が安定さえしていれば良かったはずなんだから」

隆春は大きく息を吸いながら、再び空を見上げた。先ほどよりもさらに雲は重く立ち込めている。今にも泣き出しそうな、物憂げな雲だ。

広也は黙っていたが、隆春は気にする素振りも見せずに続けた。

「結局、俺は仏教を自分の人生を賭《か》けるのにふさわしいものって、思い込もうとしてたんだよな。いつかの音楽がそうだったように、これからの人生を賭けるのにふさわしいものであってくれなきゃ困ったんだ」

「じゃあ、宗教は未来を賭けるのにふさわしくないのかよ」

広也は思わず口を挟んでいた。小さい頃から宗教が生活の中心にあった自分と隆春とでは、受け止め方は違うに決まっている。そう理解はしていたが、妙に突き放したような言い方が気に入らなかった。

隆春は飄々《ひょうひょう》と首を振った。

「正直、完全なものとは思えない。少なくともこっちから強引に入っていかないと、宗教は見向きもしてくれない。でもそんなことは関係なくて、だから俺のエゴだったんだよ。宗教が音楽に取って代わるすごいものであってもらわなきゃならなくて、だから期待して、勝手に裏切られた気持ちになってただけだ。だって生半可な気持ちで音楽やってたヤツなんてごまんといて、そんな連中を俺は屁《へ》とも思ってなかったんだぜ。自分が楽しけりゃそれで良かったくせに、なんでここでは同じように思えないんだよ」

独り相撲だったんだよ、と最後に吐き捨てるように言って、隆春は小さな笑みを口もとに浮かべた。

じっと湖面を見つめる目からその感情は読み取れなかった。広也の耳に、しばらく余韻が残っていた。

「僕の尊敬するある住職は、ありのままを受け止めろって口癖のように言うよ。考えるという行為が介在しただけで本質を見誤るって。坐禅をする唯一の意味は、考えることから解放されることだって」

広也が言うと、隆春はおかしそうに肩を揺らした。

「俺の尊敬する和尚さんは、とことん考えることだけが仕事だって言うぜ。坐禅は深く自分を考えるための行為だって。ま、どっちも結局は同じようなことを言ってるんだろうけどさ。なぁ、広也。一つだけ言っておくぞ」

隆春はゆっくりと立ち上がった。再び石を取り、今度は思い切り遠くへ投げる。石が水を打ったとき、隆春は宣言するよう口にした。

「俺は宗教に絶望したわけじゃないからな。俺が勝手に混乱してただけだ。だから、俺はもう好きなように遊ぶよ。ギター弾いてたときみたいにさ。これからはやりたいようにやらせてもらう」

話が終わった次の瞬間、隆春は不敵に微笑んだ。

「ま、そんなことを思えるようになったのも、あいつがギリギリ踏みとどまってくれたおかげなんだけどな」

隆春の声に導かれるように、ダムに通じる階段の方に目をやった。再び肥え始めたその姿が視界に入った途端、目頭がギュッと熱くなった。

のっそのっそと肩を揺らしながら近づいてくる奥住貴久は、顔色も良さそうで、はじめて見るような明るい笑みを浮かべていた。

※

奥住を確認したとき、友人の目が潤んだのを隆春は見逃さなかった。

「おいおい、もう泣いてたんじゃ世話ないぜ。笑えよ」

隆春が茶化さなかったら、広也は本当に泣き出していたに違いない。たしかに奥住の表情にはつかえていた何かを取り除いてくれる力があった。

本当はすぐにでも駆け出していって、肩でも抱いてやりたかった。その衝動を、隆春はグッと押し殺した。なんとなく広也が先と思ったからだ。

広也はすくっと立ち上がって、奥住に向けて悠長に手を振った。奥住もわざわざ立ち止まり、こちらに手を振り返す。

隆春の顔にも笑みが広がる。あれだけ明るい表情を取り戻したのだ。本当に、生きていてくれて良かった。それだけで充分だ。

「ああ、重かったぁ」と、奥住は山のような荷物をドサッと地面に置いて、大きく息をついた。

交互に二人の顔を見つめ、まずは広也の方だとアゴをしゃくった隆春を確認して、こくりとうなずく。

「久しぶりだね」

明るく言った奥住をしばらく凝視し、広也は拍子抜けしたように肩を落とした。

「なんだよ、お前……。なんでそんなに笑ってんの？　こっちがどれだけ心配したと思ってんだよ」

責めるような広也の口調に、隆春は笑みをこぼした。奥住に会ったら何より先に謝りたい。つい先日そんなことを言っていたくせに、素直じゃない。

「うぃす、先輩。お元気そうで何より」

次に顔を向けてきた奥住に、実は年上だったということを茶化して隆春は言った。

「先輩とか言うのはなしだよ。久しぶりだね、隆春《りゅうしゅん》くん。元気にしてた？」

「おかげさまで。一皮剝《む》けたように飄々と生きてるよ」

「そう、それは良かった。本当に良かった」

思えば、奥住と面と向かって話すのはこれがはじめてなのではないだろうか。奥住はいつも広也の横にいたし、隆春は引き離されるように違うグループにいた。

隆春にとって、奥住は広也との距離が遠ざかっていくことの象徴だった。たしかに一度は絡まれているところを救ったかもしれないが、それだって正義感から来るものでなく、日々の修行に対する苛立《いらだ》ちをぶつけただけだ。隆春の気持ちの変遷とは別に、奥住がどうして心を開いてくれたのかは、思えば不思議な気がする。

「いつも広也から聞かされてたんだよね」

そんな隆春の疑問を感じ取ったかのように、奥住は言った。

「雲水の中には寺を継げない人間もいるって。それでも仏教や敬千宗《けいせんしゅう》に期待して、自分の意志でここに飛び込んできたヤツがいるって。そういう人間に対してお前は失礼だって、いつも広也に説教されてたよ」

こそばゆい気持ちに駆られ、ふと天を仰いだ。それは広也も同じだったようで、すぐに話題を変えた。

「もう役寮《やくりょう》さんのところには行ってきたのか？」

奥住は小さくうなずいた。

「うん、門前町でね。あの夜のことには何も触れずに、また太ったかって。ジーンズがパツパツじゃないかって。僕、役寮さんがジーンズパツパツとか言う人だって知ってたら、もっと相談とかできてたんだけどな」

隆春はボンヤリと奥住に目を向けていた。先ほどからずっと気になるものが視界の隅を捉《とら》えている。

隆春の視線に気づいた奥住が、のんびりとそれに手を伸ばした。

「あ、これ？　なんか実家に何本かあって、どれを持ってきたらいいのかよくわからなかったから、一応、一番カッコイイの持ってきたんだけど」

今日、長穏寺を訪ねることを伝えてきた奥住の手紙に、隆春は返事を書いた。そして謝罪や礼の言葉とともに、こんな一文を綴《つづ》ったのだ。

『もちろんあればでいいんですが、できればギターなどを一つ、いやもしあれば』

隆春の期待に奥住は見事応《こた》えてくれた。なぜこんなギターが実家にあるのか知らないが、奥住が意味もわからず持ってきたのは、またしてもフライングVだった。見栄えなんてどうでもいい。六本の弦が張られていれば充分だ。

久しぶりのネックの感覚が手に伝わった。チューニングを一本一本丹念に合わせていると、目の前が影で覆われた。

「いい身分じゃねぇか、修行中の分際でギターかよ」

顔を上げると、岩岡厳俊《いわおかげんしゅん》が直立不動で立っていた。岩岡には奥住が来ることを告げてあった。肩をいからせて輪に入ってきた岩岡の視線が、すぐに奥住に注がれた。

「久しぶりだな、デブ。元気にしてたか」

奥住はのまれることもなく、胸を張ってやり返す。

「厳俊さんこそお変わりなさそうで。おかげさまで、僕はすっかり元気です」

岩岡は驚いたように口をすぼめたが、すぐにおかしそうに肩を揺らした。二人のやりとりはそれで終わった。三人の輪に岩岡が加わり、全員の視線があらためてギターを持つ隆春の手に注がれる。

「で、何を聴かせてくれるんだ？」

岩岡の質問に答えるより先に、隆春はボロンとギターを弾いた。そうしたが最後、ギターをかき鳴らす右腕は止まらなくなる。指の皮はすっかり柔くなり、当然動きもおぼつかない。加えて今にも雪が舞いそうな寒さである。

ハッキリ言って、演奏はひどいものだった。でも、久々のギターは自分でも異常と思えるほど気分を盛り上げてくれた。三人の観客を前に立ち上がり、しまいには歌詞まで口ずさんでいる始末だ。

嫌いなはずの歌を歌っていたら、入山からの日々が流れるように駆けめぐった。希望だけを胸に広也と熱く語った門前町の最後の夜、右も左もわからず山門で岩岡に食ってかかった日、きついだけの修行に慣れ始め、次第に立場や本質を見誤り、仲間の愚行に気づけず、奥住を孤立させていったこと。

その三人とこうして膝《ひざ》をつき合わせて座っている。すべてに正しく、意味のあることだったとは思わない。でも仏門を叩《たた》いて本当に良かったと、今はじめてそう思う。

一曲丸々弾き終えて、隆春はふうっと息を吐いた。汗を拭《ぬぐ》いながら見渡すと、三人とも呆気《あっけ》に取られた表情を浮かべている。隆春の肩をグッと引き寄せ、最初に口を開いたのは岩岡だ。

「おいおいおい、なんだ、お前。スゲーじゃねぇか！　でかした、でかしたぞ！」

途端に恥ずかしくなり、隆春はあいまいに手を振ったが、「なんていう曲？」と今度は広也が問うてきた。

「ん？　『フリー・ブッダ』。俺たちの代表曲の一つだった」

早くこの流れが終わらないかなと思いながら答えたが、全員の眉間《みけん》に示し合わせたようにシワが寄る。

「どういう意味だよ？」と、再び広也が訊《たず》ねてきた。

「何が？」

「だから、フリー・ブッダってどういう意味？」

「さぁ、仏さんだって自由なんだとか、そういう叫び？　さもなければ神のご加護は無料ですよとか、そういうことじゃね？」

「なんだよ、お前が作った曲じゃないのか？」

「いや、バリバリ俺が作った曲だけど」

「はぁ？　なんだ、そりゃ」

岩岡が腹を抱えると、今度は奥住が思い出したようにくすりと笑った。

「そういえばね……。ブッダって言えば、仏教が真理っていうことなのか、人間の潜在意識の話なのかわからないんだけど、僕、川を見たんだよね」

「川？」

繰り返した広也を一瞥《いちべつ》して、奥住は力強くうなずいた。

「病院で目を覚ます直前にさ。あれってやっぱり三途《さんず》の川だったのかな。妙に白っぽい世界で、やたら二次元的っていうか、平面なところでさ。僕の足取りは軽いんだ。スキップするように川を渡ろうとしたら、今度は川岸で知らないオジサンが寝転がってるんだよ。おだやかに笑いながら、手にこう頭をのっけて、横向きで。でも、目はつぶっているの。それって誰だと思う？」

「そんなもん、その状況で、そんなカッコしてるヤツなんて一人しかいねぇだろ」

思わずというふうに応《こた》えた岩岡に、隆春が掛け合った。

「まぁ、〝一人〟って言い方が正しいかわからないですけどね。〝ヤツ〟とか」

奥住は真顔で二度、三度とうなずき、今度は岩岡を見つめて、滔々《とうとう》と語り始めた。

「僕、当たり前なんですけど、はじめて生で見たんです。あれって、やっぱりお釈迦《しやか》さまだったんですよね。全身が黄金色で、頭つぶつぶの年齢不詳の男の人が、さぁ、これから川を渡りますっていうとき、突然すくりと起き上がって、僕の行く手を――」

奥住には意外な特性があるようだ。三人の心をがっちりつかんだまま、自分の世界へと引き込んでいく。

「その人、しばらく僕のことじっと見て、何しに来た？　って聞くんです。僕が、よくわかりません。そもそもここはどこですか？　って逆に聞き返したら、おもむろに右手をこう顔の前に挙げて、そして言ったんです」

奥住は軽く握った拳《こぶし》を、岩岡の顔の前に差し出した。そして小さく息をこぼし、覚悟を決めたように中指を突き立てた。

「こうやって、ファック・ユー！　って、その人、本当に言ったんです」

数秒の間、沈黙があった。黄金で頭つぶつぶの男が中指を立てる画《え》がじわじわと頭に浮かんできて、直後に笑いが爆発した。

隆春は腹を抱えて笑い、普段あまり笑みを見せない広也も目に涙を浮かべていた。中指を立てられた岩岡は誰よりも豪快に身体を揺する。

奥住は一人「本当だよ。本当の話なんだ」と真顔で繰り返したが、真偽のほどは確かめようもなかったし、正直どうでも良かった。

その経緯はどうであれ、自分たちが存在を信じたお釈迦さまが、そんな愛嬌《あいきょう》のある男だという発想が重要だ。

久しぶりにスカッと胸躍る話が聞けた気がして、隆春は無性に嬉《うれ》しくなった。

※

晩課の時間が近づき、そろそろ別れの時間も近づいてきた頃、奥住はようやく本題を切り出した。

「遅くなっちゃったけど、今日みんなに聞いてほしかったのは他でもなくて。僕、春からまた修行道場に入ることになったんだ。藪寺《やぶでら》っていう九州の小さなお寺で、一年間。今度は自分の意志で、みんなみたいに自分と向き合ってみるよ」

「親父《おやじ》さんとはちゃんと話し合ったのか？」

言葉を嚙《か》みしめるより早く、広也は声を発していた。あの父親が息子の起こした事件を、そしてその決断をどう受け止めたのか、知りたかった。

奥住は小さくうつむいたあと、力強く胸を張った。

「お父さんとは何度も話し合った。僕がまた春から修行に行きたいって言ったら、涙を流して喜んでたよ」

岩岡も嬉しそうに微笑んだ。

「藪寺って長崎だよな？　うち熊本だからよ。また逃げ出したくなったら、今度は俺んとこ来い。うまいラーメン食わせてやるよ」

意外そうに目を細めた奥住を代弁するように、今度は隆春が口を開く。

「俺んとこ来いったって、あんたはここにいるじゃねぇか。奥住は春からだって言ってるんだぜ。頼りたくても頼れねぇよ」

岩岡は気怠《けだる》そうに腰を持ち上げた。

「俺も冬の制中《せいちゅう》が明けたら下山《あさん》するつもりだ。俺にとってはいつの間にかここの方がぬるま湯になってたからな。実家に戻って、また一等兵から仕切り直しだ」

そうつぶやいた岩岡と奥住が並んで坂を下っていった。「数ヶ月前には考えられない光景だよな」と笑いながら、広也と隆春はうしろを歩く。

「呆気ないもんだな。やっと心を許せる仲間っぽいのができたっていうのに、奥住とはここで、厳俊のおっさんとも春が来る前にお別れだ」

そして広也もまた一足先に山を下りるのだ。隆春はもちろんそれをわかった上で言っているのだろう。

龍門《りゅうもん》前で、奥住は振り返った。名残惜しそうに寺を見渡し、「みんな、本当にありがとう」という言葉を残して、颯爽《さっそう》と門前町へ消えていく。そのうしろ姿を横並びで眺めながら、岩岡がささやくように言った。

「だいたい水原はいつから俺にタメ口使えるほど偉くなったんだ？　お前ら絶対許さねぇからな。ゲットだ。今から当番所行って正座しとけ」

たしかにそうだ。隆春の岩岡に対する最近の態度は少し目に余る。しばらくの間、広也は他人事《ひとごと》のように聞き流していた。だが、ふと気がついた。

「ん、僕も？　今、お前らって言わなかった？　ら、って」

広也が目をパチクリさせると、隆春はいたずらっぽく肩をすくめた。その疑問に答えたのも岩岡だ。

「当たり前だ。小平、お前もだ」

「ええ、なんでですか？　僕、タメ語なんか使ってないですよ。冗談でしょ？」

「いやぁ、本当は水原の連帯責任ってことで良かったんだけどな。今、完璧《かんぺき》に使ったよな。冗談でしょって。というわけで、小平ゲットー。いただきましたー」

岩岡の言葉に、隆春が「はい、喜んでー！」と呼応する。何が楽しいのか、二人の笑い声は見事に重なり合い、長穏寺の山中に響き渡った。

再び修行の日々が始まった。もちろん変わらず過酷ではあったが、不思議ときついとは感じなかった。起きた瞬間から神経は鋭敏に研ぎ澄まされ、夜眠りにつくまで途切れない。それは快楽にも近い感覚だった。

冬の百日安居《あんご》も瞬く間に過ぎていった。大晦日《おおみそか》は修行僧全員で鐘を叩《たた》いた。何台ものテレビカメラが取り囲むある種ものものしい雰囲気の中、冬制中の首座《しゅそ》がその一打目を叩くと、周りを取り囲んだ参拝客から大きな拍手が沸き起こった。

誰よりも強く鐘を撞《つ》き、周囲の笑いを誘った隆春から「ほらよ」と綱が手渡されたとき、広也の胸に唐突に小さい頃のことが過《よ》ぎった。

まだ物心ついたばかりの頃だ。当時は真っ先に鐘を叩かせてもらえる兄のことがうらやましくてならなかった。次男の広也に対しては甘く、たいていの要望を聞き入れてくれた父ではあったが、このときだけは広也がどれほど泣いて懇願しようと頑として首を縦に振らなかった。

父が唯一の後継者として期待し、手塩にかけた兄はもういない。そして時を経て、数年前に兄が叩くべきだった長穏寺の梵鐘《ぼんしょう》を、今、自分が撞こうとしている。

広也は小さく目をつぶり、息を吐いた。撞木《しゅもく》を振り上げ、鐘を撞く。この瞬間、父も憲和寺《けんなじ》の大鐘を叩いているはずだ。参拝する者もほとんどおらず、兄も、母も、広也もいない極寒の境内で一〇八回、父は律儀に数えて撞木を振る。

でも、来年からは二人だ。参拝者で溢《あふ》れる境内をイメージし、広也は憲和寺の再建を心に誓う。

年を越えると、時の流れはいよいよ加速した。たった一つのことを除いて、広也に山でやり残したことはもうないようにも思えた。その唯一のことこそ絶対なのかもしれないが、強引に答えを導きだそうとは思わない。

そして二月十日——。広也はついにその朝を迎えた。


救いとは、宗教とは何なのか？　結局その問いの答えを見出《みいだ》せないまま迎えた、最後の朝。うすい靄《もや》に包まれた七堂伽藍《しちどうがらん》は、やはり凍《い》てつくように寒かった。

「広也上座《こうやじょうざ》、これより乞暇《こうか》の拝《はい》！」

凛《りん》と静まりかえった僧堂に、滅多に口を開くことのない役寮の声が響き渡る。広也は外畳から堂にしっかりと一歩目を踏み入れた。

背中をかがめたまま、ぐるりと僧堂を一周する。一年前、入山を許された日に行ったのと同じ儀式だ。あの日から自分はどれほど成長できただろう。たくましさを増したのか。僧侶《そうりょ》として生きる覚悟は芽生えたのか。

途中、誰かから尻《しり》を叩かれたり、「おつかれ」という声がかかったりもしたが、広也は心を乱さなかった。

感謝と安堵《あんど》と、少しの後悔が胸にあった。だがその悔いる気持ちは、得度《とくど》式の日、父が言ったセリフを思い出してあっという間に消し飛んだ。

仏とは、宗教とは、救いとは何なのか、考え続けることが我々に課せられた唯一の仕事——。

ある者は決して考えるなと諭し、ある者は考え続けろと説く。禅問答はいつまでも続く。生きていくのがつらいのはきっと答えなんかないからだ。

でも、だからこそ人生は楽しくもあるのではないだろうか。決して今現在が答えではない。答えは死ぬその瞬間までわからない。ならば、その日まで必死に答え探しをしていればいい。だから人は懸命に今を生きなければならないのだ。

入山時に預けてあった荷物を受け取り、広也は山門に立った。決して社交的ではなかった自分のために、多くの仲間たちが集まってくれた。

その一人一人と握手を交わしたところに、たまたま通りがかったとでもいうふうな隆春と岩岡が姿を見せた。

意外にもさびしそうな表情を浮かべた岩岡とは異なり、隆春の方は弾《はじ》けそうな笑みを浮かべている。

「広也和尚、お勤め、ご苦労さんでした！」

隆春は冗談ぽく口にすると、照れたように右手を差し出してきた。隆春と同じ時間を過ごすことはもう二度とない。そうわかっていたが、感傷的にはならなかった。数日降り続いていた雪がウソのように、空は青く晴れ渡っている。

広也は少しだけ逡巡《しゅんじゅん》した。そして、静かに右手を出した。

※

「どうやって帰るつもりだ？」

気恥ずかしそうに手を引っ込めた広也に、隆春は問いかけた。広也は首をかしげ、隆春の顔をじっと見つめた。

「なんで？　歩いて帰るつもりだけど」

「やっぱりか。お前、完全に禅師様オタクだもんな。禅師様は京都まで歩いたんだ。どうせお前も同じことするんだろうって」

「はは。まぁ、うちは同じ北陸だからな。距離はそれほどじゃないけど、この雪だ。気をつけて帰るよ」

広也はニコリと微笑んで、荷物を持ち上げた。笠《かさ》も、袈裟《けさ》もくたびれ果て、これを見るだけで一年の時の流れを感じる。

「どうする？　連絡先でも交換しとくか？」

最後に訊《たず》ねた隆春に、広也はハッキリと首を振った。

「僧侶をやってればイヤでも会えるだろ。お互いの寺は知ってるんだし」

「まぁな。この空の下で俺たちはつながってるしな……とかは、言わないけどな」

広也は噛《か》みしめるように境内を見回すと、誰にともなく、深く、頭を下げた。

「短い間でしたが本当にお世話になりました」

そして小さく右手を挙げて、広也は颯爽《さっそう》と去っていった。まっさらな雪に足跡だけを残し、振り向きもせずに門前町へと消えていく。

南季荘《なんきそう》の一室から、いや、大学の講堂で偶然会った日から始まった広也との物語は、こうして幕を下ろした。取り残される方にしてみれば呆気《あっけ》ないものだ。

その数日後には百人を超える雲水に盛大に見送られ、岩岡が長穏寺をあとにし、同じ時期に入山した仲間たちも次々と山を下りていった。

チェリー・フレンドの牧田《まきた》は「いつかはごめん」と頭を下げ、反対に佐々木《ささき》は「いつかはありがとう」と礼を口にし、それぞれ実家の寺へ帰っていった。彼らは彼らで傷を負った。たとえば滑川《なめかわ》や安藤《あんどう》といった古参たちは、奥住の事件以降すっかり存在感を失った。彼らはカリスマにはなりえなかった。

榊善之《さかきぜんし》もまた予想に反し、一年で山を下りることを告げてきた。

「俺、もう一度隆春とちゃんと話したいとずっと思ってたんだけど」

奥住のことで一番心に傷を負ったのは、おそらくは榊だった。事件後、めっきり影をうすくしていったかつてのリーダーは、欠けた何かを必死に補うべく、ひたすら修行に打ち込んでいた。

「なんだよ？　三年はいるって言ってたじゃん」

「そのつもりだったんだけどな。もう一回師匠のもとでやり直すよ。ここでのことはちょっとダメージがでかすぎた。後悔してるし、反省もしてる。ホントにすまない」

そう健気《けなげ》に頭を下げる榊を山門まで見送りにきたのは、もう隆春しかいなかった。

二年目に突入すると、かつて古参たちがそうだったように、隆春も一年目を厳しく叱《しっ》責《せき》する立場になった。もちろんしっかりと陰口を叩かれているようだったし、露骨に顔を強《こわ》ばらせる者もいた。

だが、上が厳しく律しなければ下は絶対に堕落する。頭の中にはいつも岩岡の姿があった。修行が厳しいことには当然大きな意味がある。

担う役割に変化はあったが、修行そのものに変わりはなかった。ただひたすら坐《ざ》禅《ぜん》に打ち込み、内なる自分と向き合うだけだ。でも、やはり日々の生活から張り合いは消えた。こんな状況を切り開いていくことも大事な修行の一環とわかっていたが、心はついてこなかった。

厳しかったはずの日常が惰性になりつつあることを自覚したとき、隆春は山を下りることを決めた。好きなようにやればいいという考えが、最後は背中をポンと押した。そしてそう決意した瞬間から、再び生活に張りが生まれた。

春安居《あんご》の入山者をすべて迎え入れ、すぐに夏の制中に突入した。心に決めた半年はあっという間に過ぎていった。

変わったことといえば二つしかなかった。一つは北陸地方を大きな地震が襲ったことだ。明け方、寝ていた寮舎は激しく揺れ、ちょっとした混乱が起きた。

長穏寺を築いたかつての英知は耐震性にも心を砕いていたらしく、揺れのわりには伽《が》藍《らん》に被害は出なかった。長穏寺よりよほど新しい建物が並ぶ門前町の方がダメージは大きく、そちらの後処理に駆り出される機会が多かった。

そしてもう一つはちょっとした心の変化が生まれたことだ。いつか自分が寺を切り盛りしてみたい、住職になりたいという気持ちが、胸の内に膨らんでいったのだ。

一国一城の主《あるじ》になる。自分が考える修行を、信頼する僧と、信じたやり方でやってみたい。そんな願いの種火は瞬く間に胸に広がって、成し遂げねばならないという強い意志に変わっていった。

耳をつんざくほどうるさかった蟬の鳴き声が消え失せ、伽藍を取り囲む草木が黄色く色づき始めた。長穏寺が秋を迎え、そして隆春も山を下りる日を迎えた。

広也や岩岡に自慢したいほど大勢の仲間の見送りを受け、隆春は一歩目をどちらに踏み出すか少し悩んだ。広也の寺を訪ねてみようか。いや、それよりいっそ京都まで歩こうか。

南の空にボンヤリと目を向けた。これから始まる新たな修行の日々を、隆春はひたすら楽しみに思っていた。

第二部　彼《ひ》岸《がん》

八　章　雲に映るネオンの下で

「ですからね、お母さん。それを許してしまえば他の檀家《だんか》さんに示しがつきませんでしょう？　とりあえずお願いですから、頭だけでも上げてもらえませんか」

陽のいっさい差し込まない本堂脇の一室は、外の暖かさがウソのように底冷えしている。差し出した茶の湯気がみるみる立ち消えていくのを見つめながら、水原隆春《みずはらたかはる》は短く刈りこまれた自らの頭をかきむしった。

そんな隆春の困惑にかまわず、女性は今にも土下座でもしそうな勢いだ。

「でもね、どうしたって今すぐ工面することなんかできないんです。お父さんはそんな金は払えないの一点張りだし、そもそもこれは私の家族の問題なので、主人を巻き込むわけにはいかないんです」

「だからって、ご主人も家族でしょう。助け合うのは当然のことですよ」

「そうは言いますけど、本当にうちにはお金がないんです！　お父さんには墓を守るのは義兄《にい》さんの問題だって責められるし、息子はお寺なんだから話せばわかってくれるはずだって、そればっかりだし。なんで、なんで私ばっかり……」

そう泣き崩れた女性の気持ちを、隆春にも理解はできた。彼女が小学生のときに死んだ父と、中学生のときに亡くした母が眠る墓だ。本来、次女である女性に墓を守る義務はないが、三兄妹の長兄は多額の借金を抱え、夜逃げ中。長女とも長らく疎遠になっていて、生きているかもわからないということだ。

ならば開き直って、墓を更地にするという通知を無視してくれれば良かったのに、女性は顔を青ざめさせ、隆春のいる阿佐ヶ谷《あさがや》の健福寺《けんぷくじ》を訪ねてきた。

前回、応対したのは師匠である住職だった。住職はとくに管理費を滞納する檀家に対して容赦がない。しかもその日は違う檀家がよその寺で葬儀をあげたことを知り、烈火のごとく怒り狂った直後だった。いつにも増して機嫌が悪かった。

「あんたのとこの家庭の問題をどうしてうちが尻拭《しりぬぐ》いしなきゃならないのよ？　払うもんを払うなんて社会的な常識だよ。罰当たりだよ！」

それは師匠の伝家の宝刀だ。「罰当たり」と言われて平然としていられる人は、最初から寺など訪ねてこない。師匠はイヤらしくそこを突く。

肩を震わす女性に向けて、師匠は「一週間待つ。その間にどうするか決めてくれ」と言い捨てた。貯めるに貯めた十数年分の墓の管理費、八十八万円。仮に墓を更地にし無縁仏にするにしても、百万円近くの工費がかかるという。女性から逃げ場を奪い、家族に相談するよう促して、師匠はせき立てるように追い返した。

そして一週間が過ぎた今日、結局女性は一人でやって来た。きっと誰にも相談などできなかったのだろう。死んだ者のために生きている人間が苦しむなんて、その方がよほど仏様は浮かばれない。でも、隆春にはどうしてあげることもできない。

たかが百万、とは思わなかった。世の不況を反映して、最近は同じように管理費を滞納する人が目立つ。戒名《かいみょう》を安く済まし、葬儀代の値引き交渉をしてくる人もいる。

そうしたいちいちの行為が師匠の機嫌を損ねたが、本人は霊園の他にいくつかのマンションも経営、証券会社勤めの檀家の助言で株などの投資にも手を出し、そちらでも利益を上げている。そのがめつさを鑑《かんが》みれば、健福寺に身を置きつつも、隆春の気持ちはいつも檀家の側にある。

女性を見ているのがつらくなり、隆春は壁のカレンダーに視線を逸《そ》らした。十月。待ち望んでいた日が目前に迫っている。長かったこの三年のことが胸をかすめる。

三年前の秋、山を下りた隆春を迎えたのは健福寺に立ち込める不穏な空気だった。長《ちょう》穏寺《おんじ》にいる頃から予兆はあった。『秋には山を下ります』という手紙をしたためた隆春に、師匠は『こちらのことは気にするな。心ゆくまで修行しなさい』という、一見すると物わかりのいい返信を寄こしてきた。

上山前になるべく早く戻るよう言っていたのは師匠の方だ。「長穏寺に長くいることばかりが修行じゃない」と言い切り、できれば三年は山にいたいと思っていた隆春を困惑させた。

異変にはすぐに気づいた。山を下りた隆春を師匠は露骨に煙たがり、長女の美香《みか》もよそよそしかった。そして一年半前にはいなかった長谷川蘇法《はせがわそほう》という先輩和尚が、なぜか健福寺の実務を仕切っていた。

その三つの重なりで、隆春にもおおよそのことがわかった。つまり美香に彼氏ができたのだ。そして偶然か、必然か、その相手は僧侶《そうりょ》だった。となれば、あわよくば跡取りにと考えられていた隆春は邪魔になる。よく聞く話だ。驚きはない。

もちろん居心地がいいとは言えなかったが、他に行くあてはなく、そもそも美香と結婚するつもりもなかった身だ。面と向かってクビと宣告されない以上、しらばっくれていればいい。長谷川の面倒見が良かったことも隆春にとって救いだった。

朝の境内の掃除から、お勤め、法事、葬儀の進行に至るまで。長谷川は積極的に隆春に仕事を命じ、寺でのイロハを教えてくれた。

健福寺が〝単立《たんりつ》〟というシステムを採ることを教えてくれたのも長谷川だ。むろんすべての単立が悪いわけではない。そう前置きをした上で、単立の評判は総じて良くないものと長谷川は言った。

単立とは敬千宗《けいせんしゅう》の教義を守りながらも、包括宗教団体の傘から外れた寺社のことである。そこに至る経緯は様々だが、ほとんどの場合は宗務庁に納める上納金を渋ってのことか、さもなければ苦言の多い宗務庁を煙たがってのことだという。

健福寺がどういう経緯を辿《たど》って単立になったかは定かじゃない。ただ、長谷川が口にした「いずれにせよ、ほとんどの単立はうなるほど金を持っている。そして敬千宗を名

い表している。

乗りながら、かなりあくどいことをしているよ」という言葉は、的確に今の健福寺を言

「僕が跡を継いだら、いずれは宗務庁に必ず戻る」

そう断言した長谷川を、隆春は素直に信頼していた。長穏寺から戻って一ヶ月ほど過ぎたある夜、めずらしく誘われた飲みの席でのことだった。

「みんなにやめろって言われたら胸を張ってやめますけどね、そうじゃないならこれからも面倒見てください」

そう深く頭を下げたあと、隆春は身を乗り出した。

「でね、蘇法さん。実は相談があるんですが――」

隆春には長穏寺を下りたら実践したいことがあった。健福寺をもっと地域住人に向けて開放するというものだ。そのきっかけとして〝坐禅《ざぜん》会〟を開くというアイディアを持っていた。

折しも空前のスピリチュアルブームだ。雑誌を開けばパワースポットなるものが特集され、海外を旅していたときは何度も「ワット・イズ・ゼン？」などと外国人に話しかけられた。

重要文化財の薬師《やくし》如来《にょらい》像が置かれた本堂は、もっとも身近なパワースポットだと思っているし、禅が何かを知りたいのなら、坐禅を組むのが一番だ。寺を開放するには今がチャンスと以前から思っていた。

嬉々《きき》としてプランを披露する隆春に、だが兄弟子は渋い表情を見せた。

「うちの師匠はそういうことに対して消極的な人だからな」

「いやいや、師匠なんか関係ないんだ。俺たちみたいな若い人間がやるから意味があるんだよ。なぁ、蘇法さん。力になってくれよ」

隆春の勢いに気圧《けお》されるように、長谷川はうなずいた。そしてこの夜を境に長谷川は隆春の最大の理解者となり、美香もまた再び隆春の相談相手になってくれた。

長谷川や美香との仲は良好だった。しかし肝心の師匠との関係性はいつまで経っても煮詰まらない。もともとは自分が院政を敷きたいがために、跡取りを必要としただけの人だ。決して心意気を買ってくれたわけじゃない上に、隆春が長穏寺にいる間によりコントロールの利く後継者を手に入れてしまった。

案の定、師匠は〝坐禅会〟を認めようとはしてくれなかった。それでも、隆春はことあるごとに会のことに言及した。

数ヶ月かけて説得し続け、ようやく言質を取り付けたのはやはり飲みの席だった。

「とりあえず三年は我慢しろ」

いつになく上機嫌な師匠は、わざわざ隆春をとなりに座らせてつぶやいた。

「三年？　それはどういう……」

「いいから三年だ。それまでには俺も一線を引いている。蘇法くんの体制になれば、あとはお前たちが考えてやればいい。それまでは俺のやり方を勉強するんだ」

聞けば、師匠は持病の肝臓が優れないとのことだった。

「本当に三年ですからね。たとえ師匠が引退してなかったとしても、絶対にやらせてもらいますよ」

「しつこい。わかったと言ってるだろう」

「絶対ですよ。約束ですからね」

最後は根負けしたように苦笑した師匠に、隆春もニヤリと微笑み、合掌した。

「わかりました。まだまだ未熟者ではありますが、よろしくご鞭撻《べんたつ》のほどを！」

それが三年前の十一月、隆春が二十四になる誕生日の前日のことだ。それからの三年は思い描いていた理想とは大きく乖離《かいり》していた。それでも隆春は不満を言わず、日々の雑務を粛々とこなした。仕事の合間を縫っては毎日欠かさず坐禅を組み、敬千宗のみならず、様々な仏典を読みあさった。檀家《だんか》には申し訳ないことばかりしてきたが、決して意味のない時間ではなかったと思う。

ただ一つ、気掛かりなこともあった。この間、小平広也《ひろや》と一度も連絡が取れていないのだ。異変に気づいたのは最初の正月。年賀状の返事が一向に届かず、心配している旨を綴《つづ》った二年目も、三年目も返信はなかった。

真面目な広也の性格を思えば、釈然としなかった。もちろん何度も電話をかけてみたが、コール音が鳴るだけで誰かが出る気配はない。北海道の奥住《おくずみ》に状況を訊《たず》ねても、自分も心配しているがわからないと不安げに言うだけだ。直接訪ねようと小松《こまつ》行きの航空券を手配したこともあったが、このときは直前で通夜が入ってしまい、結局チケットを無駄にした。

いつも心に引っかかりがあった。だが目まぐるしい寺務に追われているうちに、広也のことはいつも後回しになってしまった。

できることなら、初回の坐禅会には広也にも参加してもらいたい。たとえどんな事情があるにせよ、広也がこの世界から離れていることはありえない。後回しにした一番の理由は、その点への信頼があったからだ。

長穏寺の山門で別れた日から三年半、広也はどんな僧になっているのか。「僧侶《そうりょ》をやっていればイヤでも会うよ」という最後の言葉は、今も心に残っている。

結局は隆春も追い払うように女性を帰し、寺務所に戻ると、事務作業をしていた長谷川が労《ねぎら》うような笑みを浮かべた。

「おつかれ。おばさん、どうだった?」

「とりあえずもう一度家族と相談してきてくれるそうです」

「そうか、ご苦労さん。いつもイヤな仕事任せちゃって悪いな」

「まぁ、汚れ仕事は自分の役割ですからね。でもハッキリ言って、俺は自分が正しいことしてるとは思えません」

「まぁ、そう言うな。師匠には師匠の考えがあるんだろう」

良くも悪くも長谷川は調整型だ。あいまいな答えしか口にしないことを、三年間のつき合いでわかっている。

「そういえば蘇法さん、ボチボチでしょ。披露宴の準備とか進んでるんですか？」

妊娠を機にようやく踏ん切りをつけ、美香が安定期に入る年明け早々、二人は式を挙げることになっている。

「赤ちゃんの性別ってわかったんでしたっけ？」

「たぶん男の子だって」

「それは、それは。跡取り誕生ですね。さすが、ぬかりない」

「いや、隆春《りゅうしゅん》くん。そのことなんだけどな」

長谷川の表情が一瞬曇った。隆春が「どうしました？」と続けると、なぜか逃れるように視線を逸《そ》らす。

「いや、そういえば今日だっけ？　友だちと飲みにいくの」

「はい。ちょっとライブ見たあとに。昔の仲間と」

「そうか。うん、たまには羽を伸ばしてくるといいよ」

「ありがとうございます。それより蘇法さん、来月の坐禅会なんですけどね。誰かに説法してもらいたいんですけど、どう思います？」

隆春は手書きのリストを広げた。約束の日から三年となる来月、ようやく念願の会を開催することができるのだ。

長谷川はなぜか困惑した表情を浮かべた。そして「あのな、隆春くん」と、気重そうに何か口にしかけたとき、寺務所の扉が不意に開いた。夕方なのにすでに酒くさい匂いをさせる住職が仏頂面で入ってくる。

隆春はかまわず手帳を持って近づいた。いちいち怯《ひる》んでいられない。鈍感なフリをしていなければ、この人の弟子は務まらない。

長谷川があわてたように「おい、隆春！」と呼び止めた。隆春は兄弟子の声を無視し、そのまま師匠に近寄る。

「師匠、今お時間よろしいですか？」

そう言って机においたチラシの見本に、師匠は冷たい目を向けた。

「なんだ、これ？」

「来月の坐《ざ》禅《ぜん》会の案内です。こんな感じで行きたいと思っているので、目を通しておいてください。もちろん、師匠にも参加していただきたいと思っています」

「ふん、講話しろってんじゃなく、参加しろってか。こりゃいいわ」

師匠は不敵に微笑んだが、すぐにその目を吊《つ》り上げた。

「おい、蘇法くん！　ちょっと来い！」

師匠に呼ばれた長谷川は気まずそうに肩を落とした。そして「君、まだ言ってないのか？」という質問に力なく首を振る。

隆春の胸を何かが射貫《いぬ》いた。でも、今回ばかりはどれだけ反対されても絶対に曲げるつもりはない。不正ギリギリのところで経費を処理してきたのも、仁義にもとる態度で檀家と渡り合ってきたのも、すべてこの日のためなのだ。

「すいません。あとでちゃんと言っておきます」

長谷川は唇を震わせながら言ったが、師匠は苛立《いらだ》ったように頭をかいた。

「もういい。私から言う。なぁ、隆春くん。ハッキリ言うぞ」

その有無を言わさぬ雰囲気に、隆春はのみ込まれそうになる。師匠はいっさい迷いを見せず、当然のように言い放った。

「今、こんな時代だからな。寺の経営の方が正直うまくいってないんだ。最近じゃ罰当たりなことに格安を売りにする葬儀屋なんていうのも出てきているし、便乗する寺まである。正直、私も困り果てているんだよ」

師匠が何を言っているのかわからなかった。この三年間、本堂や境内は常にどこかを補修していた。金色に輝く亀は毎日のように数を増やし、霊園の敷地も気づかぬうちに広がっていった。うなるほどの金を持ち、その帳簿を毎日のように見ている隆春に経営のことを言及するなんて、いったいどういうつもりなのか。そのしらじらしさが不気味だった。

隆春は瞬時に身構えた。減給くらいなら受け入れようと腹を決めたが、師匠のがめつさはそんな予想を軽く凌駕《りょうが》していた。

「大変申し訳ないが、君にはここを離れてもらう。退職金というわけではないが慰労金は弾むつもりだ。これまで健福寺の発展に貢献してくれてありがとうな」

すぐには言葉が出てこなかった。「え？　いや。なんで……」と、ようやく声をしぼり出した隆春を、師匠は悟ったように手で制す。

「大丈夫。君の受け入れ先はもう確保してある。蘇法くんの実家の教区に輪芳寺《りんほうじ》という寺があってな。そこの住職が身体を悪くして困っているというんだよ。いや、歴史のある寺だし、そこなら嗣法《しほう》だって受けられる。住職の芽だってあるんだぞ。こんなチャンスそうないだろ」

目の前に、行ったこともない島根の山並みが広がった。いつか長谷川自身の口から聞いた、うらさびしい冬の景色だ。

なるほど、そういうことか。隆春はやっと腑《ふ》に落ちた。これは口減らしだ。師匠に引退するつもりは毛頭なく、そうした中で長女のお腹の子が男の子だと判明した。ひょっとすると師匠は、長谷川にさえ寺を継がせるつもりはないのかもしれない。

「どこで和尚を続けようと、私は君の師匠であり、君が弟子であることには変わりはない。これからも一緒に慧抄《けいしょう》禅師の教えを守《も》り立てていこうな」

〝茶番〟という言葉を体現するかのように、師匠の声はむなしく響き渡った。卑屈な笑みが自然と滲《にじ》む。長谷川の「すまない」という小さな声が耳を打った。

汚いことに目をつぶってきたこの三年はなんだったのか。隆春はそう自問し、すぐに、ああ、そうかと納得した。

これは散々汚いことをした罰なのだ。隆春はボンヤリと思っていた。

したたる汗の一粒一粒が見えた。ライトを浴びるステージから、こちらの様子はきっと見えていない。ボーカルの泰明《やすあき》がぽつぽつと語り始める。

「ええ、あらためまして、今日は〝チーピン〟のレコ発ライブに来てくれてありがとうございます。もともと僕たちは違う五人編成でバンド活動をスタートさせました。途中でギターとキーボードが抜けて、新しく寛人《ひろと》と健太郎《けんたろう》が加入して今に至ってるわけですが、抜けた二人がいなかったら、今のチーピンはなかったと思っています。まずは今日遊びにきてくれている二人に、心からありがとう」

悲しいほど見当違いの方を見ながら泰明が言った瞬間、ライブハウスを埋めたファンたちが少しだけどよめいた。一部のコアなファンの間では、初期メンバーの隆春とドリームが今も人気なのだと聞いている。新生チーピンの代表曲がいまだに隆春が作ったものということも教えられた。

「なぁ、タカ。後悔してる？」

となりのドリームが混じりけのない笑みをたたえた。「いや、べつに」と漏らしながらも、隆春は自信を持てなかった。三年前の決断は本当に正しかったのか。昼間の出来事のショックは簡単には拭《ぬぐ》えない。胸を張れるわけがない。

言葉に窮した隆春を助太刀《すけだち》するように、チッチョリーナがドラムを叩《たた》き、ムロタがべースをかき鳴らす。泰明が嬉《うれ》しそうに目を細め、マイクを振り上げた。

「それでは最後に聞いてください。僕たちのメジャーデビュー曲です」

前奏が始まった瞬間、会場がぐにゃりと歪《ゆが》んだ。スポットライトが乱れ飛び、歓声に包まれる。隆春は一人乗り遅れた。アレンジ一つで曲の印象はがらりと変わる。自分のギターソロから始まらない『フリー・ブッダ』は、とてもよそよそしいものに感じられた。

ライブが終わると、隆春はドリームと会場の外で仲間たちを待った。できれば久しぶりに昔のメンバーだけで語り合いたかったが、残念ながらムロタたちは多くの関係者を引き連れて出てきた。

スタッフに連れていかれた新宿の居酒屋で、メンバーとは挨拶《あいさつ》程度の会話しかできなかった。今日あったことを聞いてほしいと思ったのに、空気の違いに気後れする。話題は常にバンドの今後のことに集中し、隆春は孤立感を募らせた。

最初にバンドの再結成を持ちかけたのは、ムロタだったという。親戚《しんせき》のコネで入社した水道設備会社を一週間でやめたムロタは、しばらく悶々《もんもん》とした日を過ごしたあと、かつてのメンバーに声を掛けて回った。

父親の会社に入社したドリームだけでなく、泰明も、チッチョリーナもそれぞれの仕事に就いていた。しかし、やはり彼らも日々の生活に充《み》たされたものは得られず、チッチョリーナは二つ返事で、泰明はしばらく仕事を続けながらも、最後はムロタの持ちかけた話に乗った。

ドリームだけは参加しなかったが、快く自宅のガレージを提供したそうだ。週に一度の練習が二度、三度、四度と増えていき、いよいよ毎日のように顔を合わせるようになってからも、仲間たちはそれをチーピン再結成とは見なさなかった。隆春が長穏寺から帰ってくる日を待っていてくれたのだ。

三年待つつもりが一年半で下山したことを知り、仲間たちは全員で健福寺を訪ねてきてくれた。「なんやねん、こいつ。マジで坊さんみたいやん！」と指さして笑ったムロタは、すぐに真剣な表情で隆春に戻ってくるよう言ってきた。

「もう他に行き場はないんや。俺ら、今度こそ本気やで」

かつてないほど強い目をしたムロタに、しかし隆春は首を振った。もともと才能のある人間が集まったバンドだ。彼らがのし上がることに色気を出し、真剣に音楽に取り組めば、チーピンはいいところまで行けるとわかっていた。

だが、すでに「チーピン」という響きさえ、隆春の人生からはかけ離れたものになっていた。ひょっとするとバンドをしていた頃に、僧侶《そうりょ》にならないかと持ちかけられる感覚に近いかもしれない。ムロタの話を聞きながら、そんなことを思った。

目の前に空のジョッキが急ピッチで増えていく。

「おい、タカ。飲み過ぎじゃない？　坊さんって朝早いんだろ？」

ドリームが心配そうにたしなめる。「ああ、平気。どうせ明日から……」と答えようした矢先、隆春を呼ぶ声が聞こえた。見上げるとそこに山下美鈴《やましたみすず》が立っていた。

「おお、タカー。話、聞いたよ。あんた長穏寺で修行してきたんだって？　うち、実家が福井だからさ、話聞いたときはぶったまげたよ。あいかわらずパンクだね」

そう微笑んだ山下に、わけもわからず涙腺《るいせん》が緩みそうになる。もちろん、泣くことなんか許されない。かつての仲間を前に、不様な姿はさらせない。

「おお、美鈴先輩！　ホンマに来てくれはったんですか！」

この三年でいよいよ関西弁がおかしくなったムロタが遠くから声をかけた。

「みんな、おめでとうね！　これ、差し入れ」と言って、山下は地元じゃピカイチという日本酒の瓶を掲げる。

「タカも先輩もこっち来て一緒に飲もうや！　そんな遠くじゃ話もでけへん」

両サイドをスタッフで固められたムロタがさらに大声を上げる。あきらかに疎ましそうにした新メンバーに怯《ひる》んだわけではなかったが、隆春はそっけなく手を振った。何度か両者を見比べたあと、山下は諦《あきら》めたように隆春のとなりに腰を下ろした。

「何よ、元気ないじゃない。なんかあった？」

環八沿いのファミレス以来の再会だ。数年ぶりに目にする山下はあの日よりも不思議と若々しく見えた。左手の薬指には今もリングははめられていない。

隆春が小さく首をひねると、山下はしばらく横顔を眺め、諭すように口を開いた。

「うーん、しょうがない。じゃあ、ちょっと外の空気でも吸いにいくか」

ゆっくりと振り向いた隆春に微笑みかけ、山下は飄々《ひょうひょう》と続ける。

「釈迦《しゃか》に説法じゃないけど、たまには坊主に説教もいいでしょ。さすがにちょっと普通じゃなさそうだもんね。長穏寺の話も聞きたいしさ」

その大きな瞳《ひとみ》に吸い込まれるように、隆春は無意識のままうなずいていた。だが、山下に続いて席を立とうとしたときだ。ふと手に取った携帯電話の着信ランプが点灯しているのに気がついた。登録にない番号が表示される。

首をかしげながら留守電の再生ボタンをプッシュした。その声を聞いた瞬間、隆春は全身の筋肉が硬直するのが自分でもわかった。

『あの、小平《こだいら》です。久しぶり。さっき健福寺を訪ねたのですが、外出していると聞きました。二、三日はこっちにいるつもりなので、連絡ください。とりあえず今日は新宿のアストンホテルというところに泊まっていて――』

何度か同じ内容のメッセージを聞き返したが、手の震えは止まらなかった。この三年間、ついに連絡を取れなかった広也が、隆春の最大のピンチを悟ったかのように同じ街にいるという。

隆春は山下のもとに駆け寄り、頭を下げて合掌した。

「美鈴先輩、本当にすいません！　先輩、いつまでこっちにいます？」

「何よ、急に。一週間くらいはいるつもりだけど」

「ごめんなさい。俺、今日は帰ります。明日こっちから連絡しますんで」

「はぁ？　何よ、それ？」

　山下はぶ然と口にしたが、隆春の勢いは止まらなかった。

「本当にごめんなさい！　ずっと連絡が取れなかった親友がこっちに来てるって言うんです。必ずまた連絡しますので！」

呆《あき》れた様子の山下と別れ、仲間との挨拶もそこそこに、隆春は店を飛び出した。歌舞《かぶ》伎町《きちょう》の雑踏を駆け抜けながら、山下に言った言葉を思い出し、隆春はニヤリとする。ただ一人胸を張って「親友」と呼べる男が、ネオンを反射させるこの空の下にいる。照れくさいとは思わなかった。逸《はや》る気持ちを抑えるのに精一杯だった。


広也を驚かしてやりたい一心で、コールバックせずにホテルまで来てしまったが、部屋の番号がわからず往生した。

友人と名乗ってフロントで聞き出そうとしても、保安性を理由に教えてくれない。仕方なく携帯を取り出し、通話ボタンをプッシュする。受話口から流れるコール音とリンクするように、ロビーに『スター・ウォーズ』のダース・ベイダーの登場する音楽が響いた。

最初、隆春は互いの音が重なり合っていることに気づかなかった。コール音とダース・ベイダーがほとんど同時に途切れ、『もしもし？』という野太い声がやはりどちらともなく聞こえたとき、不意に隆春を呼ぶ声が耳を打った。

「おい、水原じゃねぇか？」

そう言った男は目もとに深いシワを刻み、たくわえられたヒゲが目についた。隆春は男の顔を凝視する。こんな男に見覚えはない。一瞬、本気で思いかけた。

男は隆春のもとに駆け寄ると、「おお、やっぱり水原だ！」と親しげに笑った。その笑顔に抗《あらが》いきれない懐かしさを覚え、隆春もようやく男を認識する。

「え、なんで……。厳俊《げんしゅん》さん？」

そう問いかけた隆春の頭を、岩岡《いわおか》厳俊はまるで子どもにするようになで回した。

「おー、おー、元気だったか、水原ぁ！　お前、ちょっと老けたなぁ」

「いやいや、あなたに言われたくないですよ」

呆然《ぼうぜん》としながらもう一度岩岡の顔を仰ぎ見た。よく岩岡と認識できたものだと、自分に感心しそうになる。

岩岡との交流はつまらないイラストがプリントされた年賀状のみで、近況を伝えあったことはない。それでも岩岡の額にはこの間の苦労がくっきりと滲み出ていた。まるで十年振りに会うのではと錯覚するほど、岩岡は老け込んでしまっていた。

岩岡はなぜか部屋に戻ろうとせず、広也の居場所を教えようともしなかった。隆春は誘われるままホテル近くの喫茶店に移動する。

「厳俊さん、今まで何してたんですか？」

オーダーしたコーヒーに口をつけ、隆春は訊《たず》ねた。

「ん？　メシ食い行ってたよ」

「一人で？」

「ああ。俺、新宿って実ははじめてでよ。ビックリしたよ。世の中にはあんなにまずいメシが存在するんだな。長穏寺の方がよっぽどマシだ」

あごの下にヒゲをたくわえ、酒で顔を赤らめて、ついにはタバコまで吸い始めた岩岡は、訊ねるまでもなく日々の生活がうまく回っていないことを察知させた。

互いの近況もそこそこに、「広也は？」という質問の答えも聞けないまま、三十分ほどの時間が過ぎた。時計の針が二十二時を指したとき、岩岡はようやく重そうに腰を持ち上げた。

「そろそろだな。俺がとやかく言うより自分の目で確かめた方がいい。すごいぞ。あれはちょっとした衝撃だ」

岩岡に引き連れられ、ホテルに戻った。二人が泊まっているという十一階でエレベーターを降り、部屋に入る。

エアコンの動作音は聞こえないのに、部屋はひどく蒸していた。電気はついていなかったが、窓から差し込む雑多なネオンが室内をうっすらと灯《とも》している。

誰かがいることはすぐにわかった。シルエットの主は坐禅《ざぜん》の姿勢を取っている。長穏寺で見てきた多くのものと異なり、その姿は隆春に「不動」を感じさせた。

時が過ぎるのを忘れ、隆春は微動だにしないそのうしろ姿に見入っていた。影の主が広也であることは間違いないが、広也の方は隆春たちの入室に気づいていない。

不意に目覚まし時計のアラーム音が鳴った。広也はかすかに肩を震わせ、固まった精神をほどいていくように、組んでいた足を解いた。岩岡が部屋の照明を灯す。ふと振り向いた広也の視線が、吸い寄せられるように隆春に注がれた。

久しぶりに目にする広也の姿に、懐しさはこみ上げなかった。その変貌《へんぼう》の仕方は岩岡をも越えている。

ハッキリ言って、広也は別人だった。頬の肉は削《そ》ぎ落とされ、くぼんだ瞼《まぶた》からは今にも瞳《ひとみ》が飛び出しそうだ。顔はそこだけ違う色のフィルムで切り取られたように青ざめ、人としての覇気がいっさいない。

呆ける隆春をつまらなそうに見やり、広也はペットボトルに口をつける。水がのどを通る音すら痛々しく感じられる。広也はホッとしたように息を吐くと、再び視線を隆春に向けた。

「久しぶりだな、隆春。元気だったか？」

声を聞いて、隆春はようやく目の前の男が広也と確信できた。どれだけ容姿が変わっても、温《ぬく》もりのある声はあの頃のままだ。

「食事は一日一度、午前中に一汁二菜をとるだけ。二時間、三セットの坐禅を毎日欠かさずやる。それを一年も続ければ、ご覧のような人間のできあがりってわけだ」

感心しているとも、呆《あき》れているともとれる口調で、岩岡が説明する。

「なんで？」と、ようやく隆春の口から言葉が漏れた。

「なんで、そんなむちゃをする必要がある？　どうしてそんな戦場から帰ってきた人間みたいな目をしてるんだよ」

広也は顔をほころばせた。その仕草に、皮肉は込められていない。

「戦場からって、おもしろい表現だな。でも戦場がもし地獄みたいなところなんだとしたら、僕は実際にそこにいたんだと思う」

その言葉を皮切りにして、広也は訥々《とつとつ》とこの三年半のことを語り始めた。きっかけは北陸地方を襲った大地震だったという。隆春はそのときまだ長穏寺に残っていて、たしかに大きな揺れを感じはしたが、震源地が微妙にずれていたことから所詮《しょせん》は〝外の世界〟の出来事だった。

広也の実家の憲和寺《けんなじ》はもろに被災したという。明け方だった。いつもより早く目が覚め、境内から見上げていた赤い空が突然ぐにゃりと歪《ゆが》んだ。数分に及んだ揺れが治まった頃には、母屋は倒壊していた。広也が部屋を出たときにまだ寝ていた父を案じ、屋根で押し潰《つぶ》されそうな扉を無我夢中でこじ開けた。

そのときは恐怖を感じなかった。じわじわと怖さが胸を侵食していったのは、寝室に父がいないことを確認し、寺の本堂に向かおうとしたときだ。寺を囲む古い民家から火の粉が上がり、そこかしこから悲鳴や泣き声が聞こえてくる。一瞬にして何かが崩壊してしまったことを広也は理解した。

本堂は一見すると無傷のようにも思えたが、巨大な竜巻がそこにだけ吹き荒れたかのように、堂の中は何もかもむちゃくちゃだった。

こんな早朝に父がいるはずがない。頼むからいないでくれ。そんな広也の願いもむなしく、堂の奥からうなり声が聞こえてくる。慎重に声のする方に近づき、広也は目を見開いた。あるべき三体の釈迦如来像のうち、二体が消えてなくなっていた。

仏像は無惨にも足もとに転がっていた。その一体に下半身を踏みつぶされ、父はうずくまっていた。余震はまだ続いていた。広也は父を引き抜こうと試みるが、倒れた仏像の重量は相当のもので、なかなか救い出すことができない。

母と兄を救ってくれなかった釈迦如来が、今度は父を殺そうとしている。そんな思いが瞬時に過《よ》ぎったが、許せないという気持ちを押し殺し、なんとか父を引き抜いた。そのときはじめて、自分が仏像を足蹴《あしげ》にしていることに気がついた。

結局父は左足の膝《ひざ》から下を切断することになったが、なんとか一命は取り留めた。安心したのも束の間、しかし本当の地獄はその直後から始まったのだと広也は言う。

「何せ頼れる人が突然いなくなってしまったわけだから。しかも寺の出番が当然多い状況なわけで、なかなか苦しかったよ」

広也は寺の財産のほとんどを地域復興のために投じたという。まず人を救うことが先決だと自らに言い聞かし、憲和寺の補修は最後まで後回しにした。

だが、結局はそれが運の尽きだった。仮設住宅代わりに寺の敷地を提供し、水や食料まで自費で配り、ときにはお布施を得ずに葬儀をあげてやることもあった。そうこうしているうちに瞬く間に三年の月日は過ぎていき、気づいたときには寺は荒廃し、一部の檀家《だんか》以外は誰も寄りつこうとしなくなっていた。「死の寺」という陰口を耳にしたときは、さすがにやりきれない思いで胸が押し潰されそうだった。

「父のこと、檀家のこと、近所のこと、金のこと。いろんなことに追われ続けて、この三年間は本当にあっという間だったよ」

肩の荷を下ろしたようにうつむいた広也に、隆春はたまらず問いかけた。

「それで、もうそういったことに片はついたのかよ？　寺は落ち着いたのか？」

訊ねたあと、聞くべきことはそうじゃないと思い直し、すぐに首を振った。

「いや、ごめん。っていうか、親父《おやじ》さんは今どうしてるんだ？　元気なんだよな？」

広也はそのときはじめて唇を噛《か》みしめ、さびしげに視線を落とした。

「ううん、死んだよ」

静寂を拒むように、広也は懸命に言葉を紡ぐ。

「一ヶ月前だった。三年間、入退院を繰り返して、なんとか命をつないでくれてはいたんだけど、容態が変わってね。病院に連れていったときには、もう最期の別れをするだけという状態だった。ただ、僕は母や兄とは挨拶《あいさつ》できないまま別れたから、最期に言葉を交わせただけでも良かったんだ。それに――」

話を聞きながら、隆春はいつか広也に聞いた家族の話を思い出していた。広也が中学生の頃に母と兄を事故で亡くしたという話だ。その日から始まった父との二人きりの生活は、互いに屈託があったにせよ、強い結びつきを感じさせた。

「それに？」

おそるおそる隆春は続きを求めた。広也はなぜかくすりと笑う。

「それに、親父が最期に渾身《こんしん》のギャグを決めてくれてさ。ベッドの上で身体を横向きにして、肘《ひじ》をついて、手のひらで頭を支えて。我、これより入滅すって、きれぎれの声で言ったんだよ。僕、ちょっと噴き出しちゃって、修行はまだまだ続くなって言い返したら、すごく嬉《うれ》しそうに、俺は明日にでも違う何かに生まれ変わっている気がするって言うんだよね。今度は鳥がいいとか、人間だったらしんどいとか言ったあとで、いずれにせよまた会おうな、広也って、かすれる声で。本当にその直後に息を引き取った。してやったりっていう感じの笑みを浮かべてさ」

途中からずっと岩岡の鼻をすする音がしていた。その光景を想像し、隆春も姿勢を正していた。もちろん痛みも未練もあったはずなのに、穏やかな死期を演出した広也の父は、宗教家の理想とも思えた。生きることにも、死ぬことにも囚《とら》われず、土壇場でありのままを受け入れられたのだとしたら、今の隆春には何よりもの希望だ。

「父の葬儀を最後にやって、寺を畳む準備を始めたよ。憲和寺はすでに街のお荷物に成り下がってたから。復興を手助けする金も力も残ってなかった。創立うん百年っていう歴史だけにあぐらを掻《か》いていられるほど、もう傲慢《ごうまん》じゃいられなかった」

「じゃあ、なんだよ。全部済んだから、俺たちのとこを訪ねてきたってわけか。苦しいときには連絡を寄こさなかったくせに、全部済んだら平然と顔を出すのかよ。いい身分だな。その程度かよ」

半分以上は自分に対する憤りだった。あの北陸地震で多くの仏閣が廃業に追い込まれた。そんなニュースをたびたび目にし、その上友人と数年連絡が取れなかったのだ。なぜ二つを結びつけられなかったのか。自分の想像力の乏しさに腹が立つ。

広也は質問に答えようとしなかった。

「これからは生誕寺《せいたんじ》の坂中玄宗《さかなかげんしゅう》老師のところで世話になるつもりなんだ。本当はすぐにでも行こうと思ってたんだけど、ずっと休みなくやってたから。みんなのことはやっぱり気になっていたし、最初に北海道の奥住のところに行ってきて」

「へぇ、デブちゃんのとこ行ってきたんだ？　どうしてた？　お前の話聞いて泣いてただろ？」

岩岡もはじめて知ることだったようで、懐かしそうに目を細めた。そんな岩岡の顔を一瞥《いちべつ》し、広也はゆっくりとかぶりを振る。

「今のセリフだけでも二つ間違いがありますよ。まず、奥住はもうデブちゃんじゃありません。ここにいる誰よりも精悍《せいかん》な顔をしています。それとまったく泣いていませんでした。それどころか出資するって言ってましたよ。憲和寺を再建するつもりなら、自分の責任で金を出すって。目の前の相手が何を必要としているのか、必死に探ろうとしてました」

岩岡は細い目をさらに糸のようにして、素直に奥住の成長を喜んだ。隆春ももちろん嬉しかったが、それ以上に自分だけ置いていかれるような思いに駆られ、焦る気持ちが大きかった。

そうした感情を誰にも悟られたくなくて、隆春は平静を装った。

「で、北海道の次に熊本行って、二人して俺のとこ訪ねてきたってわけか。厳俊さんが一緒にいる理由以外は理解できたよ」

「いや、それについては僕もイマイチわかってないんだけどね」

広也は弱った表情を作り、岩岡の方をちらりと見やる。岩岡はなぜか突然緊張した表情を浮かべ、小さく一度うなずいた。

「あのな、小平。そのことなんだが――」

その視点は不安そうに定まらず、なぜか歯切れも悪い。先を促した隆春と広也を交互に見比べ、岩岡はようやく覚悟を決めたように口を開いた。

「実は俺の叔父《おじ》が東北の山の中で小さい寺をやってたんだ。といっても、バブルの頃にスポンサーに建ててもらったとかいう歴史もありがたみもないとこなんだけど、まぁとにかくそういう寺がある」

岩岡は一度ツバをのみ込み、さらに濁声《だみごえ》を響かせる。

「檀家なんかもちろんなくて、バブルが弾《はじ》けてスポンサーも頓挫《とんざ》して、もう何年も前から叔父は寺の運営を放棄していたらしいんだ。で、もしも俺にその気があるなら継がせてやってもいいって言うんだよ。それで、もう単刀直入に言うと、俺は継いでもいいかなと思ってる。その上で、お前も一緒にどうかと思ってな」

最後まで言い切って、岩岡はうかがうような目を広也に向けた。そんなことが可能なのか、というのが、隆春が最初に抱いた感想だ。広也も同様のことを思ったらしく、どう答えればいいものか思案している。

「その寺、なんていう名前なんですか？」

沈黙のあと広也の口にした質問に、特別な意味があるとは思えなかった。だがその瞬間、岩岡の口もとがかすかにゆるんだ。

「それが涅槃《ねはんじ》寺っていうらしいんだ。小さいけど涅槃仏も祀《まつ》られているらしい。日本に何体もないものだって自慢してたけど、まぁバブルの頃の遺物だな」

「涅槃仏？」と言ったまま、広也は口をつぐんだ。瞬《まばた》きもせずに視線を逸《そ》らしたが、すぐにまた思い出したように質問を重ねる。

「でも、厳俊さんには実家の寺があるでしょ？」

「うちは親父が健在だから。経営方針も合わないし、基本的にはうまくいってない」

「一人でも行くつもりですか？」

「そのつもりだ。ただ収入のこととか考えると、何人かいた方がいいかと思って」

「ちなみにその寺ってすぐに見学できたりします？」

「ああ、もちろん場所は知ってるけど」

岩岡の答えを聞くと、広也はすぐに考え込むように一点を睨《にら》んだ。しばらくするとその鋭い目は隆春の方に向けられた。

「悪い、隆春。しばらくこっちにいるつもりだったけど、明日行ってもいいかな」

「俺はべつにかまわないけど。でも、マジで？　入るつもりなのか」

「もちろん、まだわからないけど。でも坂中先生に受け入れてもらえるかもわからないし、何よりも山の中の廃寺なんて興味深いよ。涅槃仏もさ」

「だからって、お前」

そう口ごもりながら、隆春はまったく違うことを考えていた。新しい環境に飛び込もうとする二人と自分との間に、どんな差があるのだろうか。師匠に言われるまま山陰の寺に移ることと、心ある同志と山に籠《こ》もること。どちらが胸躍るかということだけは悩むまでもないはずだ。

隆春は呆然《ぼうぜん》と口を開いていた。

「あのさ、俺も一緒に見に行っていいかな。明日」

隆春の声に、二人は同時に振り返る。

「いや、行くとなったら朝イチだぜ。仕事終わるの待ってられないぞ」

その点は問題ない。明日から一週間、師匠から「考える時間」をもらっている。仮にそのまま戻らなかったとしても、手を叩《たた》いて喜ばれるだけだろう。

今度は自分の番だと、隆春は目を伏せた。

「っていうか、そろそろ俺の話も聞いてもらっていいっすかね。あんたたち、わざわざ東京くんだりまで来といて、自分の話ばっかかしてやがる」

そう切り出して始めた隆春の三年半の話は、決して明るいものではなかった。ときに疑うように目を細め、失望したように顔をしかめた二人だったが、隆春がすべて話し終えると、ほとんど同時に噴き出した。

「なんかまた一人増えちゃいましたね、厳俊さん」と広也が言うと、岩岡もしてやったりという笑みを浮かべた。

「ああ、また増えたな。なんか桃太郎みたいだな！」

隆春は窓外のネオンに目を向けた。なんとなく心が軽くなった。そして新しい扉が開いたのだという直感が、たしかにこのとき脳裏を過《よ》ぎった。


新幹線と在来線を乗り継ぎ、最後に乗ったバスから見渡せた光景は、はじめて長穏寺を訪れた日のことを想起させた。

遠くに奥羽《おうう》山脈を拝み、稲の刈られた水田にその雄大な姿が揺れている。もうすぐ雪の季節だ。あと数ヶ月もすれば、まったく違った光景が目の前に広がっているに違いない。

バスを降りて、農道を歩き、獣道に入った頃には額に汗をかいていた。

「ホントに道合ってんのかよ、これ？」

隆春がふてくされながら独りごちると、岩岡はしきりに地図を見直しながら、「おかしいなぁ、おかしいなぁ」と繰り返した。

それからさらに三十分近く歩かされ、いい加減うんざりし始めたとき、先頭を行っていた広也が不意に足を止めた。

「あれ、違う？」

広也が指さした方を見やり、隆春は息をのみ込んだ。赤く燃える西日が木々の切れ間から差し込み、その門をうっすらと照らしている。鬱蒼《うっそう》としただけの想像の中の姿とは違い、寺はどこか神々しく見えた。でも、胸を弾ませて近寄ってみると、かなりガタが来ているのが見て取れた。

山門をくぐると、三人はそれぞれ敷地内を歩いて回った。バブルの遺物というだけのことはあり、石灯籠《いしどうろう》も御影石《みかげいし》もそれなりに立派だったが、ところどころ欠けているところがあり、〈ヨウコ♡トシオ〉などというイタズラ書きも残っている。本堂には蔦《つた》が絡まり、かろうじて見えているところは虫が食い、腐っている。補修にはかなりの労力を要すだろう。

それでも見るべきものの多い寺ではあった。何よりも目を引いたのは、雷に打たれたように途中から真っ二つに割れた大楠《おおくす》の存在だ。

「これ、樹齢六百年だか七百年だかっていう代物らしい。この大木が気に入って、叔父はここに寺を建てたんだと。うどの大木とはこのことだな」

楠を見上げていた隆春のとなりで岩岡が教えてくれた。木の葉がさわさわと風に揺れる。新しい主《あるじ》の登場を喜んでいるのか、邪魔をするなと嘆いているのか。

「ねぇ、ちょっといいかな」

本堂の奥から広也の声が聞こえた。岩岡と二人歩み寄ると、広也はこちらを振り向きもせず、目を大きく見開いていた。

「これが、例の——」

広也の指さす先には長さ十メートルほどの仏像があった。北側に頭を向け、悠々と寝ころぶ像は全身に太陽の光を浴びていた。しばらく呆《ほう》けたように眺めたあと、三人はそれぞれの顔を見合わせた。直後に「スゲー!」と重なり合った絶叫が、深い山の中にこだまする。

何度も肩を叩いて喜び合い、隆春はあらためて横たわる仏像を凝視した。もちろんはじめての対面なのに、どこか懐かしい気持ちを抱かせる。

金箔《きんぱく》に包まれた涅槃仏、西日に照る黄金のスリーピング・ブッダは、三人を待ちかまえていたように穏やかな笑みをたたえていた。

九　章　正午の来訪者

三人が「寮舎」と呼ぶ生活スペースの小屋の壁に、墓石屋から差し入れられたカレンダーがかかっている。その〈二月十五日〉のところに、赤い丸印が記されている。ちょうど三年前の今日、小平広也《こだいらひろや》たち三人は最小限の荷物を手に、雪深い涅槃寺《ねはんじ》に足を踏み入れた。

前年の秋にはじめて訪れた悲楠山《ひくすやま》で、広也たちは待ちかまえるかのように横たわる黄金の涅槃像を目撃した。

「これ、かなりやべぇじゃん」

あんぐりと口を開いた隆春《たかはる》の顔を今でもハッキリと覚えている。広也も同じことを感じていた。バブルの頃にできた寺と、そこにある涅槃仏だ。ケバケバしい仏像は予想できても、これほど重厚な佇《たたず》まいは想像もできなかった。

「そりゃ、やべーよ。これ吉岡陰篤《よしおかいんとく》とかいう人の作品だもん」

岩岡《いわおか》はさも当然といった顔で言い切った。

「誰？」と顔を向けてきた隆春を一瞥し、広也は思わず身を乗り出す。

「本当ですか？」

か流行《はや》ってんだろ？」


「だから誰なんだよ？」

「人間国宝だか、文化勲章だか、国民栄誉賞だか。とにかくすごい人」

「マジかよ！　なんでそんな偉い人の仏像が無人の寺にあるわけ？　最近仏像荒らしとか流行《はや》ってんだろ？」

なぜか怒ったように言う隆春に、岩岡も弱ったように首をかしげた。

「叔父《おじ》さんも最初の頃は厳重に警備してたらしいんだけどな。最後の方はカギもかけてなかったって話だ。まさか、こんなところにこんなものがってことらしい」

「っていうか、いよいよ何者なんだよ？　あんたの叔父とかいう人はよ」

寺には歩いて数分のところに沢があり、池があって、滝まであった。裏には畑も整備されていて、井戸まで掘られている。

その後方にそびえ立つご神木の大楠は壮観の一語に尽きた。遠くから聞こえてくる獣の咆哮《ほうこう》も、歴史の浅い寺を演出するのに一役買っていた。だが、それらすべてをひっくるめてもまだ、涅槃仏の存在感には勝てなかった。

釈迦の入滅日である二月十五日に上山してはどうかと提案したのは、広也だった。その日、三人は一人も欠けることなく東京駅に集合し、その翌日には涅槃寺での修行の日々をスタートさせた。

最初の頃は要領を得ないことばかりだった。長穏寺《ちょうおんじ》と同様、冬は極寒の山中だ。毎日の食物の確保も難しければ、あまりの寒さに坐禅さえままならない。熊や猪などの出没にも注意を払わなければならなかった。長穏寺時代と決定的に違う点は、目先に生じる一つ一つの問題が生き死ににまで直結しているということだった。

五月に入り、悲楠山にも遅い春が訪れた頃、少しずつだが生活は回り始めた。一番の要因は岩岡が提案した〈出張出稼ぎ大作戦〉が機能したからだ。三人のうち一人が「外勤」として一ヶ月間金を稼いでくる。寺に残る二人は実務と修行を集中して行う。そんな計画を岩岡はずっと温めていたという。

当初、広也と隆春はその提案に反対した。あんたは修行を履き違えている。外で働くなんてありえないと散々っぱら言い放ち、隆春に至っては「だいたい出張、出稼ぎってなんだよ。意味一緒じゃねぇか！」とよくわからない理屈で怒りまくった。

岩岡もまた顔を真っ赤に染めて声を荒らげた。

「だったらテメーらどうやって収入を得るつもりだよ！　言っとくけど崇高な理想だけじゃすぐに破綻《はたん》するからな！」

たしかに寺を経営するということの困難に直面していた時期ではあった。広也の父のわずかな遺産と隆春の退職金という名の手切れ金、そして岩岡の小遣い程度の貯金を合わせ、入山時に持ち寄った金は一千万円ほど。それだけあればしばらくは大丈夫だろうとタカをくくっていたのも束の間、暖房器具を揃え、建物を補修し、山道を整備するなどしているうちに、すぐに半分ほどがなくなった。

今ではおなじみの「大体、俺が住職だ！」という暴言は、このときはじめて出たものだった。久々に長穏寺時代を思い起こさせる岩岡の怒声に、二人とも何も言えなかった。

岩岡が見つけてきたバイト先は、涅槃寺から歩いて一時間ほどの海岸沿いにある「クレオシップ大井浜」というホテルだった。自らも近所の敬千宗《けいせんしゅう》系寺院の檀家《だんか》である社長は、岩岡が口にした理想に感動したという。「他にバイトを雇うくらいなら」と、月毎に人が入れ替わるという希望も、住み込みで働きたいという要望もすべて受け入れてくれた。

外での生活が確立されていくに従い、涅槃寺の環境も整っていった。寺の改修や山道の補修は言うに及ばず、ガスや電気、電話やインターネットといったインフラ整備も大切な修行の一部と位置づけ、午後はそうした作業に充てた。

寺の中の決め事もできていった。たとえば偶像崇拝することを嫌った慧抄《けいしょう》禅師の教えに立ち返り、涅槃像は二月十五日の「生誕祭」の日にしか披露しないことなどは最たる例だ。

「俺たちの唯一の優良コンテンツじゃねえか。売りがなければ参拝客を集めることはできないぞ！」

隆春は声高に主張したが、これには広也が断固として反対した。

「誤解するな。僧侶《そうりょ》の本分は修行だ」

険悪な雰囲気になり、住職の裁量に委《ゆだ》ねられることとなったが、もとよりそれほど涅槃像に興味がなさそうだった岩岡は「広也の勝ち！」と呆気《あっけ》なく言い放った。「なんでだよ！」と食ってかかった隆春に、さも当然という顔で理由を言った。

「だって広也の方がカワイイもん。お前、敬語も使わないしさ。というわけで、今日から広也和尚を副住職とすることにした。以後、命令を聞くように！」

肝心の修行は期待していた通り、日々充実したものだった。朝、晩のお勤めに、坐禅《ざぜん》は昼を加えた一日三回。正午以降は食事を口にしないという広也の提案も採用され、本来の仏教的な修練とは離れるが、岩岡が「どうしても」と譲らなかった滝行《たきぎょう》も精神を研ぎ澄ますことに一役買っている。

地元の人に托鉢《たくはつ》を受け入れてもらうには時間がかかった。週に一度、外勤以外の二人が笠《かさ》をかぶり、鉢を手にして、ふもとの街を練り歩く。ときに交差点に辻立《つじだ》ちし、ときに一軒一軒訪問して、可能な限り自分たちの活動を説明しようと試みた。

一年目は喜捨どころか、水をかけて追い返されることも多かった。悪ガキに生卵をぶつけられたこともある。それでも人口五千人ほどの小さな街だ。クレオシップの社長や郵便配達員などの口添えもあり、広也たちは受け入れられつつあることを肌で感じるようになっていった。

托鉢がうまく行き始めた頃から、隆春の念願だった坐禅会もスタートさせた。こちらも最初はほとんど人が集まらなかったが、折からの禅ブーム、スピリチュアルブームなどというものに乗っかり、また二年目に立ち上げた寺のホームページも少なからず参加者を集めることにつながって、坐禅会は少しずつ活況を帯びていった。

説法での一番人気は岩岡だった。反面、評判が良くなかったのは、誰よりも坐禅会をやりたがっていた隆春だ。隆春は気負いからガチガチに緊張し、すぐに「人はなぜ生まれ、死ぬのか」などと大上段の話を始めては、年輩の参加者たちの失笑を買った。

もちろんまだ檀家を抱えているわけでもなければ、法事を任されたこともない。お布施や賽銭は徐々に増えつつあるとはいえ微々たるものに変わりはなく、持ち寄った金はジリジリと目減りしている。

でも、そうした不安も一つずつ解消されているのは間違いない。三年目を迎え、修行生活が完成に近づきつつあることを実感する。何よりも三人は自由を享受していた。頭を抑えつける父親もいなければ、顔色を窺《うかが》わなければならない師匠もいない。自分たちが正しいと思うことを必死に考え、ひたすら実践すればいいだけだ。

あの日からちょうど三年が過ぎた。三度目となる「生誕祭」を今夜に控え、広也と岩岡は夕飯の準備に余念がない。

「そういえば、隆春から連絡ってあったのか？」

必要以上の味見を繰り返しながら、岩岡は訊《たず》ねてくる。

「そんなつまみ食いばかりしてたら晩飯食べられなくなりますって」

そう釘《くぎ》を刺しつつ、広也は携帯を開いた。外勤に出ている者用と、寺用とで、携帯電話は二台所持している。通信会社に懇願し続け、今では電波もきちんと届いている。

隆春からの連絡は来ていなかった。広也が首を横に振ると、岩岡は自分が質問したことなど忘れたように、あいまいに首をかしげる。

広也は再びネギを刻み始めた。十六時。ふと目をやった扉が音を立てて揺れた。

「ああ、ここは暖かい。僕、また道に迷っちゃったよ。何度来てもダメだな。今回ばかりはホントにもう死ぬかと思った」

この雪の中を歩いてきながら、奥住貴久《おくずみききゅう》は額に汗を浮かべていた。

「おお、デブちゃん。元気にしてたか！」

岩岡が破顔して声をかける。以前の奥住を知らない人間にそのあだ名は通じない。すっかりスリムになった奥住に、かつての面影はいっさいない。

「厳俊《げんしゅん》さん、お久しぶりです。半年ぶりくらいですかね」

荷物をどかっと下ろし、奥住は寮舎を見渡した。

「あれ？　僕が一番？」

「余裕の一番だよ。昔は何やらしても遅かったのに。人間変わるもんだ」

「まぁ、僕は一度死んだ人間ですからね」

奥住は飄々《ひょうひょう》とした素振りで洒落《しゃれ》成長にならないことを口にする。だが、そんなことを言えてしまうことこそが、奥住が成長した何よりもの証《あかし》にも思える。

「いつもありがとうな、貴久。本当に助かっているよ」

目が合うと、広也は何より先に礼を言った。奥住はおどけたように首をすくめる。

「そのわりにはあまり内装が派手になってるわけじゃないね。べつにいいものを食べてるわけでもないだろうし。どうせ、まだ手をつけてないんでしょ？」

「あまり甘えたくなくてさ。最近は銀行にも行ってない」

「べつにいいんだよ。僕は三人の活動を応援しているだけなんだから。三人の活力になるんなら、全部飲んでくれちゃってもかまわないよ」

そんなことできるわけがないよ、と心の中で答えながら、広也は話題を変える。

「師匠は元気か？」

「ああ、すごくね。僕が長穏寺にいた頃とは人が変わったみたいに明るくて、最近じゃいろいろと話ができるよ。変わったのは僕の方だって父は言うけど」

「そうか。くれぐれもよろしく伝えといてくれよな」

「うん、親父からもよろしく伝えるように言われてきた。今日も来たがってたんだけどね。あそこの仏像をもう一度見たいって、それればかり言ってるよ」

やはり三年前、山に籠《こ》もることを電話で報告した広也に、奥住は自分も入ることはできないかと懇願してきた。でも、広也は拒絶した。寺に入ろうとしている他の三人とは違い、奥住だけは立派な寺の跡取りであり、日々の生活にも不満を持っていない。もっといえば、涅槃寺にすべてを捧《ささ》げようという三人とではやはり覚悟が違っていた。

奥住はいつになくしつこかった。電話でのやりとりが一週間にもおよび、いい加減断る理由も尽きてきたある頃、奥住は観念したようにつぶやいた。

「じゃ、せめて寄進だけでもさせてくれよ」

やはり固辞しても、奥住は譲ろうとしなかった。いや、その点に関しては、広也の方も強く断ろうとはしなかった。

寺での生活がいくらか軌道に乗りつつあるとはいえ、広也は常に小さな焦りを抱えている。もし実家で経験したのと同じような災害が起きたとして、人の生き死にに直面することになったとしても、今の自分たちにはどうにかできる術《すべ》がない。日々の生活に充実感を覚えるたびに、そんな不安が胸をかすめる。

もちろん命を賭《と》して救命活動に当たるだろう。だが実際に未曾有《みぞう》の地震を経験し、災害時に何よりも力を発揮するのは金だということも知っている。地域の人との間の信頼関係も重要なことに違いないが、誰かの救いになったのは究極的には金だった。いや、金という前提があって、はじめて信頼関係が生かされるのだ。だからいつかそうした場面に直面したとき、遠慮なく奥住の金を遣わせてもらいたいと思っている。

奥住を皮切りに、次々と新しい来訪者が戸を開いた。二番手で来た隆春の父は、息子の不在を確認するとさびしげな表情を浮かべた。次に来た友人のケンジは、寮舎に立ち込める料理の香りに「あ、良かった。また山菜ばっかりかと思ってた」と、安堵したように顔をほころばせた。

その後も続々と支援者たちは訪れた。各々の招待したい者三人ずつと、こっちに来て知り合った知人を加え、計十五名ほどが今夜の会に参加することになっている。少しだけ開いた窓から、雪が降っているのが見えた。中の熱気との違いに気を取られているところに、誰かから不意に肩を叩《たた》かれる。

振り向くと、どこか元気のなさそうなクレオシップの社長が立っていた。「ごめん。遅くなって」と土産を手渡してきた社長に、広也は問いかける。

「あれ、隆春は？　一緒じゃなかったんですか？」

当然、社長と一緒に帰ってくると思っていたので、隆春の姿が見えないのは不思議だった。社長は広也以上にいぶかしそうに首をかしげる。

「え、買い物があるからってずいぶん早くホテルを出ていったよ」

「買い物？」

「うん。広也くんに頼まれたって言ってたけどな」

もちろん広也はそんなこと頼んでいない。それどころか隆春が外勤に出てからの一ヶ月は、一度も連絡を取っていない。

誰かと待ち合わせでもしているのかと、参加者の予定リストに目を落とした。まだ来ていない人は一人しかいない。すぐに隆春の姿がない理由もわかった。

思わずニンマリした広也に、社長は申し訳なさそうに頭を下げた。

「あのさ、広也くん。こんな日に悪いんだけど、あとでちょっと相談に乗ってもらえないかな？　三人揃ってだとありがたいんだけど」

広也はうなずきながらも、どこか上の空に社長の言葉を聞き流していた。このとき頭にあったのは、三年前、上山した直後に隆春が口にした言葉だ。

「お前ら、絶対に禁欲は貫いてもらうからな。彼女とか作ったヤツは、有無を言わさず即刻下山《あさん》だ！」

思えば、あれが涅槃寺にできた最初のルールだった。

深く訊ねたわけではないが、そう言った隆春の口調には、大切な何かと決別してきた覚悟のようなものが感じられた。

※

鉄塔の立つ大井浜唯一の海浜公園のベンチで、その姿を見つけた。駅からもっとも近い目印らしきもので、しかも涅槃寺とは出口が逆サイドということで待ち合わせ場所に指定したのだが、肝心のホテルから遠すぎた。

やばい、やばいと内心こぼしながら、水原《みずはら》隆春は全速力で走り寄る。

「ホントにすいません！　そんなには待ってないですよね？」

肩で息をつきながら、隆春はまず合掌した。白いダウンコートに身を包み、長いマフラーを何重にも首に巻いた山下《やました》美鈴《みすず》は、身体を震わせながら不満をぶつけてくる。

「超待ったに決まってるじゃん！　一時間も遅刻するとはどういう了見よ！　正直あと二分遅れてたらもう帰ってたね。っていうか、今からでももう帰る！」

「いやぁ、ホントにごめん。ごめんなさい。帰り支度に手間取っちゃって。携帯はぶっ壊れてるし。ホントすいません！」

「ホントに、あんたはさぁ。坊主でしょ」

さらに何か言いかけた山下から、隆春は強引に荷物を受け取った。坊主が遅刻しないとは限らないという不満はあったが、久しぶりの再会だ。台無しにはしたくない。

「さて、どうしましょうか？　ホントは連れてきたいところあったんだけど、もう寒いですよね？　どっか店でも入りますか？」

山下はしばらく立ち止まったまま、睨《にら》むように隆春を見つめてきた。

「あんたさ、とはいえ私がその場所にノコノコとついていくと思ってるんでしょ？」

「は？　いや、まぁ」

「どうせそこって海だったりするんでしょ？　私、寒いのはもうイヤだから」

「いや、たしかに崖《がけ》の上だったりはするんですけど」

「じゃあ、イヤだ」

「でも、かなりカッコイイところですよ」

「カッコイイの？」

「うん、カッコイイ。このへんじゃ俺が一番好きな場所」

カッコイイという言葉に反応して、山下は渋々ながらもあとをついてきた。公園から数分のところにある崖に向かう途中、先ほど受け取った紙袋を何気なく覗《のぞ》いた。中には木彫りの像が入っている。

「なんすか、これ？」

隆春は袋から象の形をした木像を取り出した。

「なんか家にあったヤツ。お宅の寺、いつ行っても殺風景だから」

「だからって、これ、もはや仏教のもんでもないですけど」

「らしいね。ガネーシャっていうんでしょ？　インドの神様って聞いたけど」

「そういえば前回はハワイの土着神とかいうやつでしたよね？」

「べつにいいじゃん。神様同士、仲良くやってもらえば。それよりさ」

山下は不意に歩を止めた。

「もう今日で山に籠《こ》もって三年経ったってことなんだよね。どうなの？　思っていたような生活はできてるの？」

唐突な質問に戸惑いながら、隆春はあいまいにうなずいた。それを見た山下もうっすらと微笑んで、「ホントに早いよね。もう三年か」と独り言のようにつぶやいた。

たしかにそうだな、と隆春もボンヤリと思った。ということは、山下が告白してくれた日からも三年以上経つということだ。実際、自分は期待していた修行生活を送ることができているのか。いろいろなものを断ち切った選択は、本当に間違ってなかったか。

涅槃寺に入る直前のクリスマス・イブだった。年明け早々に地元でどうしても断れない見合いを控えていた山下は、突然上京してきて、隆春を呼び出した。そして澄んだ瞳で「最悪なこと訊《たず》ねるけどね」と切り出した。

「タカさ、私とまだ付きあってくれる気ってある？　っていうか、付きあってもらうことはできないかな」

隆春がまだチーピンにいたら、そんなことは言わなかったはずだ。音楽という共通の土俵を離れて、はじめて男として見てしまった。他にもいろいろなことを言われた気がするが、そんな言葉だけは覚えている。

むろん最初に好きになったのは隆春の方だ。あの頃抱いた憧《あこが》れは、その形は違えども持ち続けていた。しかもギターを持つ自分ではない。健福寺を追われ、僧としての自信を失いつつある頃にかけてくれた言葉なのだ。「タカは本当にパンクだよね。私は結局ダメだったな」という言葉は、隆春の生き方を肯定してくれるものだった。

でも、隆春はその場で首を振った。不安で仕方がなかったのだ。たった一人生きていくことさえ不安なのに、どうして二人の将来など想像できただろうか。師匠に絶縁を突きつけられてまで踏みだす人生に、それ以上の重荷を抱えることはできなかった。

年が明けて間もなくして、山下は故郷で慶大出の会計士という男と見合いをし、その春に結婚した。

離婚したのは同じ年の秋だ。直後、はじめて涅槃寺を訪ねてきた山下は「全然ダメだったわ」とクダを巻いて、すぐさま「安心して。あんたと結婚したとしてもたぶん同じだったと思うから」と言い放ち、隆春を絶句させ、そばにいた岩岡を爆笑させた。

ようやくこれで肩肘《かたひじ》張らないで付きあうことができる。そう言った自らの言葉を証明するように、再び東京で働き始めた山下は、気が向くと涅槃寺を訪ねてきた。上等そうな置物も、アンティークっぽい掛け時計も、涅槃寺に置かれている節操のない品々はたいてい山下からの贈り物だ。

想像した通り、真冬の海はうねっていた。小さい頃から日本海を見ていた広也などは一笑に付すが、隆春にとっては太平洋に面したこの崖からの眺めこそ冬の光景だ。

「ねぇ、タカさ。あんた昔こんなはずじゃなかったって言ったよね？　本当は安定するために僧侶《そうりょ》になりたかったのにって。今の自分はそのへんのバンドマンよりも不安定だって言ったよね」

まるで龍《りゅう》のように飛沫《しぶき》を散らす様を見つめながら、山下は続けた。

「それでもやっぱりあの寺に入って良かったと思ってる？　あのときの選択は間違ってなかったと思ってる？」

「正直、半々ですかね」

隆春は素直な心情を打ち明ける。「半々？」と首をかしげる山下に、力なくうなずいた。

「毎日それなりに充実してるとは思うんだけど、なんかスゲー焦ってます。何が足りないのか自分でもよくわからないんだけど、とりあえず全然充《み》たされなくて。来て失敗したとは思ってないんですけどね。どうせ引き返せるわけでもないし」

あたりはすっかり暗くなっていた。生誕祭までもう一時間を切っている。急ぎ足で歩いたとしてもギリギリといったところだろう。

山に向け、しばらくは無言のまま横並びで歩いていた。次第に深くなっていく雪道はひどく歩きづらく、山下の表情も険しくなっていく。そしてようやく寺の灯《あか》りが見えてきたとき、山下は不意に立ち止まり、思わずといったふうに口にした。

「さっきの言葉、一つだけ納得いかない。べつにあんたのいるのはどこにも引き返せない場所じゃないと思う。そんなふうに勝手に自分を追いつめて、余裕のない僧侶にたぶん周りはついいてこないよ」

山下は言い終えると、途端に気恥ずかしそうに視線を逸《そ》らした。以前から思っていたことがある。隆春は少しだけ悩んで、口を開いた。

「美鈴先輩、いい坊主になりますよ。言葉がいつも的確だ」

山下は「何よ、それ」と鼻で笑ったあと、すぐに気を取り直すように首を振った。

「現にギターがすべてじゃなかったでしょ。下手したら今の方が楽しそうじゃん。今あるものを失ったとしても、次に手に入るものは必ずある。そう思ってがんばりな」

最後の「悔いだけは残すなよ」という言葉を胸に刻み、隆春は帰ったことを知らしめるべく、力強く僧堂の戸を開いた。直後に、嵐のようなブーイングが襲ってきた。

「テメー、下山だ！　即刻下山だ、コノヤロー！」

すでに酔っぱらっている岩岡が何かを決めつけたように口にすると、久しぶりに会う父は「息子だ！　あれが俺の息子だ」と、なぜか目を潤ませて当たり前のことを言い放った。

広也と目が合うと、隆春は少し気まずさを感じた。広也の方はその意を汲《く》まず、隆春を涅槃《ねはん》像の前に引っ張っていく。「え、もう？」と言いたかったが、待たされていた方にすれば「ようやく」といったところなのだろう。

広也と目配せし、シートに手をかけた。岩岡の合図でみんながカウントダウンする。

「3、2、1！」

タイミング良くシートを引き、一年振りに涅槃仏がその姿を現した。もちろん姿形はそのままに、輝きは以前よりも増しているように見える。それまでのざわめきがウソのように消え失《う》せた。張りつめた空気に包まれる。

うす暗い部屋の中、涅槃像はロウソクの火に揺れていた。外で降り積もる雪の音が聞こえてくるほどの静けさだったが、静寂は長く続かない。足もとのおぼつかない岩岡が罰当たりにも涅槃像を支えにして、いつもの濁声《だみごえ》を上げたのだ。

「お寺ごっこ、お寺ごっこと言われ続けてきた僕たちですが、みなさんが思っている以上にみなさんのおかげで、三年やってくることができました。そのお礼というわけではありませんが、本日より、涅槃像を常時公開することにいたします！」

え？　そうなの？　と、目を向けると、広也はあんぐりと口を開いていた。その様子を見て、隆春はこの計画が岩岡の独断であることを理解した。

広也の視線を察知し、岩岡はおどけたようにこちらを向いた。

「だから俺が住職なんだよ。文句あるかよ？」

その機嫌の良さそうな口調とは裏腹に、岩岡はひどく顔色が悪かった。言葉を冗談と捉《とら》えた誰かから「おいおい、飲み過ぎだろ」というヤジが飛ぶ。

「大丈夫。最高だ。俺は今最高の気分なんだ」とつぶやきながら、岩岡はついにその場にへたりこんだ。誰よりも生誕祭を楽しみにしていたくせに、しばらくすると寝息まで立て始める始末だ。

「おい、マジでなんかあったのか？」

そう問いかけた隆春に、広也も意味がわからないといったふうに首をかしげる。もちろん岩岡が寝てしまったからといって、会を中断するわけにはいかなかった。二人は岩岡の分まで招待客を接待し、奥住やケンジら友人たちが盛り上げてくれた甲斐《かい》もあって、なんとか場はしらけずに済んだ。

隆春たちがようやく息をつけたのは、それから二時間ほど過ぎた頃だ。

「どうだった？　美鈴さん、ずいぶん楽しそうにしてるけど」

となりに腰を下ろした広也が山下に視線を送りながら、意地悪そうに微笑んだ。

「べつに。たまたま外で会ったもんだから。ちょっと話し込んじゃってな」

「そうか。いい人だもんな、あの人」

広也があまり嚙《か》み合っていない言葉を口にしたとき、二人の目の前が影で覆われた。見上げると、クレオシップの社長が周囲を窺《うかが》うようにして立っていた。社長は申し訳なさそうに二人の耳もとでささやいた。

「パーティーの最中にごめんね。今ちょっと時間いいかな」

「あ、そうでしたね」

広也は思い出したように口にすると、「岩岡はどうしましょう。起こします？」と逆に質問する。社長はしばらく迷ったような素振りを見せたが、首を振った。

「厳俊くんには、あとで二人から伝えといてもらえるかな」

広也は隆春に目を向け、不思議そうに首をかしげた。本当になんのことかわかっていない様子だったが、隆春にはなんとなく予感めいたものがあった。

勘違いだったらいいのだけど。そんな隆春の願いは、しかしいつになく思い詰めた社長を前に、虚《むな》しいものにも感じられた。

「へぇ、ここってこんなふうになってたんだね」

寮舎に足を踏み入れると、社長は物めずらしそうにつぶやいた。たしかに社長と会うときはいつも本堂だ。そうでなくても、忙しくて滅多に寺には来てくれない。

「寺務作業はこっちでやってるんです。パソコンもＦＡＸもほとんどお古ですけど、それっぽいでしょ？　机は自分たちの手作りです」

隆春の説明に、社長は再び感嘆のため息を漏らした。「若いっていいよね。君たちを見てると本当にうらやましくなるよ」と、いつものセリフを口にする。

社長は大きく一つため息をついた。そして覚悟を決めたように顔を上げ、二人の目を鋭く見つめた。

「実は八月いっぱいでホテルを閉めようと思っている。本当は今すぐにでもと思ってたんだけど、海水浴シーズンだけは毎年来てくれるお客様がいるからね。せめてその人たちにはご挨拶《あいさつ》差し上げたくて」

呆《ほう》けたように口を開いた広也を尻目《しりめ》に、隆春はやはりそうかと納得した。ハッキリ言って、隆春にはなぜクレオシップが経営していけるのかの方がわからなかった。建物の老朽化が目につき、食材の質も落ち、平日はもうほとんど客が入っていない。まさか廃業とは想像していなかったが、クビを切られるのは時間の問題と覚悟していた。

「そんな、突然……」と言ったまま口をつぐんだ広也を、隆春は目で制す。

「お子さん、まだ中学生でしたよね。社長の方は大丈夫なんですか」

「幸いにもレストランの方はなんとかやっていけてるからね。今度は家族でそっちを本腰入れてやっていこうと思ってるんだ」

「そうですか。なら、安心ですね。必ず三人で食べにいきます」

「また君たちを雇ってあげられたらいいんだけど」

「いや、それにはおよびません。とりあえず夏まで続けてくれるんですから、その間にまた探します」

「本当にすまない。僕もどこかにクチはないか探してみるから」

そのまま山を下りていった社長を見送り、本堂に戻ると、参加者たちは三々五々に散っていた。あいかわらず飲み続けている者もいれば、寝息をたてている者もいる。隆春は一度堂の中を見渡してから、あらためて涅槃《ねはん》像と向き合った。倣《なら》うように、広也もとなりに腰を下ろす。

きっかり一年ぶりの再会だ。人を食ったような細い目はやはり隆春たちの行く末を見抜いているのか。手を合わせ、目をつぶる。この像の前でだけは、いつでも心の深い部分をさらけ出せる。

坐禅《ざぜん》を組むときのように意識が次第に鋭敏に、しかし現実からは遠ざかっていく感覚に没入していった。だがそのとき、足もとから不意にうめき声が聞こえた。

「おい、守るぞ。絶対にこの像は俺たちで守り抜くからな」

苦しそうに息を吐いて言ったのは、岩岡だ。はじめは寝言を口にしているのかとも思ったが、岩岡は突然むくりと起きあがり、眉間《みけん》を指で押さえながら、作務衣《さむえ》から一枚の紙を取り出した。

「お前らには黙ってたけど、この一年くらいずっとやりあってた。血のつながった者同士なのによ。えげつないことしやがって」

顔を背けながら差し出した紙を、まず広也が受け取った。不思議そうに紙を眺めていた目がみるみるうちに見開かれていく。あわてて横から覗《のぞ》きこみ、隆春も瞬時に目を見張った。

　気づかぬうちに涅槃像を見直していた。ここに来ることを決めた一番の理由は、あいかわらず悠然とした笑みをたたえている。

「絶対に守るからな」

　三たび繰り返した岩岡の言葉は、すでに三人が共有する思いに変わっていた。その紙には弁護士の署名とともに、『至急、吉岡陰篤作の涅槃像を返還するよう――』という内容が、数十行にわたって綴《つづ》られていた。

※

　生誕祭の翌日にはすべての参加者が山を下りた。最後に寺を出ていったケンジは、その間際「なぁ、ヒロ。ここって敬千宗なんだよな？」と怪訝《けげん》そうに訊《たず》ねてきた。

「もちろんそうだけど。なんで？」

　広也が何気ない素振りで答えると、ケンジは安堵《あんど》したように息を吐く。

「そうか。いや、なんとなく俺が知ってるのと違う気がしてさ。憲和寺《けんなじ》って、なんかもっと柔らかかったじゃん。ここってなんかちょっと大げさな感じがしちゃって」

　ケンジは最後まで口ごもっていたが、途中から広也は聞き流すようにしていた。たしかに憲和寺とは違うかもしれないが、父と同じことをするつもりはない。憲和寺では救えない人がたくさんいた。より理想とする形を模索することを腐されることが面白いとは思えない。

　ケンジのうしろ姿を見届けた数日後、岩岡が外勤のために出ていった。隆春と残された涅槃寺は最近のにぎわいがウソのように静寂を保っている。二人とも仏像のことを気にしつつ、その話題には触れない。事務的な会話をするだけで、むしろお互いを遠ざけあうような節さえあった。

　生誕祭から二週間が過ぎ、一人で行った滝打ちから僧堂に戻ると、隆春が昼食の準備をしていた。

　三人の中では隆春の作る食事が一番うまい。今日の献立は畑で取れたごぼうを使ったきんぴらとこんにゃくの炒《いた》め物、それと差し入れでもらった里芋の煮物が二つほど添えられている。材料をもっともふんだんに使うのも隆春だ。

　まだ正午前だが、これが本日最後の食事である。長穏寺以来となる応量器《おうりょうき》はすっかり年季ものになっているが、落《あ》としたら下山《さん》と叩《たた》き込まれた習慣は今も消えず、みな大切に使っている。

　食事を終えてからも、隆春は浮かない表情をしていた。

「どうかした？」

　広也がなんの気なしに訊ねると、隆春は迷いを断ち切るように顔を向けてきた。

「なぁ、広也。俺たちも山を下りないか」

「山を下りる?」

隆春は広也の勘違いにすぐ気づき、あわてたように否定する。

「いや、そうじゃなくてさ。夏以降の仕事を見つけた方がいいかと思って。厳俊さんにばっかり頼ってられないだろ。それだって大事な修行には変わらないだろうし」

「ああ、そういうことか。いや、そのことなんだけどさ、隆春」

だが、広也が口にしかけたときだった。本堂の戸が突然揺れ、女が窺《うかが》うようにこちらを覗き込んだ。

広也は知らない女だった。隆春も不思議そうに首をひねる。外の光の影になり、顔はよく見えなかったが、参拝客ではないことはすぐにわかった。女の息遣いからは被災して大切なものを失った人間に共通していた、悲壮感のようなものが感じられた。

隆春が応量器を片付けに寮舎に戻り、広也が女を中に招き入れた。「どうかされましたか」という質問に、女は首を振るだけで何も答えない。広也は深い意味もなく、女を涅槃像の前に座らせた。像を背にするようにして、広也は両者の間に腰を下ろす。

隆春が茶を入れて戻った頃、女はようやく「椿《つばき》と申します」と名乗ったが、それ以上のことは言わなかった。四十代なかばくらいか。目は腫《は》れぼったく、全体的に顔もむくんでいる。身につけているものは高価そうなのに、疲れ切った表情が派手さを感じさせない。ひょっとすると、実際の年齢はもう少し若いのかもしれない。

しばらくは隆春がなんとか話を聞き出そうとしていたが、らちが明かず、次第に口数を減らしていった。それからまた優に三十分は過ぎたと思う。

坐禅中のようにシンと張りつめた空気を、震える声がかき消した。

「どうして何も言ってくれないんですか？」

しびれを切らしたとも、うんざりしたとも言えない口調で、女は言った。

「ここは何か説教してくれるところなんじゃないんですか？」

「いえ、我々はまだ――」

何か言おうとした隆春を、広也は自分でも気づかぬうちに制していた。不思議そうに目を向けてくる気配は感じたが、広也は心の中で「黙ってろ」と吐き捨てる。広也には確信があった。この人が求めているのは言葉じゃない。自分の話を黙って聞いてくれる存在が欲しいだけだ。

椿という女はさらに考え込む素振りを見せた。口を開こうとしては諦め、また何か言おうとしては、飲まれるように口を閉ざす。

椿はようやく踏ん切りをつけたように顔を上げた。だが唇を嚙《か》みしめた強い表情とは裏腹に、その瞳《ひとみ》は真っ赤に潤んでいる。

「私は取り返しのつかないことをしたのだと思います」

椿は肩を震わせながら、訥々《とつとつ》と語り始めた。三ヶ月前に自動車事故で四歳の一人娘を失ったこと。ほんのわずか目を離した隙だったということ。誰かから慰められるたびに自分を許せなくなっていくということ。それなのに、娘を亡くした日から一度も涙を流せていないということ……。

そういった一つ一つの言葉に、広也は相づちさえ打たず、ただ耳を傾けていた。隆春は何か声をかけようとしたが、やはりそれも留めさせた。

広也は確信を強めながら、小さく首を横に振った。世界にはすでにたくさんの「救いの言葉」が溢《あふ》れている。本を開けば「励ましの言葉」が綴られ、ネットを立ち上げればいくらでも「勇気の言葉」が転がっている。

ならば、そうした言葉に人は救われているのだろうか。では、なぜ年間三万人もの人たちが自らの意志で命を投げ捨てるのか。広也はいつも考えていた。言葉は目まぐるしく変化していく現実を前に、すでに無力とは言えないだろうか。

広也自身が震災で経験したことだ。自らの非力を日々痛感し、僧であることの自信を根本から叩き壊されていく中で、何よりもつらいのは誰にもそうした心の内をさらけ出せないことだった。

友人から励ましの言葉はたくさん聞いたし、身内からの勇ましい声も耳にした。しかし広也は何も感じることができず、むしろ鼻白むだけだった。昏睡《こんすい》状態の父を前に泣くことも許されず、生まれてはじめてネットに書き込みというものをしてみたが、虚《むな》しさは増長するばかりだった。

求められるのはきっと上から目線の言葉じゃない。そう確信したとき、広也ははじめて僧侶《そうりょ》のやるべき仕事がわかった気がした。いや、自分が何に向き合うべきかを見つけられた気がするのだ。

「僕たちの唯一の勤めは、みなさんの口から語られる言葉に、真摯《しんし》に耳を傾けることだと思っています」

広也は静かに口を開いた。隆春の視線はすでにまったく気にならない。

「そんなこと誰だってできるじゃないですか。じゃあ、あなたたちはなんのために存在しているっていうんですか」

それは広也自身がずっと悩み続けてきたことだった。自分たちはすでに必要のない存在なのかもしれない。そんな無力感を拭《ぬぐ》えたことはなかったが、こうして誰かが何かを求めて足を運んできてくれる以上、自分たちがここにいることに何らかの意味があると信じたい。

「僕たちに解決できることはもしかするとないのかもしれません。だけど、話を聞くことだけはできます。時間も場所もいくらでもあります。だから納得いくまで話してもらえませんか。絶対にどこかにあるはずの底にぶち当たるまで、心の内をさらしてもらうことはできませんか」

広也は素直な気持ちで懇願した。完全に広也と椿の二人きりの世界だった。隆春は小さく会釈し、無言のまま堂から去った。広也は目も向けなかった。途中から隆春の存在を邪魔にさえ感じていた。

不謹慎と自覚しながらも、広也はようやくチャンスが訪れたのだと感じていた。もう待ったはかけられない。三年間の下準備はすべてこの日のためだった。震災を前にまるで無力だった自分が、ようやく再び立ち上がれる。その機会を授かった。

寒風が吹き込む堂の中で拳《こぶし》を握りしめ、広也はたしかに予感めいた思いを抱いていた。

十　章　籠の中の鳥たち

老朽化した灰色の壁はひびが走り、むき出しの水道管には雑草が絡んでいる。それでもビーチに面するホテル・クレオシップ大井浜は、四十年に及んだ役割に終止符を打つべく、燦々《さんさん》と輝く太陽を反射させている。

「なんかまだやれる気がするんですけどね。もったいないですよね」

水原隆春《みずはらたかはる》がホテル前のロータリーを掃除しているところに、最年少のアルバイトスタッフ、馬上征人《うまがみまさと》が声をかけてきた。ピンクのタンクトップにハーフパンツという出《い》で立ちは若さにあふれ、隆春は自分の学生時代を大昔のように回顧する。

大学の休みを利用して、馬上がはじめてバイトにやって来たのは三年前の夏。ちょうどその頃に二度目の外勤当番だった隆春が見習いを担当したが、はじめ馬上はなかなか心を開かなかった。それでも淡々と仕事を教えるだけで、ホテルでも粗食を貫き、空き時間に坐禅《ざぜん》を組む隆春に、馬上は次第に興味を示すようになっていった。

普通に話をするようになったのは一年目の夏が終わる頃だ。以来、馬上が大学を五年で卒業し、フリーター生活に突入してからはより親しい付き合いが続いている。

馬上はほうきを持つ手を止め、今度は恨めしそうに客室の方を見上げた。

「なんで今日に限って満室なんですかね。この人たちがもっとマメに来てくれてたら状況も違ったはずなのに」

「でも、最後の日までガラガラだったら気が重いよ」

「たしかに。本当に今晩で最後なのか。厳俊《げんしゅん》さんたちも夜には来るんですか？」

「たぶんね。遅くとも明日《あした》のチェックアウトの時間には来るはずだ」

そう言いながらも、隆春は確信を持てなかった。寺にいる二人とほとんど連絡を取り合っていないのだ。

六月中旬、岩岡《いわおか》が外勤を終え、本来なら広也《ひろや》が山を下りる番だったが、広也は「すまないが、代わってもらえないか」と隆春に懇願してきた。増えつつある「檀家《だんか》」を確実に取り込むため、今自分が寺を抜けるわけにはいかないというのである。

当初、広也は隆春に「もうホテルに行くのはやめよう」と言ってきた。残りの給料をもらっても仕方がないし、むしろその分社長を苦しめることになると言ったのだ。

その言い分に隆春は耳を疑った。散々世話になった挙げ句、つぶれるとわかった途端に身を引くとはどういうことか。その主張は方便にしか聞こえず、恩知らず以外の何ものでもないと隆春は強く反対した。

あの日、寺を訪ねてきた椿彩子《つばきあやこ》に、広也はすぐにのめり込んだ。積極的に彼女の話に耳を傾け、うなずき、同調する。椿もまた毎日のように寺に通ってくる。そして娘を失ったことから端を発した告白は、日を追うごとに深い部分に潜っていった。

自分自身の生い立ちや、二十年前に大井に嫁いできた日のこと。市議から市長にまで上り詰めた歳の離れた夫のことや、その夫の不貞の話。それをつゆとも知らず椿に当たる姑《しゅうとめ》のこと、二人が寄ってたかって娘の事故の件を責め立てること。

そんな人間に同調し、「わかります」「あなたは間違ってない」と言い続ければ、相手が僧でなくとも心を許すに決まっている。隆春には広也が椿を自分の考えに誘導し、引き込んでいるようにも見えていた。

椿は街の有力者の妻という立場を生かし、多くの同年代、それもそれなりの地位にある女性を連れてきた。中には観光気分で涅槃仏を眺めていくだけの者もいたが、椿と同様、広也に心の内を吐露する者も少なくない。そしてそういう者たちがまた新たな知人を引き連れてきて、涅槃寺は四年目を迎えていよいよ活況を帯びてきた。

広也はそうした者たちを「檀家」と呼んだ。本来の檀家の意味とは違うが、寺がにぎわうことはもちろん悪いことじゃない。賽銭《さいせん》箱に金が投げ込まれるようになり、以前からあるお守りも突然価値が認められたように売れ始めた。絵馬はないのか、滝打ちはできないのかと、新しい要望が次々と舞い込んでくるようにもなった。

収入が激増していく状況にあって、外勤を辞めようという広也の考えは正しいのかもしれなかった。しかし、いつでも隆春たち三人のことを気遣ってくれた社長のことを思えば、到底同意はできなかった。

夜の配膳《はいぜん》を終え、後始末を終えても、広也と岩岡二人は姿を見せなかった。携帯は二月の生誕祭の頃から壊れたままだ。隆春は電話を借りることと挨拶《あいさつ》を兼ね、苛立《いらだ》ちながら社長室の戸を叩《たた》いた。

「ああ、隆春くんか。おつかれさま。いよいよ最後だね」

社長はいつものように目頭を押さえながら、帳簿をつけている最中だった。

「社長、本当にすいません。最後の夜だっていうのにあいつら顔も出さないで」

「ああ、そんなの全然気にしなくていいよ。それより平気？　岩岡くん、体調悪いんでしょ？」

岩岡もまた「体調不良」を理由に、隆春に勤務を押しつけていた。それには答えず、隆春は小さくかぶりを振る。

「僕たちがここまでやってこられたのは社長のおかげだと思っています」

「いやいや。最初に話を聞いたときは突拍子もない話だと思ったけどね。若いパワーはすごいよね。感心させられてばかりだったよ」

社長はいつものように隆春たちを称《たた》え、タバコの封をちぎり、おいしそうに煙をくゆらせる。これまで一度も受け取ったことはないのに「どう？」と勧めてくるのも、三年間変わらなかった。

しばらくの間、出会った頃の思い出話に花を咲かせた。そろそろ電話を借りようと思っていたところに、馬上をはじめとする数人のスタッフがなだれ込んできた。

「ああ、いたいた！　隆春さんもここにいた！　ねぇ、もう飲みましょうよ」

思わず社長と顔を見合わせ、苦笑した。普段はスタッフとの間に一線を引き、あまり輪に加わろうとしない社長だが、今夜は違った。

「よし、飲むか！」

誰よりも瞳《ひとみ》を輝かせ、率先して焚《た》きつけるようにビールを口にする。すでに部屋に戻っていた他のスタッフを呼びにいく者や、酒を買いに走る者も現れ、社長室は即席の大宴会場に様変わりした。

馬上が隆春のもとに近寄ってきて、「飲んでます？」と酒を勧めてくる。馬上はしばらく当たり障りのないことばかり話していた。何も考えないまま突入したフリーター生活や将来に対する不安や、若者から搾取を繰り返す団塊の世代への不満などを好き放題言い放ち、突然何やら思い出したように微笑んだ。

「そういえば俺、隆春さんのこと最初大嫌いだったんです。気づいてました？」

「余裕で気づいてたよ。何だよ、急に」

「やっぱり？　気づいているんだろうなってことも気づいてました。でもね、ダメだったんです。なんで坊主がこんなとこにって、俺マジでムカついてましたもん」

髪を金色に染め、思春期の少年のように目をギラつかせた当時の馬上を思い出す。社長は「履歴書と全然違う！」と頭を抱え、その姿に笑いながら、隆春はすでに馬上が大学四年生であることに驚いた。

どうせすぐに辞めるだろうと思っていたが、馬上は決して不平を言わず、仕事をこなした。そして隆春に心を開くのと比例するように、見た目も柔らかくなっていった。

「俺ね、お坊さんというか宗教全般がダメだったんです」

「なんで？　理由があるの？」

隆春はちびりと泡を舐《な》めて質問した。馬上は不意にさびしげな表情を浮かべたが、何かを断ち切るように口を開いた。

「恥ずかしい話なんですけど、いつか隆春さんに聞いてみたいと思ってました。宗教って何なんですか。やっぱり人間に必要なもんですか」

馬上のストレートな質問に、隆春は思わず言葉に窮した。もちろん自分なりの答えは持っているつもりだが、馬上の意図がつかめない。言いあぐねる隆春の瞳をジッと見つめ、馬上は言葉を重ねた。

「うちの親父《おやじ》って一信会の信者だったんですよ。祖父母が会員だったとかで、親父も物心ついたときには信者だったって。オフクロと結婚するときも所属はしてたけど、仕事が忙しい頃で活動をさぼってた時期みたいなんです。オフクロは絶対に私を巻き込まないでって約束した上で、結婚したって言ってました」

馬上が口にしたのは日本屈指の規模を誇る仏教系新興宗教の教団名だ。会員数が一千万人を超すとも言われ、その強引な勧誘法がしばしば問題視されるものの、今では世界中に信者を獲得しているという。

馬上の話がどこに行きつくのか想像できないまま、隆春はうなずいた。馬上はさらにビールを呷《あお》り、周りの目を気にするように続ける。

「実際、親父の宗教活動は激しいものじゃなかったんです。普通に工場で働いて、普通に家に給料を入れて、ごくごく普通の親父だったんですよ。それがね、俺が小学生の頃に仕事中の事故で右足が使い物にならなくなって、一軒家から団地に引っ越した頃から一気に信仰にのめり込んでいったんです。約束が違うってオフクロは泣きわめくし、なのにそのオフクロの目を盗んでは、俺まで地域の会合に連れていくし。俺はそこが大嫌いでした。そりゃそうですよね。瞳孔《どうこう》開かせて何か叫んでいる親父はとにかく不気味だったし、何よりもオフクロが反対しているのを知ってましたから」

隆春は口を挟まなかった。これまで誰にも打ち明けなかったという馬上の告白は、次第に核心部に近づいていく。

「絶対にオフクロには言うなっていうから、俺マジで黙ってたんですよ。でもオフクロだってバカじゃないから、そんなウソはすぐバレる。何度も問い質《ただ》されたけど、しゃべったら二人が別れるっていう恐怖があって、黙ってました。そしたらオフクロのヤツほとんど半狂乱になっちゃって。で、ある日突然……。どうしたと思います？」

「わからない。どうしたの」

「いきなり俺のことパンツ一枚にして、ホースで思い切り背中を打ちつけ始めたんですよ。なんでウソをつく、お前まで私を苦しめるのかって、もう何度も。俺、また新しい何かが家に入ってきたんだってすぐにわかりました。殴るだけ殴っておいて、オフクロは俺のこと抱きしめるんです。泣きながら、一緒に神様に謝ろうとか言って。その神様とかいうのが親父が毎日手を合わせる相手とはまた違う存在なんだって、幼心にもわかりました」

「どういうこと？　オフクロさんははじめからそういう信仰を持っていたの？」

「いえ。なんか親父のことを相談した人に集会に連れてかれたのが最初みたいです。典型的なミイラ取りがミイラですよ。似たような悩みを持つ仲間がいっぱいいて救われたとかって。なんていう名前だったっけかな」

「カナンの地平」

「ああ、それだ。さすが、よく知ってる。俺はもう耳にするのもイヤな名前だ。キリスト教系なんですよね？」

「旧約聖書に重きを置いてるって聞いたことがあるよ。以前は子どもの躾《しつけ》にムチを振ってたってよく聞いたけど。たしか社会問題にもなったよね」

「そりゃそうですよ。あんなもんで子どもに言うこと聞かせようなんて、そんなの親のエゴでしょ。テメーが勝手に産んだくせに」

隆春は再び口をつぐみ、視線を逸《そ》らした。馬上は気分が昂《たかぶ》ったようにさらに言葉を紡いでいく。

「その頃からもう家の中は地獄でした。家庭内宗教戦争っす。親父とオフクロがそれぞれ違う神様を信仰するのってマジできついですよ。お互い本気で口汚く罵《ののし》りあって、とにかく頑固で、何があっても自分の神しか認めない。二人とも家族より大切な価値観を持っちゃってるんですもん。機能するはずないですよね」

「そういう経験をしていたから、俺のことが許せなかった？」

「ぶっちゃけそうですね。中学校に上がる頃に妹と母方のばあちゃんとこに引き取られたんですけど、それ以来俺は寺とか教会とかの前を通ることも避けてきたんです。だからね……。だって、想像を絶してるでしょ。海沿いのリゾートバイトに坊主がいるなんて、誰だってまさかと思いますよ」

　隆春はつい噴き出した。ほんの少し思案してから、隆春は自分がなぜ僧侶《そうりょ》を目指したかをはじめて馬上に説明した。バンドで成功できなかった一連の経緯から、バイト先のキャバクラで見た光景、安定を求めて就職しようとしたことと、大学で広也と出会ったこと。東南アジアの村に土着していた宗教の景色、長穏寺《ちょうおんじ》で過ごした一年半と、東京の寺でくすぶっていた三年のこと。そして涅槃寺に入るに至るまで。

　隆春は時間をかけて説明した。それは今なぜ自分がここにいるのかを確認する作業に等しかった。一つ一つを咀嚼《そしゃく》するように説明した上で「宗教が何なのか、俺も必死に考えてる。本当に自分は必要な存在なのか、悩んでる」と、素直な心情を告白した。

「チーピンって、あのチーピンのことっすか？」

　すべてを聞き終え、馬上が真っ先に尋ねてきたのはそれだった。あいまいにうなずいた隆春に、馬上は「スゲェ、人に歴史ありっすね。たしかにあのバンドってギターが弱いですもんね。そういう理由だったのか」と、合点がいったように指を鳴らした。

「まぁまぁ、リーダー。お一つ」

冗談っぽく注がれた焼酎《しょうちゅう》に口をつける。同じようにグラスをかたむけながら、馬上は確認するように隆春を何度か見やり、大仰にうなずいた。

「俺、隆春さんに心許せたのって、そういう部分だったのかしれません。意固地じゃないでしょ？　自分が正しいって思い込んでないし、価値観を押しつけようとしないじゃないですか。俺の知ってる宗教って、もっと干渉してくるもんなんです。強引に家の中に割り込んできて、結局はぶち壊されて。俺、今あの二人がどこで何をしてるのかさえ知りませんよ」

吐き捨てるように言い切って、馬上は再びさびしそうに目を伏せた。隆春はその言い分を全面的に認めたが、一点だけ、共感できないこともあった。

「でもさ、その意固地になれないってことこそ、俺がコンプレックスに思っている一番の部分だったりするんだよね」

馬上は怪訝《けげん》そうな目を向けてきたが、隆春は気にせず言葉を連ねた。

「誰かに何かを押しつけられるほどの価値観がまだ自分の中になくて、これが正しいって胸を張れない。実際、征人の両親が今もその宗教に属しているんだとしたら、彼らは救われているはずなんだ。家族というすがれるコミュニティを失って、それでも生きていられるのは、その救いがあるからなわけで」

「そんな卵が先か鶏が先かみたいな話」

「たしかにそうだけどさ。でも、俺がよく広也と話をするのは、宗教って実は最後の砦《とりで》なんじゃないかということなんだよね」

「砦？」

「うん。勝手な持論なんだけど、人間が生まれて最初に所属するコミュニティって家族でしょ？　で、その枠は学校や町、社会っていうふうに逆さのピラミッドのようにどんどん広がっていくんだけど、じゃあ学校でイジメに遭いました、会社でリストラされました、社会につまはじきにされましたってなって、ピラミッドを逆に転げ落ちてきたとしたら、これまでだったら家族が最後の砦になってたはずなんだ。でも、いよいよ機能しない家族が現れ始めて、人は歯止めの利かないままま生死のラインを越えてしまう。年間三万人っていう自殺者の数は、そういう数字なんだと思う」

「それと宗教とどういう関係が？」

どこかケンカを売るような馬上の口調に、隆春は力なく首を振る。怯《ひる》んだわけではない。本当にその考えが正しいのか、自信が持てなかった。

「わからないんだけどさ。宗教って、家族と生死の間に割り込んでもいい唯一のものなんじゃないかって思うんだ。俺、征人の両親が所属している団体の自殺率って低い気がするんだよね。だからって肯定するわけじゃないんだけど、それくらい門戸を広げておくのは重要なことだとは思うんだ」

納得したようにうなずいたり、腑《ふ》に落ちないように首をかしげたりしながら、馬上は静かに話を聞いていた。

二人の周りだけ温度が違った。焼酎を一気に呷《あお》ったり、大声で歌ったりして、他のスタッフたちは最後の夜を盛り上げている。その様子を一瞥《いちべつ》し、馬上は仕切り直すように口を開いた。

「広也さんも同じ考えなんですか？」

「ヤツは実家が寺だからね。俺なんかよりもずっと仏教に対する期待値は高いよ。なんで？」

「いや、なんとなく。俺、実はあまり広也さんって知らないんですよね。隆春さんや厳俊さんみたいにオープンじゃないでしょ？　ストイックそうだし、それこそ意固地なところを感じちゃって。ハッキリ言って――」

だが、馬上はそれ以上のことを言わなかった。顔を真っ赤にさせた社長が二人の間に割って入ったのだ。

「なんか深刻そうに話してるね。なんの話？」

思わず馬上と目を見合わせる。苦笑した馬上が「ちょっと人生について説教を」と冗談っぽく口にすると、社長は真顔で「それは素晴らしい。彼らはきっといい和尚になるからね。いろいろと話を聞くといい」と言い放った。

宴会は一向に落ち着く気配を見せないまま、次第に夜は更けていった。岩岡たちからの電話は最後まで鳴らなかった。


八月最後の月曜日。フィナーレにふさわしい朝の陽が天窓から降り注ぐ中、ロビーではチェックアウトする多くの客たちでごった返していた。

「本当にありがとうございました！　また必ずお会いいたしましょう！」

一人一人の客に社長が深く頭を下げる中、馬上が不意に耳打ちしてきた。

「ねぇ、隆春さん。今晩ってどうします？」

「今晩？」

「なんかみんな一泊してくって言うんですよね。全員でいくらかずつ出し合って、社長を労《ねぎら》おうって。料理長も力入れてうまいもん作るって張り切ってました」

隆春は小さく首を振った。結局、岩岡たちは最後まで顔を出さなかった。「もちろんお金は置いていくけど」とつぶやきながら、大手を振ってうなずけないことが悔しくてならなかった。

馬上は探るように隆春の横顔を眺めながら「俺もやめとこっかな」とこぼした。そして隆春から目を逸《そ》らし、思ってもみないことを口にした。

「俺も一緒に寺に行ってもいいですか？　隆春さんたちの理想の場所というのをせっかくだから見ておきたくて」

隆春は何も言わなかった。最後にホテルの清掃をし、スタッフ一人一人に別れを告げたあと、隆春は馬上を伴って社長室のドアをノックした。

「社長、本当にお世話になりました。岩岡たちとあらためて挨拶に伺いますので」

この段になって、社長もはじめて不思議そうに首をかしげた。「何かあったんじゃなければいいんだけど」という言葉は、何度鳴らしてもつながらない電話を思うと、笑い飛ばすことができなかった。

山に向かう道中、馬上はなぜか興奮を抑えきれない様子だった。

「言っとくけど、そんな楽しいとこじゃないからな」

いくらそう言い聞かせても、爛々《らんらん》とした瞳《ひとみ》の輝きは消えない。途中、顔見知りの街の人と立ち話をしたり、収穫したばかりという夏野菜をもらったりするたびに、馬上は一歩下がって、興味深そうに状況を見守っていた。だが、想像していたよりも道のりが険しかったのか、一歩山道に足を踏み入れた途端にその表情を曇らせた。

山が深くなるにつれ、馬上の口数はいよいよ少なくなった。周囲はすぐに鬱蒼《うっそう》とし始め、そこら中から獣《けもの》の鳴く声が聞こえてくる。隆春が熊よけの鈴をバッグから取り出すと、馬上は「冗談でしょ？」と目を白黒させた。ついてきたことを後悔している様子がありありと窺《うかが》えた。

少しずつ寺が近づいてくるにつれ、隆春の心は緊張とも怒りとも取れない、不思議な感情に支配された。当然、二人とも今日がホテル最後の日だと知っている。来るに来られないよほどの事情があったのか。あれだけ世話になったというのに、だとすればどんな事情があったというのか。うっすらと灯《あか》りが見えたときには、結局は怒りに駆られていた。

「あれですか？」

同様に灯りを確認して、久しぶりに馬上が口を開いた。緊張からか、疲れからか、その声に持ち前の明るさは含まれていない。

山門の前で合掌して、敷地に足を踏み入れる。瞬間、線香の匂いが鼻についた。それと同時に、ある異変も感じた。こんな時間にもかかわらず経を唱える声が聞こえてくるのだ。しかも何人もの声が複合的にこだましている。

隆春は僧堂の戸をノックもせずに開け放った。まず堂の中を見渡して、次の瞬間には絶句した。

「なんだよ、これ」

そうこぼしたのは馬上だ。驚いたように見開かれたその目は、すぐにどこか軽蔑《けいべつ》したものに塗り替えられた。

「はぁ？　あんたら、三人きりで修行してたんじゃねぇのかよ」

馬上の声はほとんど隆春の耳に届かなかった。直後に「読経中に無礼だ！」という女の叫び声が飛んでくる。隆春の視線はすぐに広也に釘付《くぎづ》けになった。七人もいる作務衣《さむえ》姿の女たちに正対し、広也は一人、涅槃《ねはん》像を背に悠然と正座していた。

たった三ヶ月だ。寺を留守にしていた三ヶ月の間に、いったい何が起きたというのか。

「勝手に何してんだよ、てめぇ――」

気づかぬうちに声が漏れていた。広也の方はまるで隆春の存在など忘れ去ったかのように、不思議そうな視線を向けてきた。

※

椿彩子が最初に訪れたのはまだ雪の残る季節だった。娘を亡くし、深く傷ついた椿をさらに煽《あお》る家族を前に、それでも椿は「一度も泣けなかった」と口にした。

広也たちが朝食をとっている頃に寺を訪れ、日が暮れる頃に山を下りる。何をするわけでなく、ただ身の上話をしていくだけだ。広也もまた静かに相づちを打つだけで、何かを諭そうとなどしなかった。

そんなことを一週間ほど続けたある日、椿が山を下りていくのを見届けながら、隆春は「結局、あの人は毎日何しに来てんだろうね」と首をすくめた。他意のない言葉とわかってはいたが、広也は全身の血がたぎるのを感じた。自分と隆春との間にある決定的なズレを認識したのはこのときだ。

「できれば彼女を僕に任せてもらえないかな」

その晩、広也は思い切って隆春に打ち明けた。はじめは不思議そうな表情を浮かべたものの、隆春はすぐに気分を害したように顔をしかめた。それでも広也は引き下がらなかった。
「彼女、やっぱりみんなの前では話しにくいと思うんだよね。できれば二人にしてもら
えないかって最初から思ってて」
「みんなって俺とお前しかいないじゃん」
「だから、それを」
「ああ、はいはい。わかった。任せるよ。俺は自分の修行に集中させてもらうわ」
吐き捨てるような隆春の言葉に感じるものはなかった。翌日から広也が一人で応対し
たことに、椿も安心した表情を浮かべた。椿が笑い顔を見せたのはこのときがはじめて
だった。そしてこの頃を境にして、椿はより深く自分の話をするようになった。
十六歳離れた元市長の夫との間に、すでに愛はなかったという。それでも跡取りを作
ることを執拗《しつよう》に周囲から促され続け、長い不妊治療の末、リミットと思っていた四十歳
を間近にしてようやく子どもを授かった。
それなのに夫や姑《しゅうとめ》は、できた子どもが女の子だったことに露骨に落胆した。「子宮筋《きん》
腫《しゅ》」という診断を同時に下され、おそらくもう子どもは産めないだろうという医師の話
を聞いてからは、より邪険に椿を扱うようになった。妊娠中という遠慮を失った姑のい
びりは激しさを増し、夫は連絡も寄こさず外泊することが増えた。
それでも椿は嫁いできて以来、はじめてといっていいほどの充足感を味わった。もた

らされたのは娘からの絶対的な肯定だ。無条件に自分を必要としてくれ、存在することを許してくれる唯一の者。自分がお腹を痛めて産んだ子どもに対する感情としては歪《いびつ》だという自覚はあったが、椿は結婚してはじめて生きていることの実感をつかみ、そして自分の全存在を一人娘に託した。

夫の政治活動には、その後も欠かさず同席した。もちろん事務所の人間や支援者たちは表面的にはこれまでと変わらず椿に接してきたが、その目にはどこか同情めいたものが感じられた。夫の不貞を知っているのかもしれないし、もう子どもを産めないことを伝え聞いてのことかもしれない。

椿はそうした視線から逃げるように新しいコミュニティに飛び込んでいった。幸いにも娘を介し、新しい輪はどんどん広がった。どんなグループに入っても、一回り近く歳の離れた母たちは椿を歓迎してくれた。それが「元市長の妻」に対する歓迎であることはわかったが、今度はこちらが利用する番だと自分に言い聞かせ、椿は積極的にその輪を広げた。

事故が起きたのは、娘が四歳の誕生日を迎えた直後のことだ。いつものように郊外のショッピングモールに出掛けると、ママ仲間の一人である近藤優子《こんどうゆうこ》が彼女の一人息子と店先のベンチでアイスクリームを食べていた。

「いいなぁ、ミーちゃんもあれ食べたい」

娘の美智《みち》は自分のことを「ミーちゃん」と呼んだ。それが最後に聞く娘の言葉と知る由もなく、「私が見てますから、どうぞお買い物してきてください」という近藤の申し出に素直に甘えた。

　館内放送で名前を呼ばれたときも、まだ不穏なものを感じなかった。サービスカウンターに向かうと、係の女性は真っ青な顔をして椿の手を引いた。ワケもわからぬまま連れていかれた駐車場で、真っ先に目に飛び込んだのは息子を抱きかかえて泣く近藤の姿だった。椿の記憶はこのあたりからあいまいになる。アスファルトに広がる血の海、誰かの「事故だ！」という大きな声、横たわる小さな身体、まぶしく照りつける太陽。一つ一つは写真のように鮮明なのに、そこに自分がいるという実感だけが乏しかった。

　到着した病院にすぐに姑が駆けつけ、遅れて夫がやってきた。そのときはじめて医師から状況を伝えられたが、やはり何を言われたのかは覚えていない。ただ、その夜遅くに椿に看取《みと》られ、美智が死んだことだけは間違いない。

　近藤が目を離した隙に子どもたちが追いかけっこを始めたこと、駐車場に紛れ込んだ美智が車の前に飛び出したことなどを、後日、警察から聞かされた。家族は激しく椿を責め立てた。責められて当然と思うだけで、不思議と痛みを感じなかった。

「自分に存在する意味がなくなったことだけはよく理解できました」

　一連の告白を、椿は詩を朗読するように口にした。その間も広也は自分から語りかけなかった。ただ会話が中断したふとした瞬間、椿の視線が宙を浮いたときだけ、天気のことや食事のことなどを広也の方から問いかけた。

椿の言う「説法」はいつも涅槃像の前で行われた。当初は像の存在が目にも入っていない様子だったが、ちょうど二人きりになった時期を前後して、椿ははじめて「素晴らしい仏像ですね」と口にした。

「吉岡陰篤《よしおかいんとく》氏の作品らしいんですよ。本当かどうかわかりませんけど」

自嘲《じちょう》しながら広也が言うと、椿は「どうりで」うなずき、引き寄せられたようにそっと仏像に手を触れた。その姿を眺めながら、広也はいよいよ宗教の出番なのだという思いを強めた。

椿が通い始めて一ヶ月ほど過ぎた三月末、岩岡がホテルから戻り、広也が外勤に向かう番を迎えた。いくらか安定してきたとはいえ、この状況で彼女を置いていくことが正しいとは思わなかったが、取り決めなのだから仕方がない。

広也はまず隆春と岩岡に椿の詳しい状況を伝え、二人に面倒を見てもらうよう了承を取り付けた。次に椿にも事情を説明したが、椿は浮かない表情で首を振った。

「たとえばその一ヶ月分のお金を私が寄進するとしても難しいでしょうか」

「いえ、そういうわけではないんです。これも大切な修行の一環でして」

「でも、私はこの寺に惹《ひ》かれて通っているわけじゃないんです。先生がいてくださらなかったら、本当に今頃——」

いつの頃からか、椿は広也を「先生」と呼ぶようになった。そんな身分じゃないともちろん何度も固辞したが、椿は聞く耳を持たなかった。

「二人とも心ある僧侶《そうりょ》です。それは私が保証します」

それでも椿は頑としてうなずかなかった。まるで幼子が絶対に父親と離れまいとするようなかたくなさだ。実際、椿と話していると少女と接しているような感覚にとらわれることがある。一回り以上年上の女性に間違った印象かもしれないが、絶対に守らなければならないか弱い相手という意味では、通じるものはあるはずだ。

広也はため息を一つ吐《つ》いて、仕方なく首をひねった。

「それでは一ヶ月間だけ、毎日大井浜まで来ていただけませんか？　ここと同じように時間を取ることはできませんが、極力一緒にいるようにいたします。先方の社長にもその旨を伝えておきますので」

広也の提案に、椿は心から安堵《あんど》したようにうなずいた。半面、先に話をしていた隆春はつまらなそうに手を振り、体調を崩していた岩岡も力なく首をかしげたが、かまっている余裕はない。人の生き死にを前に体裁など繕っていられない。本当に心の通った信仰とは何なのか。この頃からしきりに考えるようになった。

椿は毎日欠かさず大井へ通ってきた。話をするのは一、二時間だったが、それでも広也が近くにいるだけで、もっと言えば家を出て向かう場所があるだけで救われると、彼女は率直に口にした。

「ねぇ、先生。私、最近自宅で坐禅《ざぜん》を組むようになったんですよ」

夕暮れに真っ赤に染まる大井の海辺で、椿はそんなことを口にした。

「へぇ、それはいいですね」

「何人か友人も参加してくれたりして、みんなにも先生の話をしてるんです」

「それは、ちょっと恐いな。何を話してるんだろう」

「私、先生と話していて一番に感じたのは、みんな生きていく上でそれぞれ苦しんでいるという例の話でした。あの仏様の」

「輪廻転生《りんねてんしょう》の話ですね。でも、あれは本来輪廻すること自体が苦しいものという前提の上で、釈迦《しゃか》尊はことさらその点を強調しないことによって、民衆の苦しみを取り除こうとしたっていう話なんですよ。ちょっとややこしいんですけど」

「難しいことはよくわかりませんけど、でも私はたしかに心が軽くなりました。美智が今この瞬間にでも違う何かに生まれ変わって、きっと幸せでいてくれているっていう先生の話は、本当に救いだった」

「僕の身内に同じようなことを言った人間がいたんです。まさにこれから逝こうっていうときに、次は鳥になるって。僕自身、あの言葉に勇気づけられましたから」

「私もあの子が鳥になってくれていたら嬉《うれ》しいな」

それまで遠く水平線に向けられていた椿の視線が、不意に広也に寄せられた。そのまま自分でもコントロールできないように、椿は一歩だけ広也に近寄った。

もしあのとき椿が触れることを求めてきたら、毅然《きぜん》と拒むことができただろうか。存在を認めてくれる唯一の者を奪われ、その上で否定されてきた女性をだ。いや、たとえそうじゃなかったとしても、広也は椿に対してハッキリと好意を抱いていた。もちろん自制できないものではない。本分がぼやけたことはなかったが、生じてしまった感情に蓋《ふた》をすることもできなかった。

　椿はラインをまたごうとはしなかった。すんでのところで息を吐き、我に返ったように下を向く。広也に失望したくなかったのかもしれないし、自分自身に絶望したくなかったのかもしれない。

　四月下旬、外勤を終えて山に戻ると、椿はすぐに「友人」と称する者たちを連れてきた。

　最初に紹介された広也と同い年くらいの女性からは、たしかに憔悴《しょうすい》しきっている様子が窺《うかが》えた。しかし彼女の名前を聞いて、広也は眉《まゆ》をひそめずにはいられなかった。さすがにその構図は歪《いびつ》すぎると、うす気味悪さを感じた。

「近藤と申します。近藤優子です。椿さんからお話を伺って、あの、ぜひ私もこちらで小平先生のご説法を受けたいと思いまして」

　この女こそが自分の不注意から椿の娘を事故に巻き込み、その場でうずくまって号泣したという母親だった。

　広也はたまらず椿の横顔を見やったが、椿は何度かうなずくだけですぐにその場を立ち去った。二人取り残された堂には、得《え》も言われぬ緊張感が立ち込めた。近藤は椿が去るのを確認すると、張りつめていた糸が解けていくように涙を見せた。「どうしてあの方は私を責めないのでしょうか」と、近藤はまるで責められることを望んでいるような口調で言った。

結婚後に横浜から移り住んできたという椿とは違い、近藤の言葉には土地特有のイントネーションが含まれていた。生まれた場所も、年齢も違う二人ではあるが、一つの事故によって傷を受けたことに変わりはない。

椿はその意を汲《く》んだのだろうか。あるいは責めず、離れずにいることこそが、近藤にとって一番残酷なことなのかもしれない。そんなどす黒い考えも芽生えかけたが、広也はあわててその想像をかき消した。

近藤にかける言葉はそれほど多くはなかった。一つだけたしかなのは、今ここに生きている者がいかなるものであったとしても、誰かの死に引きずられてはならないということだ。父のことが頭にあった。

自分たちが生かされていることにはどういう意味があるのかということを、拙《つたな》いながらも広也は懸命に説いてみせた。どうか過去に囚《とら》われず、未来にさえ縛られず、今この瞬間だけを懸命に生きて欲しいと心から願った。

少しずつ泣くことを自分に許していった椿とは違い、近藤は涙を流し続けた。陽が西にかたむき、椿が僧堂に入ってくると、近藤はさらに大げさに叫びたてた。

「椿さん、本当に申し訳ありませんでした。私の罪が消えるとは思いませんが、私はここで自分が生かされた意味を問い質《ただ》したいと思います。少しでもお二人のお役に立ちたいと思います」

その言葉はあまりに大仰で、自分の話したことがきちんと伝わったのか、広也は自信を持てなかった。椿は表情を変えず、二度、三度うなずき、近藤の肩に手を置いた。彼女の口から「誰よりも先にあの女を引き入れる必要がありました」という言葉を聞いたのは、ずっとあとになってのことだ。

椿と近藤はその日以来、競うように知人を涅槃寺に連れてきた。そうした中から、少しずつ広也の話に耳を傾ける者が現れた。小さい子を持つ母の中には驚くほどの孤独を抱えている者が多かった。

どんな人に対しても広也のやることは変わらなかった。ただ話を聞き、その身になって、肯定するだけだ。実際、話を聞けば聞くほど、否定されるべき人間などいないとわかった。一生懸命生きている人間が否定される社会であるなら、否定されるべきは社会の方だ。幼少の頃から父の背中を見て感じてきた思いを、はじめて言葉にできた気がした。

梅雨を間近に控えた頃には毎日のように新しい者が寺を訪ねてくるようになり、椿の提案で坐禅《ざぜん》も始めた。その分自分の修行の時間は削られはしたが、苦しむ者が目の前にいるというのに何が修行か。

もはや待ったはかけられなかった。人の命に割り込んでいくには、絶対的な尊敬と信頼関係が必要だ。理想とする宗教を誰に遠慮することなく、まっとうできる。その足掛かりをようやく与えられたことを、広也は心の底から感謝した。

連日新しい誰かが涅槃寺を訪れては、旧《ふる》いメンバーが去っていった。そうしたことを繰り返す中で、椿、近藤を中心に少しずつコアメンバーができていき、彼女たちは自らを「檀家」と呼ぶようになった。

経の意味を学び、禅の言葉も「説法」の中に積極的に取り入れた。檀家たちは自ら袈《け》裟《さ》や作務衣《さむえ》を用意し、率先して坐禅を組んだ。

より洗練された枠組みができていく中、檀家たちがもっと修行に専念したいという不満を抱えていることを広也は感じ取っていた。「また明日」と夕方に山を下りていくとき、決して口にはしないが、それぞれの現実に戻っていくことに彼女たちは表情を曇らせる。そこだけはどうすることもできないと漫然と思っていたが、次の境地にはなし崩し的に突入した。

隆春が外勤に出ていた六月の終わり、初夏とは思えないほど底冷えのする雨の夜だった。すでに岩岡は寝静まり、一人坐禅を組み、涅槃《ねはん》像と相対していると、僧堂の戸が乱雑に叩《たた》かれた。

生誕祭を除けば深夜の来客などありえない。驚いて戸を放つと、髪をずぶ濡《ぬ》れにした椿と、はじめて目にする女が立っていた。女はまるで生気を失ったように、焦点の定まらない目を落としていた。

「とにかく入れてください」

そう言った椿に気圧《けお》されるように、広也は二人を堂の中へ招き入れた。女に毛布をかけ、すぐに目の下にある痣《あざ》の存在に気がついた。彼女が暴力を受けているのはあきらかだった。

椿が女の背中をさすり、広也が白湯《さゆ》を飲ますと、女はようやくホッと息を吐き、そのまま静かに寝息を立てた。

椿は多くを語らなかったが、中山《なかやま》というその女が長年にわたって夫から暴力を受けていること、なのに中山が夫を愛していると信じ込んでしまっていること、注意していたにもかかわらず中山を夫から引き離すことができなかったことなどを、まるで自分の非のように説明した。

「先生、お願いします。なんとかこの人を預かっていただけませんか。もちろん私もこちらで寝食をともにします。先生には絶対に迷惑をかけませんので」

椿は慇懃《いんぎん》に頭を下げ、「もともとは美智のためのものでした」と言って、突然カバンから通帳を取り出した。

なんの気なしに受け取って、広也はすぐに目を見張った。通帳には、奥住が三年かけて振り込んでくれた数倍にも及ぶ額が記載されていた。

「これは？」

意味がわからず訊《たず》ねた広也を、椿は睨《にら》むように見つめ返す。

「これも一緒に預かっていてください。どうされるかは先生にお任せします。人一人を預かってもらうのにタダというわけにはいきませんので。念のためです」

椿は当然のように口にしたが、あまりに的外れな申し出に広也は辟易《へきえき》とした。椿たちのおかげで収入は増えつつあった。何よりも「念のため」というにはあまりに額が大きすぎる。

しかし広也がどれだけ拒絶しても、椿はうなずかなかった。言い出したら聞かないタイプの人間であることはすでに知っていた。しばらく押し問答を続けたが、最後は広也が折れた。むろん金に手を出すつもりはない。こうすることによって椿の気持ちが楽になるならと考えた。

「本当にお預かりするだけですので」

広也が渋々うなずくのを見て、椿は嬉《うれ》しそうに目を細めた。もしこの瞬間に何か変化が生じたとしたら、彼女からうしろめたさが消えたことだ。寺の日課に、檀家《だんか》を取りまとめることに、椿はより積極的な姿勢を見せるようになっていった。

中山は翌日から僧堂で寝泊まりするようになり、どこか自分の感情を閉じこめるようにしながらも、寺の勤めに参加した。椿も寺で寝泊まりする回数を増やしていき、近藤たちも週に一度は寺に宿泊するなど、僧堂で生活する者の数は一気に増えた。

もちろん広也は彼女たちの生活を気にしたが、そこは「私に一任してください」と言った椿に委《ゆだ》ねた。自分は門戸を広げて待つしかできない。帰りたい場所があるなら帰ればいい。何かを強制するつもりはない。ただ心の平穏を取り戻す一助になるのなら、それだけで涅槃寺が存在する価値、自分たちが生きている意味がある。

この頃から岩岡はなぜかふさぎ込むように、寮舎に籠《こ》もることが多くなった。原因を尋ねても「ちょっと疲れた」と言うだけで、事実、輪と離れたところで一人修行に打ち込んでいるようだった。

加えて、岩岡は涅槃像の返還を求める弁護士ともやり合ってくれていた。寺務所の電話はひっきりなしに鳴ったが「いいから無視しろ」という言葉を信じ、そこも預けることにした。

夏のはじめのある日、檀家たちが広也を除いて説法会を開いているとき、久しぶりに岩岡と差しで向き合えた。

「厳俊さんは本当にこの流れに賛同してくれているんですか？」

それなら、もっと積極的に輪に加わって欲しい。そんな不満を広也はずっと抱えていた。岩岡の持つ存在感や、長穏寺で八年も修行に打ち込んだ説得力は、絶対にこの場で活《い》かされるべきだと信じていた。

しかし岩岡は弱々しく微笑むだけだった。

「俺はもう少し自分の修行に打ち込ませてもらうよ。今やここはお前で回っていると思うし、実際、檀家さんたちは教えよりお前自身についてきているようだしな」

「そんな」

「批判しているわけじゃないんだ。最近のお前はそれくらいすごみが出てきたよ。仏教の教えに直接惹《ひ》かれる人なんて一握りしかいない。多くの人は、僧侶《そうりょ》を通じてしか仏の教えに触れられない。その意味で、お前は本当にいい宗教家になったと思う。俺との違いって何なのかって、そんな絶望感さえ覚えるよ」

いつか父が言ったのと似たようなことを口にし、岩岡は優しい笑みを浮かべた。その元気のなさは気になったが、協力してもらえないのならそれまでだ。

早朝の坐禅と勤行から始まり、正午を挟んでの絶食、そして夕方の読経、坐禅と、決められた一日は粛々と進められた。広也一人に担わされた裁量は次第に減り、変わって檀家同士の話し合いが盛んに行われるようになった。

広也はその光景に、大げさでなく宗教の理想を見るような思いがした。互いが互いの生き方に耳を傾け、否定的な考えを排し、正しい道に導こうとする。説法や読経のときにヒーリング音楽を持ち込みたいという申し出にも反対はしなかった。権限が僧侶一人の手を離れ、檀家自らが心の縛りから解放されようとしているのだ。これ以上の形があるだろうか。

なんの不満もなかった。不満などあるはずなかった。一夏の間、少しずつ確立していったシステムをより強固なものにすべく、檀家たちは決められた毎日を一糸の乱れもなく過ごしていた。ようやくあるべき姿が見えてきたのだ。正しい答えに手をかけるところまで一気に持ってくることができたのである。

だからこそ、外勤から戻ったばかりの隆春が頭ごなしに吐いた言葉は、許せるものではなかった。

「勝手に何してんだよ、てめぇ――」

経を唱えていた檀家たちの空気が敏感に乱れた。椿や近藤は邪魔されたことにいきり立ち、中山ら隆春のことをはじめて見る者たちは目に見えて動揺した。

隆春のとなりには、なぜかクレオシップで季節労働する男が立っていた。たしか名前を馬上といったはずだ。毎日をやり過ごすようにしか生きることのできない、広也が嫌う典型的なフリーターだ。

広也は大きくため息をついた。隆春にももちろん今後の涅槃寺を担ってもらいたいと思っていた。それなのに、その言い草はどういうつもりか。

隆春との間で何かがズレていた。隆春の最大の弱点は大きな死に直面していないことだと以前から思っていた。人が死ぬという事実を突き詰めて考えたことのない僧に、誰かの生き死にに言及することなどできるはずがない。

顔を赤らめ、隆春は一歩、二歩と近寄ってきた。その姿が、広也にひどく疎ましく感じられた。

※

馬上はさむざむとした表情で「何なんだよ、これ」とこぼし、僧堂を出ていった。すでに陽は落ちかけている。さすがにこの時間に一人で帰すわけにはいかないと引き留めようとしたが、無駄だった。仕方なく、隆春は獣よけの鈴を強引に手にねじ込む。「必ずまた会おう」という言葉は、我ながらひどくむなしいものに感じられた。

広也を連れて堂を離れ、寮舎へと向かった。そこには女性たちが生活している匂いが立ち込めていて、隆春はあ然とする。

「厳俊さんは？」

当然あるはずの姿がそこになかった。

「今、檀家が呼びにいってる。最近、具合が悪そうで」

「呼びにって、どこで寝泊まりしてるんだよ」

「裏の物置部屋を整理して生活してもらってるんだ。檀家の数が増えたからな」

「はぁ？　なんだ、それ」

二人きりの部屋にはすぐに気まずさが立ち込めた。話すべきことが多すぎて、隆春は何から尋ねればいいかよくわからない。

何よりも驚いたのは、あまりに変貌《へんぼう》した椿の姿だった。「読経中に無礼だ！」と立ち上がった彼女の様子はヒステリー以外の何ものでもなく、人の顔色を窺《うかが》うように目を動かしていた姿しか知らない隆春には、異様とも感じられた。

「最後はずいぶん盛大に終わったよ。社長もすごく嬉しそうにしていた」

岩岡を待つ間、とりあえずホテルのことを伝えると、広也は一瞬眉《まゆ》をひそめ、直後にあわてたように壁のカレンダーに目を向けた。

しばらく八月三十一日の赤い印を見やったあと、広也は力なく頭を垂れた。

「それについてはすまなかった。正直、今日が何日なのかもよくわかってなかった」

そんな広也の言い訳に隆春は鼻白む。「社長にはあらためて礼を言っておく」という言葉に熱は感じられず、むしろ俺だってがんばっていたんだという不満が、そのぶ然とした表情から読み取れた。

広也はこの三ヶ月にあったことを説明し始めた。それはまるでこの世の楽園について言い及ぶかのような口調で、隆春はますます不信感を強めた。広也の理想とする宗教観や、実際に行っている試みに間違いがあるとは思わない。ただ、そこにいっさいの逡《しゅん》巡《じゅん》が感じられないことが不気味だった。

もう一つ気になるのは、広也を含めたすべての者があまりに輪に依存しすぎていると見えることだ。宗教は人生を捧《ささ》げるためのものではない。生きることを楽にさせるための手段であって、決して生活を捧げるものではないはずだ。

「なぁ、俺たちこれまで排他的な宗教についても散々話し合ってきたよな」

言うべきではないという思いはあったが、言わずにはいられなかった。広也は敏感にその意を悟り、不本意だとばかりに眉を上げる。その透き通った表情にはたしかに雑念や作為めいたものは感じられず、少なからず胸の痛みを覚えたが、隆春は続けた。

「お前は教祖さまにでもなったつもりかよ。たくさんの信者さんに囲まれて、ずいぶん居心地が良さそうだけど」

「そんなつもりはない。ただ彼女たちの苦しみを取り除きたいと思うだけだ」

「僧堂で仲良く経を読んだり、ワケのわからない音楽をかけるのもその一環か」

「既存の敬千宗《けいせんしゅう》のあり方だけが正しいとは思わない」

「たしかに。ほとんど限界が来ていることは俺も感じる」

「現に苦しみから救われている人たちがいるんだ」

「自分が新しい縛りを生みだしているとは思わないのか」

「思わない。僕は何も強要していない。すべて彼女たちの裁量に委《ゆだ》ねている」

「じゃあ、彼女たちが進もうとしているのが仏道から外れるものだとしても、お前はそれを許すのか。それが救いだという理由で認めるのか」

「なんでそんな極端なことを言うんだ。僕は仏教について誰よりも考えてきたよ。お前なんかよりずっと長く、深く向き合ってきた」

「近すぎて見えなくなるってこともあるけどな」

「ちょっと待てよ。それは──」

「でもなぁ、隆春。それが本当に救われている人たちがここにいるんだよ。そこは認めてやらなくちゃいけないんだ。実際、広也はこの期間えらいがんばってたよ。こんなにがんばる僧侶を否定しちゃ、そりゃお前も罰が当たるぞ」

いつからそこにいたのか、口にしたのは岩岡だ。

「実際、少し離れて檀家《だんか》さんたちのことを見てたけど、彼女たちは生きることに完全に前向きになってきてるぜ。みんなはじめはミイラみたいに心が干からびてたのに、今は見事に輝いてるよ。正直、今なら抱けるって女がいっぱいいる」

品なく笑い立てる岩岡の言葉は、隆春の耳にはほとんど届かなかった。

「おい、どういうことだよ。これ」

思わず漏れた質問の意味を、広也は悟ろうとしなかった。本当に意味がわからないというふうに首をかしげる。

岩岡本人にはその意味が通じたらしい。自嘲《じちょう》するように笑みを浮かべ、岩岡は慣れないウィンクを作って言う。

「下手したらもうお前に会えないんじゃないかと思ってたよ」

「はぁ？　なんだ、それ。病院には行ったのか？」

「ああ、行ったよ。三年前にな。いや、もうちょっと前か」

「っていうか、今すぐ準備しろ。俺が病院連れて行く」

「絶対にお断りだね。坊主が自分の寺で最期を迎えようっていうんだ。これ以上の理想はないだろ。邪魔すんな」

「あんた、バカだろ。人の命にかかわろうってヤツが何テメーを粗末にしてんだよ。そんなもん自殺と変わりねぇぞ」

この段に至って、ようやく広也も事の次第を理解したようだ。目の下に陥没したようなくぼみを作り、頰の肉はそげ落ちている。わずか数ヶ月の間の岩岡のやせ細り方は、毎日顔を合わせていたから気づかないというレベルのものではなかった。それこそ広也が余裕なく毎日を生きていた何よりもの証拠だ。

広也は両手を口にやり、小刻みに身体を震わせた。そんな広也と隆春に、岩岡はかつて見たことのないような優しい表情で語りかける。

「俺たちはもっと自分を信じようぜ。誰の言葉でもなく、自分の考えで仏の言葉を解釈しようや。正しいと信じたやり方を通せばいい。広也は広也で正しいと思うことをしていればいいし、隆春も正しいことをやればいい。それが本当に正しいかなんて歴史しか証明してくれないんだ。釈迦がそうだったように、禅師様がそうだったように、未来の誰かの心をつかむかもしれないし、凡百の僧侶《そうりょ》のようにただのゴミで終わってしまうのかもしれない。いずれにしても、信じたことをするしかないんだ。この寺はそのための場所だ。ここは俺たちの寺なんだ」

月明かりが煌々《こうこう》と窓から差し込んでいた。遠くに獣《けもの》の叫ぶ声が聞こえている。涅槃寺がもっとも涅槃寺らしい姿を見せていたこの夜、隆春ははじめて岩岡が涙をこぼす姿を目にした。

隆春はたしかに新しい何かが始まるのを感じていた。

そして大切な何かが今まさに終わろうとしていることも、しっかりと感じ取った。

十一　章　それぞれの涅槃

入山して五度目となる冬の最中。窓の外に一面の銀世界を見渡す中、涅槃寺《ねはんじ》で執り行われたはじめての葬儀は、岩岡厳俊《いわおかげんしゅん》のものだった。

水原隆春《みずはらたかはる》はそれを皮肉と思わなかった。涅槃寺で生きて、死んでいくことを岩岡自身が何より望んでいたからだ。

日一日と人間が衰弱していく姿をつぶさに見続けた。三ヶ月の外勤を終え、バイト先のホテルから戻った隆春を出迎えたのは、それまでの筋骨隆々の人間ではなかった。顔からすっかり生気の抜け落ちた初老のような男だった。

「坊主が寺で死ねるんだ。こんな幸せなことがあるかよ」

そう笑った岩岡に、隆春は「そんなの自殺と変わらない。病院に連れて行く」と食ってかかった。だが、岩岡は飄々《ひょうひょう》とはね除けた。

「こんな生き方さえしてなければ病院で死ぬのも悪くないかもな。でも、俺は僧なんだよ。死ぬことと真剣に向き合える生涯一度のチャンスなんだ。邪魔すんな」

内容が勇ましい分だけ、かすれる声は余計に痛々しかった。心の中ではそれでも病院に連れていくべきだと思ったが、「逆の立場だったらどうするよ？　もう助からないって自分でわかってるんだぜ。それでもお前は病院に行くのか？」と問われれば、説き伏せる言葉は出てこなかった。

岩岡が迎えようとしている最期は、たしかに隆春の理想にも近かった。自分が根を張った寺で、仲間に見守られ、その瞬間まで人が生きることの意味を問い続ける。そんな最期を迎えようとする岩岡に、うらやましさを覚えたのは事実だ。しかし、僧侶であるからこそ認められない部分もあった。

「寺で死ぬことがカッコイイとか思うなよ」

「思ってねぇよ」

「ジタバタと抗《あらが》う人間の方がよっぽどカッコイイんだからな」

「だからわかってるって。ちゃんとダセェと思ってるよ。そう責めるな。病人であることに変わりはないんだからよ」

中期の胃ガンだったという。通常ならば充分治療する余地はあったというが、不運にも岩岡は糖尿も併発していた。三つ回った病院ですべて同じ診断を下され、治療をしないと選択したとき、不思議と安心するような思いがしたと岩岡はつぶやいた。

その心境は理解できた。隆春自身、かかわる人間の生死がどこか他人事《ひとごと》に感じられるときがある。岩岡は自分の死と向き合うことで、そうした思いを払拭《ふっしょく》しようとしたのではないか。有り体《てい》に言えば、僧侶としての説得力を得ようとした。

八年に及んだ長穏寺《ちょうおんじ》の修行を終え、山を下りた岩岡が目にしたのは、入山する前と何も変わらない父親の姿だったという。仏教の悪しき慣習から抜け出せず、檀家を食い物にすることばかり考える師匠に、何度もこのままじゃダメだと訴えた。

だが、岩岡の父は聞く耳を持たなかった。物質的に寺を繁栄させた成功体験が彼を意固地にさせていた。二人の仲は急速に冷え込んでいった。母方の叔父《おじ》から呼び出されたのは、そんなときだ。

「東北の山中のやぶれ寺なんだがな。お前、継ぐ気あるか？」

岩岡の病気のことなど当然知らない叔父は、寺を継がせるにあたって二つの条件を課してきた。一つは配偶者なり、彼女なりを一緒に連れていくこと。何が起きてもおかしくない苛酷《かこく》な環境だ。一人きりで事故にあっても責任が持てないとのことだった。

そして二つ目は、来るべき日に涅槃像を返還するということだ。どちらの条件に対しても岩岡は二つ返事で了承した。むろん彼女などなく、一人きりでのたれ死ぬことに恐怖はあったが、人知れず土に還《かえ》るのも自然の摂理だという強い思いが胸に巣くった。返還に関しては迷うまでもなかった。そのときはまだ涅槃像の持つ求心力など知る由もなかった。たしかに返すつもりはあったのだ。

父の了承は得なかった。残された日々を誇らしく生きるために、躊躇《ちゅうちょ》は許されなかった。あとは踏ん切りをつけ、山に入る日を決めるだけだ。広也《ひろや》がふらりと岩岡のもとを訪ねてきたのは、そんなときだった。そのタイミングの良さと説明される近況に、岩岡は運命めいたものを感じずにはいられなかった。

広也と訪ねた東京にも、現状の生活に満足できない男がいた。そのときにはもう引き寄せられるような思いがした。三人で涅槃仏の待つ山の中へ、そして理想とする宗教活動をという考えは、自分に課せられた使命のようにも見えた。

岩岡は涅槃寺が機能する方法をずっと考えていた。寺が繁栄していく礎を作りたかったわけではない。後世まで続く寺の住職として、名を残したかったわけでもない。

「俺が死んだあとのことなんか知らねぇ。お前ら勝手にやれよ」

そう笑う岩岡の言葉は冗談じゃなかったはずだ。岩岡が目指したのは、自分が胸を張って死んでいける場所を確保すること。いち早く入山することを望んだのも、外勤制度を提案したのもそのためだった。

包み込むような笑みを浮かべてスリーピング・ブッダが三人を出迎えた。その瞬間から岩岡厳俊のフィナーレに向けてのカウントダウンは始まっていたのだ。

病気のことをくわしく知らされてからの隆春の一日は、岩岡の様子を確認することから始まった。岩岡はたいてい隆春より早く目を覚まし、涅槃仏に正対して足を組んでいた。その頃には寺で寝泊まりする檀家《だんか》は十人ほどにまで膨れあがっていたが、隆春は広也に頼んで彼女たちが僧堂に出入りすることを禁じてもらった。

その広也は心の揺れを示すように、隆春たちが生活する僧堂と、檀家たちが寝泊まりする寮舎とを行き来した。檀家を統括する椿彩子《つばきあやこ》や中山瞳《ひとみ》といったコアメンバーは、僧堂を使えないことに不満そうな顔をしていたが、知ったことではない。今は岩岡の好きにさせてやることが一番だ。逆に岩岡の方が「俺はどこでも修行できる」と檀家に場所を譲ろうとしたが、「これはみんなの総意」とウソを吐《つ》いて納得させた。

岩岡は調子の良い日と悪い日を繰り返した。しかしストーブがなくても過ごせる暖かい日は、のみ込まれるようにして翌日には寒さに包まれる。そんな日々を繰り返しながら、岩岡は少しずつ衰弱していった。

ある日の昼食時だった。

「よく三年も保《も》ったよ。最初は一年って言われたんだぜ。マジで奇跡が起きたのかと思った。いや、これだけ生かしてもらったんだ。実際に奇跡だったんだろうな」

隆春は何度か力強くうなずいてみせた。

「俺はやっぱりあんたが正しいことしてるとは思えないけど、そうやって毎日一生懸命生きてるのはカッコいいよ。最近のあんたは結構尊敬に値する」

岩岡は嬉《うれ》しそうに目を細め、すぐに小首をかしげた。

「でもさ、俺もお前も、誰でも命に限りがあるのは実は同じなんだよな。ただそのゴールが見えてなくて、ものすごい遠くにある気がするから、みんな生きることをうすめちまう。ゴールが見えてる俺は幸せなんだよ。あと少し毅然《きぜん》としてりゃいいんだから」

隆春は小さくうなずいたが、決して同意はできなかった。死を宣告されたすべての人間が、岩岡のように「毅然としている」とは思えない。現に高校生の頃に亡くした隆春の母は、乳ガンと宣告された直後からふさぎ込み、最期はほとんど笑わずに死んでいった。その点、岩岡は本当にたくましかった。口数は少なかったが、以前よりもずっと言葉に説得力を増した。

岩岡との残りの日々は穏やかに過ぎていった。途中、三日間だけ、隆春は広也に岩岡を託して、山を下りた。向かった先は熊本だ。二人の関係がどうであれ、父親には岩岡の病状を伝えておかなければと判断した。

〈峰丞寺《ぶじょうじ》〉という檜《ひのき》の看板のかかった寺は、悠然とした阿蘇《あそ》の山並みに囲まれ、その地に土着してきた歴史を感じさせた。だが、残念ながら父親は想像通りの人だった。父親は隆春の来訪を歓迎せず、境内での立ち話には岩岡とほぼ同年代の娘婿という男も加わった。どうやら父親はこの男を跡取りにと考えているようだ。

男にかまわず、隆春は事情を説明した。岩岡が叔父の跡を継いだこと、東北の山中にいること、住職を務めていること。驚いたことに父親は何も知らなかった。そんな父に病気のことを言うのは酷かとも思ったが、隆春はありのままを伝えた。父親は眉《まゆ》をひそめはしたものの、振り払うように早口で言った。

「あいつはもう勘当した人間だ。私とは縁を切ると言ったんだ。あいつがどこで何をしてようが、私の知ったことではない」

ただ筋を通したかっただけで、隆春はムッともしなかった。涅槃寺の住所と電話番号を書いたメモだけ残し、隆春は熊本をあとにした。

岩岡が息を引き取ったのは、それから二ヶ月ほど過ぎた雪の日だ。起きたときから具合が悪そうにしながら、それでも岩岡は日課の勤めに加わろうとした。日ごろから口にしていた「坐禅《ざぜん》中に死んでやる」という冗談を、本気で遂行しようとしたのだろう。だが、岩岡は自ら畳の上に横たわった。「布団に寝かすぞ」と言った隆春に、笑みを浮かべてうなずいた。

寮舎にいた広也もすぐに駆けつけた。いつかこの日が来ることはわかっていたはずなのに、広也はまるではじめて病気のことを知るかのように、顔を青ざめさせた。いよいよその瞬間を間近にしても、岩岡は顔色一つ変えなかった。絶対に忘れてはならない姿だと、隆春は心に刻み込んだ。そしていつがそのタイミングだったかこちらに悟らせないほど、岩岡は本当に静かに息を引き取った。

その夜、遺体を運んだ市の中央病院に、寺から連絡しておいた岩岡の父が駆け込んできた。熊本を訪れたときに病状を説明し、その後も予断を許さない状況だと伝えてきたにもかかわらず、父親はなぜ最期のときに連絡をよこさなかったのかと、烈火のごとく怒り狂った。

きっと息子を先に失った不条理を隆春たちにぶつけていたのだろう。隆春と広也を罵《のの》るだけ罵ったあげく、思い出したようにつけ足した。

「遺体はこっちで引き取るぞ。お前らみたいな者に預けられるか！」

「ちょっと待ってください。本人が望んだことなんです。僕たちの寺で永眠するのを本人がずっと望んでたんです」

「何が僕たちの寺だ！　遊びじゃないんだ。こっちは息子を奪われているんだ！」

「奪われたって。ちょっと、それはいくらなんでも——」

反発したのは広也だった。もちろん心情は広也に近かったが、隆春は黙って手で制した。広也は驚いたように目を見開いた。それでも隆春は首を振った。

「親と子のつながりは何よりも優先されるべきなんだ。それはお前自身が一番よくわかってることなんじゃないのか？」

霊安室前の待合室で、久しぶりに広也と二人きりで向き合った。広也は信じられないというふうに隆春の顔を覗《のぞ》き込んだ。

「二世だ、三世だって批判していた人間とは思えないな。親子だからって信頼関係があってはじめてだろう。まず本人が望んだことを尊重するべきじゃないのかよ」

その通りかもしれないと、隆春は素直に思った。優先されるべきは建前じゃない。その人間がどうしてほしかったのかと、心から想像してやることだ。

そう理解しながらも、隆春は父親の言葉に反発することができなかった。穏やかに眠る岩岡を直視することができず、足もとに崩れ落ち、肩を震わせた。してしまった事の大きさを今さらながら痛感している様子の父には、親としての情が残っていた。

つまらない意地や思惑に翻弄《ほんろう》されず、お互いがきちんと情を伝え合うことができていたとしても、岩岡は涅槃寺を必要としただろうか。隆春にはそうは思えなかった。その意味では、涅槃寺は代替品だったと思うのだ。今の父親には岩岡を見送る資格が充分ある。

岩岡の父は分骨することとさえ許さなかった。広也はいきり立ち、さすがに隆春もそれはどうかと懇願したが、父親は結局認めてくれなかった。泣き叫びながら誰よりもその事実を非難したのは、寺に残っていた檀家《だんか》たちだ。

「今からでも取り返しにいくべきだ！」

「病気の面倒だけこっちにさせて、なんて非常識な！」

集団的ヒステリーのように、檀家たちの声は荒々しかった。まるで共通の敵を作ることで自分たちの結束を強めているようで、隆春はさめた気持ちになるだけだった。

遺骨のない葬儀は、広也を中心に執り行われた。涅槃寺でのはじめての葬儀。広也は最期を見届けた隆春が仕切るべきと主張したが、隆春は固辞した。張り切って準備にかかる檀家たちを気遣ったわけではない。それだけの気力が残っていなかった。

ひょっとすると自分は宗教家に向いていないのかもしれない。たくさんの死と対峙《たいじ》してきた広也のように、毅然と振る舞うことができないのだ。岩岡の死に引きずられてしまっていることが自分でもわかった。

だが、状況は隆春に落ち込ませてくれる猶予を与えなかった。岩岡という船頭を病魔によって奪われた。その瞬間から、船はすぐに暴走を始めた。

そう、隆春の目にその動きは暴走としか映らなかった。

※

岩岡の葬儀に想像以上に多くの人たちが集ってくれたことに、小平《こだいら》広也はひとまず安《あん》堵《ど》した。クレオシップの面々や坐禅会を通じて知り合った街の人たち、奥住《おくずみ》をはじめとする長穏寺時代の知人たちも、熊本とのどちらに行くべきか迷った末に、何人かは涅槃寺に足を運んでくれた。

中心となったのは檀家の女性たちだった。寺で寝泊まりする者以外にも、いつの頃からか「在家《ざいけ》」と呼ばれていた通いの者も弔問《ちょうもん》にやってきた。彼女たちは積極的に式を仕切った。骨さえない葬式だ。彼女たちがいなければさびしいものになっていただろう。

ただ本音を言えば、葬儀での檀家の振る舞いには、少し目に余る部分を感じた。外国の葬儀に現れる〝泣き屋〟のごとく、岩岡とほとんど面識のない者までも大声で泣き叫んでいた。そこには心から死を悼《いた》む気持ちは見受けられず、岩岡ではない他の誰かのために振る舞っているように見えなくもなかった。

だからその夜、広也は椿《つばき》を寮舎に呼び出した。

「でも、それは当然彼女たちもさびしがっているからこそ」

そう言い返そうとしてきた椿を、広也は睨《にら》むように見返した。

「本当にさびしいと思ってるなら言いません。ですが、何人かの人たちは形式的に泣いているようにしか見えませんでした。無用な縛りは苦しみしか生みませんよ」

　椿はぶ然とした表情を浮かべた。このところの椿は注意すると子どものようにふて腐れることがある。甘えか、依存か、プライドか。そのいずれかが素直に広也の話を聞き入れることを邪魔している。

　だが、檀家をまとめているのが彼女だからこそ、言わなければならなかった。

「それと、もう一つ」

　ため息をこぼしながら、広也は続ける。

「近藤《こんどう》さんの件はどうなっているんですか？」

「近藤同志の件？」

「ええ。先日、何か揉《も》めているようでしたが」

「ああ、そのことですか」

　涅槃寺で生活を送る「山中《さんちゅう》」と、通いの「在家」という呼称と同様、広也の与《あずか》り知らぬところで檀家たちは互いを「同志《どうし》」と呼ぶようになっていた。そんなしきたりをできれば作って欲しくはなかったが、咎《とが》めることはしなかった。彼女たちが正しいと信じるなら認めるしかない。

　それでも先日目撃してしまった場面は、違和感を覚えずにはいられなかった。寮舎裏の森の茂みにあったのは近藤と中山《なかやま》の姿だった。そして一歩離れたところで、椿が二人のやりとりを見守っていた。

「近藤同志は自分のしたことを本当に理解しているのですか。今、救われるべきは傷ついたあなた自身の心なんですよ」

言い淀《よど》む近藤に、中山は声を荒らげず詰め寄った。中山が事故の件を指摘しているのは間違いなかった。

猫がネズミを追い込むように、中山は顔を近づける。強《こわ》ばった表情を崩さずに、近藤は懸命に首を振った。

「でも、家のことも心配なの。私、置き手紙しか残してこなかったから。まさか三日間もここで寝泊まりするなんて自分でも思ってなくて。携帯も通じないし」

「何が携帯ですか。もっと腰を据えて修行に打ち込んでもらわないと困ります」

「でも、今のままじゃ落ち着いて坐禅《ざぜん》に打ち込むこともできないの」

「それはあなた自身の信心が足りていないからです」

「そうかもしれないけど、でも――」

「でも、でもって、同志は自分のしでかしたことを理解してるんですか？　今が一番危ないときなんですよ」

中山が夫の暴力による束縛から解き放たれつつあるのはあきらかだ。しかし、中山の近況を広也はほとんど知らない。檀家と話をするのは、多くの場合彼女たちがはじめて山を上った日に限られた。「さすがにそれでは」と広也は正そうとしたが、椿は「そうしなければもはや収拾がつかないのです」と譲らなかった。

「誰だって先生の声を聞きたいに決まってます。でも簡単にそれを許してしまうと、檀家を統制していくことができません。もちろん先生のお言葉をお借りするときは必ず出てきます。それまでは私たち自身に任せていただけませんか」

その言葉を信じたかったが、いくらなんでも目の前のやり取りには不満があった。広也は寮舎の陰から出て、二人の間に割って入ろうとした。だが、それより先に椿が咎めるように口を開いた。

「中山同志、言い方がきついですよ。それでは私が事故の件を恨んでるみたいじゃないですか。決めるのは私ではないし、あなたでもありません。近藤同志自身です」

椿は一度首をすくめ、おもむろに近藤の肩に手を置いた。

「近藤同志はどうぞ山を下りてください。山に足を踏み入れるのも、下りるのもあなたの自由。ここには一人としてあなたを束縛する者はおりません」

近藤は驚いたように目を見開いたあと、「ありがとうございます」と頭を下げた。中山はつまらなそうに顔を背けたが、椿の表情は最後まで優しかった。

「今度はご家族の許可を得てから来ましょうね。やましいことをしているわけではないんだから。宏太郎《こうたろう》くんって言ったっけ？　あの子もつれてらっしゃいよ。坐禅なんかしても面白くないでしょうけど、みんなでワイワイしてたら楽しいでしょ」

椿の話を聞きながら、近藤は涙をこぼしていた。しばらくの間泣き続け、そしてひれ伏すように頭を下げた。

「私は自分のしてしまったことを忘れたことはありません。そんな私を許してくれた椿同志の慈悲も覚えています。今後ともご指導ください」

椿も瞳《ひとみ》を潤ませながら、近藤の肩を抱き寄せた。中山も二人の輪に加わった。三人ともが日常生活の中で傷を負い、涅槃《ねはん》仏の前に集まった。そう理解はしていても、広也は目の前の光景を美しいと思えなかった。もっと言えば茶番にも感じられた。

近藤はその日のうちに山を下りたが、数日後には再び荷物を背負い、寺を訪れた。悲壮感さえ漂わせる近藤の表情は、広也をひどく不安にさせた。椿を諭す必要があると思ったのはこのときだ。

「近藤さんはそろそろ山を下りてもいい頃なんじゃないですか？」

広也は決して「同志」などと呼ばない。椿をつまらなくさせる一因だ。

「中心となるべきはみなさんそれぞれの生活であって、寺ではありません。ここは生活を蔑《ないがし》ろにしてまで居続ける場所ではないんです。もちろん、それは椿さんにも同じことが言えると僕は思っています」

「それは……」と言ったまま、椿は言葉に詰まった。何やら考える素振りを見せ、奮い立つように顔を上げる。

「それは彼女自身が決めることとです。私から強制したことはありません。彼女の心の傷が癒《い》えたのなら、そのときは山を下りればいいのではないでしょうか」

椿の答えは模範解答そのものだ。いつも広也が口酸っぱく言っていることをなぞっているにすぎない。もちろん、期待した答えとは違う。

「椿さん、もう一度言いますね。絶対に束縛はしないでください。自分が正しいと思うことがすべての人に等しく正しいわけではありません」

「わかりました」

「話は以上です」

「ありがとうございます。それで先生、せっかくなので少しよろしいでしょうか」

言葉遣いは丁寧だったが、話はこれで終わりとばかりに椿は表情を輝かせた。続いてその口から出てきたのは、寺の運営のことばかりだ。増えつつある檀家《だんか》に対応するために新しくプレハブ小屋を建てたいということ。新たにパソコンを導入したいこと。その費用として寄進を募ろうということ。檀家の総意はすでに得ており、あとは広也と隆春の同意を得るだけということ。隆春には、広也から伝えて欲しいということ。

新しい檀家の獲得には、インターネットを積極的に活用しているとのことだった。むろんそれは涅槃寺のホームページではなく、椿や近藤、それ以外にも数人の檀家がそれぞれ立ち上げた子育てブログやサイトであるという。

連日のように書き込みをしてくる母たちは、それぞれ生活に際しての悩みを抱えている。そうした悩みにサイトを主宰する檀家たちが丁寧に答えつつ、いざというときは椿が出張っていくそうだ。

たしかに椿には人の心を捉《とら》える天賦の才がある。加えて、子育てに対して誰よりも大きな悔いを抱えていた。彼女の説得力は本物だ。ネット上のやりとりから始まり、電話をかけ、そして直接会うという名目で寺に足を運ばせる。その流れで、すでに六人の「在家」と二人の「山中」を獲得したのだと椿は誇らしげに胸を張る。

「はじめからお寺ということに嫌悪感を持つ人がいます。なので、これからはマメに山を下りて、最初は喫茶店などで話を聞こうかと思っています。よろしいですか」

「よろしいも何も。みなさんが信じることを、僕に止める権利はありません」

「ありがとうございます。では早速檀家たちとも連携して、しかるべき対応を取りたいと思います。寺にとっても今ががんばりどきですので、精進いたします」

不運な事故に巻き込まれ、最愛の娘を失った。たった一つの存在証明を失い、生きる意味を見失った。

「先生は何よりも修行を優先させてください。私には心ある同志がついています。檀家の獲得については私たちに任せてください」

周囲から否定され続け、自分自身を否定していた。目を光らせながら寺の未来について言及する今の椿に、あの頃の姿は見る影もなかった。

表紙に〈遺言！〉と記された岩岡が遺《のこ》していったノートには、いくつかの指示が書き込まれていた。その中の一つにこんなものがあった。

『新住職は広也《こうや》と隆春《りゅうしゅん》の話し合いで決めること。話し合いに檀家は含まないこと』

広也は以前から住職には隆春が就いてほしいと考えていた。亡くなるまでの間に岩岡は隆春を直弟子にとっていた。〝嗣法《しほう》〟という儀式を通じ、隆春に住職になるための資格を与えたのだ。

　椿をはじめとする檀家たちは、広也が就くべきと口々に言ったが、そうした声をはね除《の》けた。抱えている気持ちをあけすけに打ち明け、隆春にどうにか引き受けてくれないかと頭を下げた。しかし、隆春の方は力なく首を振った。

「今はまだ厳俊さんがいなくなったことから立ち直れてない。上に立って寺を回していく自信がない。もちろんフォローはさせてもらうから。すまない」

　隆春に他意はなかったと思う。事実、岩岡が亡くなった日を境に、隆春は張り合いを失ったようにいつも表情を曇らせている。

　あるいは自分の方がおかしいのかもしれないと、隆春を見るたびに思わされる。自分は他人の死に対してどこか麻痺《まひ》しているのではないだろうか。悲しみに愚鈍《ぐどん》でいることが僧として正しいとは思わない。そんな一抹《いちまつ》の不安を抱えつつも、広也は住職になることを引き受けた。

　それからしばらくは、ご祝儀のように穏やかな日が続いた。思えば、これが寺が平穏だった最後の日々だった。雪で外界から隔離された寺は自然の中に静かに調和し、広也にとって理想郷にも近かった。

　新しい檀家が訪ねてくることもなければ、唐突な訪問者もやってこない。街への買い出しを除けば、静かな時間の中で修行に打ち込むだけだ。久しぶりに一人一人の不安に耳を傾けられた日もあれば、修学旅行の学生のように檀家たちと熱く語り合った夜もあった。

隆春も少しずつ元気を取り戻し、坐禅《ざぜん》や説法を通じて、次第に檀家たちと触れ合うようにもなってくれた。広也と膝《ひざ》をつき合わせる機会もまた少しずつ増していき、長穏寺時代や涅槃寺に入山して間もない頃と同じように、二人は正面から向き合った。

話す内容は以前と変わらなかった。宗教の理想や人間の生き死にといった答えのない答えを追求しては、ときに意見をぶつけあい、ときに本気で罵倒《ばとう》し合って、自分たちは何も成長していないなと笑い合った。

とても充実した毎日だった。しかしこれまでの人生がそうだったように、穏やかな日は長くは続かない。

寒さが和らいでいくのを肌で感じ、雪が川に吸収されていく。悲楠山《ひくすやま》に水仙やリンドウがポツポツと咲き始め、そして涅槃寺も遅い春を迎えた。

プレハブ小屋にいた広也に異変を知らせにきたのは、若い檀家だった。

「先生、ちょっと今よろしいでしょうか」

普段は檀家の方から話しかけてくることなど絶対にない。それまで広也と買い出しの件で打ち合わせていた椿の頬が一瞬にして赤くなる。

「ちょっと、新井《あらい》同志。あなたね——」

広也は椿を手で制した。新井と呼ばれた檀家は唇を青くさせながら「すぐに寮舎に来ていただけませんか」と用件を伝えてきた。

あわてて寮舎に駆け込むと、最初に作務衣《さむえ》姿の隆春が目に入った。向かい合うのはスーツの男と、ウィンドブレーカーにジャージを着込んだ二人組だ。

「おたくは？」

スーツの男がまず問いかけてきた。口調から、男たちがこちらに敵愾《てきがい》心を抱いているのはすぐわかった。

「この寺の住職ですが」

「ハハ。住職と来たよ」

小馬鹿にして笑ったのは、ニット帽を目深にかぶったジャージ姿の男だ。男の態度にイヤなものを覚えながら、広也は隆春が手にしている名刺を覗《のぞ》き込んだ。指が邪魔して名前までは読み取れなかったが、〈弁護士〉とあることだけ見て取れた。

「厳俊さんと散々やり合ってたんだとよ」

顔をしかめながら、隆春がつまらなそうにつぶやいた。

「涅槃《ねはん》像？」

広也が耳もとでささやくと、隆春がうなずくより先に、ジャージの男が割り込んだ。

「もちろん、その件だ」

「あなたは？」

「厳俊の叔父《おじ》だよ。あいつが病気だったなんて俺は知らされてなかったよ。知っていたら継がせたりしなかったのに、飼い犬に手を咬《か》まれたも同然だ。いずれにせよ仏像は返してもらうぞ。ここに誓約書もちゃんとある」

「その件は本人から聞いています」

「ならば話は早い。今すぐにでも返してもらおう。こっちは二年ものらりくらり逃げられてるんだ。これ以上は待てない。返還できないというなら、相応の対価を今すぐにでも用意しろ」

「対価って、お金ですか」

「当たり前だ」

男の乾いた声が寮舎の中に響き渡った。弁護士は小さくほくそ笑み、隆春は興味なさそうに耳をほじっている。

涅槃像の返還のことについては、いつも頭にあった。岩岡の存命中も常にどういう状況か気にしていたし、亡くなってからは、いつまでも放っておくことはできないと駆り立てられる思いがしていた。

「こちらとしては出るところに出ても一向にかまわんのだよ」

弁護士がテレビドラマのようなセリフを口にする。四年以上の歳月を寺で過ごし、運営していく上で仏像も一定の価値を担うようになっていた。実際のところ法的に返還する義務はあるのだろうか。

　立ち込める緊張を断ち切るようにして、隆春の気の抜けた声が響く。

「なぁ、べつに返しちゃえばいいんじゃねぇの？」

　驚いて目を向けた広也を一瞥《いちべつ》し、隆春は淡々と続けた。

「僧侶《そうりょ》が仏像に縛られてどうすんだって話だよ。返しちゃえばいっそ楽になるって」

　はじめは驚き、しばらくして呆《あき》れるような気持ちがこみ上げた。大体が広也の意見によって一年中布をかぶせていた仏像だ。偶像崇拝を排した慧抄《けいしょう》禅師の教えに帰り、生誕祭の日にしか公開してこなかった。返還してもという考えは、今回の件がなかったとしても広也の胸にいつもあった。でも……。

　広也は振り払うように首を振った。当時と今とでは状況が違う。岩岡が独断で公開することを決めて以降、仏像見たさに寺を訪れる者が急増し、寺の象徴として今では檀家《だんか》たちの心の支えにもなっている。

　何よりも広也にはどうしても引っかかることがあった。

「急なことですぐには対応できません。今日のところは出直していただけませんか」

「だからこっちにとっては急じゃないんだよ」

「お願いします。一ヶ月、せめてあと一週間」

「ダメダメ。ここまで上ってくるのだけでも一仕事なんだ。今日はもう譲れない」

「でも」

「だからぁ」と弁護士がうんざりした顔をし、さらに口を開こうとしたときだった。

「その対価というのはおいくらなんでしょう？」

不意に女の声が轟《とどろ》いた。寮舎にいた全員の目が扉の方に引き寄せられる。入り口付近に椿が中山を伴って立っていた。普通の寺ではありえない作務衣姿の女の登場に、男たちは面食らったように上体を反らす。

椿は男たちを値踏みするように見下ろし、一歩、二歩と輪の中心へ歩み寄る。

「もう一度お伺いいたします。対価というのはおいくらですか」

弁護士が助けを求めるように岩岡の叔父に顔を向ける。叔父は何かに必死に抗《あらが》うように、「に、二千万だ！」と声高に叫んだ。

日本を代表する彫刻家の作品だ。正直、広也には涅槃像の実際の価値がどれくらいか想像もできなかったが、吹っかけてきているのは間違いない。仮に支払われたとしても、絶対に彼らが損することのない金額だ。

一介の僧侶にしてみれば天文学的な数字が、寮舎の中に重く立ち込めた。弁護士が息を吹き返したようにほくそ笑む。広也は条件反射で首を振り、隆春は呆《あき》れたように息を吐いた。

だが、椿だけは動じていなかった。男の顔を一瞥《いちべつ》してバカにしたように微笑むと、今度は広也を安心させるようにうなずいた。

「先生、あれを使いましょう。今こそあれを使うときです」

広也には「あれ」が何かすぐにわかった。以前、椿に預けられた金のことだ。隆春がいぶかしげに視線を向けてきたが、言い訳している暇《ひま》はない。

静かに状況を見守っていた中山が突然口を開いた。

「命と同等に大切な仏様です。先生、迷うことはありません。ご英断を」

感情のない目と、無機質すぎる表情で、中山はさらに言葉を重ねていく。

「あなたたちは我々の命を奪おうとしているんだ。必ず地獄に落ちる。地獄に落ちる」

そう繰り返す中山を、椿が手で制した。今の中山をコントロールできるのは椿しかいない。二人の女に、広也と隆春を含めた全員がのまれていた。

「とりあえず本当に一週間でかまいません。金を用意するにせよ、仏像を引き渡すにせよ、いずれにしたって今日は無理です。お願いですのでお引き取りください」

場を収拾するためだけに、広也は二人の男に頭を下げた。中山が侮蔑《ぶべつ》するように笑っている。ハッキリと広也に対する失望が込められていた。椿も今度はたしなめようとしなかった。

岩岡の叔父は、おそらくは怒りと気味の悪さから顔を上気させていた。その意を汲《く》んだか定かではないが、弁護士が間を取り持った。

「一週間だけだ。今、ここで一筆もらえるか」

差し出されたメモ帳に、広也は今日より一週間以内に連絡するという旨を記し、サインした。二人が逃げるように寺をあとにすると、寮舎は静けさを取り戻した。外から虫の鳴く声だけが聞こえてくる。陽は西に傾き始めていた。

できれば一人になりたかった。椿と中山は早々に僧堂へ戻ったものの、どれだけお願いしても隆春は去ろうとしてくれない。

「なぁ、広也。迷うまでもないことだって」

すっかりぬるくなった茶を口に含み、隆春は言った。通帳のことを責めようとせず、それどころか訊《たず》ねようとさえせずに、何かを説くように話し続ける。

「今さら俺が言うことじゃないけど、結局は心だろ。偶像じゃない。お前がいつも言ってたことじゃねぇか」

「わかってる」

「わかってねぇよ。迷ってることすら気持ち悪いよ」

「そうだな。そうかもしれないな」

隆春の言うことはもっともだ。しかし理解はできても、広也には涅槃《ねはん》像を返還することが本当に正しいのか、どうしても自信が持てなかった。

「なぁ、隆春。お前、厳俊さんのノートって全部読んだ？」

広也はかすれる声をしぼり出した。

「ノート？」

「うん、厳俊さんの遺書代わりのノートに、涅槃像だけは守ってくれって、そう書いてあったんだ」

広也はノートにあった言葉、そしてきっと岩岡が遺したかったであろう思いを一つ一つ説明した。

深くうなずいたり、おどけたりしながら、隆春は黙って聞いていた。しかし、広也が最後に「何より尊重すべきは厳俊さんの気持ちだろ」とすがるように言ったとき、隆春は唐突に噴き出し「いやいや」と大げさにかぶりを振った。

「それはまったく関係ねぇぞ。っていうか、関係してちゃダメだろ」

「なんで？　どういう意味だよ？」

「だって関係なくね？　のたれ死んだ人間に振り回される必要なんかない」

「のたれ死んだって、正気か」

「ああ、正気だね。厳俊さんに限らず、お前の親父《おやじ》や俺のオフクロに限らず、全部等しく人間の死はのたれ死にだ。生きてる人間は死んだ人間に引きずられちゃいけないんだよ。いつかお前が言ってたことじゃねぇか」

隆春が北陸の震災を指して言っているのは明白だ。それとこれとは話が違うと言い返そうとしたが、隆春は聞く耳を持たなかった。

「なぁ、広也。逆の立場になってみろよ。自分のせいで遺された人が苦しむんだぞ。死者の気持ちを考えるってそういうことだろ。それにさ――」

隆春は少し躊躇《ちゅうちょ》する素振りを見せたが、断ち切るように口を開いた。

「ハッキリ言って、俺にはお前の方がよっぽど正気を失っているように見えるよ。涅槃《ねはん》像に固執しているのは厳俊さんでも檀家でもなくて、実はお前なんじゃないのか」

静寂が不意に広也を包みこんだ。決して打ちのめされたわけではない。心の中では様々な言葉で反論していた。なのに声が出てこなかった。

隆春はこのときはじめて優しい笑みを浮かべた。

「あのさ、広也。この世から宗教がなくなるとしたら、どんなときだと思う？　っていうか、それはつまるところ、なんで宗教が存在しているのかっていういつもの話なんだけど」

唐突な話題の転換に、広也ははね除《の》けるように手を振った。今はそんな話をしたくない。隆春はかまわず続ける。

「俺、厳俊さんが死んでからずっと考えてたんだよね。すげぇ雑に言うけど、宗教って、要するに人間同士が愛することの代替品じゃないかと思うんだけど、どう？　仏教の慈悲も、キリスト教の神の愛もイスラムの隣人愛とかもさ。結局、似たようなこと言ってるじゃん。厳俊さんの親父がちゃんと愛を示せていたら、ヤツはこんな山の中で死なずに済んだと思うんだよね。その意味では、全員を肯定したいっていうお前の考えは、宗教家として絶対的に正しいとも思うんだ」

口を開く広也を見て、隆春は重そうに頭を持ち上げた。

「お前はきっと人を愛する力に長《た》けてるんだよ。俺にも厳俊さんにもない力がお前にはあって、そこに檀家たちはついてきてる。クソみたいな山奥のやぶれ寺だぞ。仏像の価値がわかる人間がどれだけいるんだよ。もっと自分を信じてりゃいいよ」

言うだけ言うと、隆春はおもむろに立ち上がった。「さすがにちょっと肩凝った。坐《ざ》禅《ぜん》してくるわ」と言った隆春に、広也は背後から問いかける。

「なぁ、隆春。悪いが今回の件は俺に預けてもらえないか」

隆春は当然とばかりにうなずいた。

「もちろん。お前がここの住職なんだ。みんなお前に従うよ」

「すまない」

「べつに。ただ、見誤るなよ。何にも縛られるなって言ったのはお前だからな」

一人取り残された寮舎の窓から、月明かりが差し込んでいた。椿と隆春、二人の表情が交互に胸を過《よ》ぎる。どちらか一人を選択するものではないと理解しつつ、気づけば二人のことを比べていた。

扉の外でかすかな物音がした。広也は瞬間的に「誰かいるのか」と声をかけた。しばらくすると「はい」というおどおどした声が返ってきた。

戸を開くと、先ほど広也を呼びに来た新井という女が立っていた。檀家《だんか》の金品が集まる寮舎には三交代制で係がつく。今日は新井の当番なのだろう。

「聞こえていましたか？」という広也の問いかけに、新井は小さくうなずいた。

「あなたはどう思われますか」

単刀直入に広也は聞いた。新井は音がするほど大きくツバをのみ、そのままうつむいてしまった。その答えによって何かを決めるつもりはないと諭したが、しばらく何も答えなかった。

新井を部屋に招き入れ、気長に待とうかとも思った。しかし新井は覚悟を決めた面持ちで突然頭を上げると、訥々《とつとつ》とながらしゃべり始めた。

「私はずっと学校でイジメられていました。家族仲も良くなかったですし、社会人になってからも逃げ場はありませんでした。次第に部屋に閉じこもるようになって、それなのに女のくせに引きこもりかよってネットの中でもバカにされて、本当にどうしたらいいかわからなかったんです。そんなときにたまたま掲示板でここのことを知って、近所だったから勇気を出して来てみて、みなさんが信心している姿を見ました。少なくとも今の私は涅槃《ねはん》仏様ではなく、檀家のみなさんに救われています」

緊張を感じさせない独特のイントネーションは、聞いていて心地いいものだった。

「そうですか」と話を閉じようとした広也の声は、でも新井の耳には届かない。

「ただ」

「ただ？」

「ただ、このお寺に来て、ガチガチに緊張していた私を、最初に癒《い》やしてくれたのは涅槃仏様でした。涅槃仏様がもしなかったら、私の心は凍りついたままでした。それは間違いありません」

新井の話を聞き終えても、覚悟を決められたわけではなかった。ただ二人のうちの一人の顔が、このとき心から消えていた。

「申し訳ないですが、椿さんを呼んでいただけますか」

「いや、でも」

「大丈夫です。私の考えです。椿同志をすぐに呼んできてください」

意識して「同志」と呼んだのは、広也なりの踏ん切りだった。新井はあわてて僧堂へ走り、五分ほどして椿が寮舎の扉を開けた。

照明が灯《とも》っていないことをいぶかることなく、月明かりに照らされながら、椿は少しずつ広也のもとへと近寄った。

「去年の冬、夫とは離婚いたしました。私にはもう戻る場所はありません。できれば救っていただいた命を使って、この寺のために尽くしたいと思っています」

暗闇の中、広也はうすく笑みをこぼした。

「大丈夫です。もう誰もあなたを苦しめません。通帳のお金、お借りいたします。いつか必ずお返しします」

「あれは先生にお渡ししたものです。夫からも新たに慰謝料をもらっています。必要ならばいつでもご用命ください」

椿はゆっくりと広也のもとに近づき、しなだれるように寄り添った。そして逡巡《しゅんじゅん》する間もなく口づけしてくる。広也も拒もうとはしなかった。いつか大井の浜では踏み止《とど》まれた二人は、すでに歯止めが利かなくなっていた。

それを煩悩と呼ぶならきっとそうだ。他者から認められたいと願う気持ちを、広也も同じように抱えている。

椿がここにいてくれることがすべてだった。家族と死別し、震災でも一人生き残ってしまった広也が存在することを、椿はたしかに肯定してくれた。

この夜以降、広也は自分が檀家たちからさらに神格化されていくことを自覚した。それはとりもなおさず御輿《みこし》の上に乗っかったということを意味していた。

涅槃像を買い取ったという噂はすぐに檀家の間に広まり、誰もが歓迎してくれた。とくに中山の喜びようには驚いた。素晴らしい決断だったと広也を称《たた》え、涅槃寺の新しいステージが幕を開けたのだと声高に叫んだ。

隆春だけは再び口数を減らしていった。もちろん広也も覚悟したことだった。幸いにも教室ほどの広さのプレハブ小屋は急ピッチで工事が進み、寮舎で暮らす隆春と生活スペースが離れてからは、顔を合わす機会もめっきり減った。

互いが互いの心の内と向き合うことで、ギリギリのところで組織としての体裁は保たれていた。しかし、そんな不確かな日が長く続くはずもなかった。隆春が山を下りるのは時間の問題だった。それは些細《ささい》な出来事がきっかけだった。

夏を間近に控えたある朝、いつものように涅槃像の前で檀家と対峙《たいじ》し、坐禅を組んでいると、僧堂に見知らぬ男が土足で入り込んできた。

「優子《ゆうこ》、いるか？」

男の声はたどたどしく、表情には恐怖の色が浮かんでいた。男のとなりには幼い少年もいた。少年もまた「お母さん？」と、今にも消え入りそうな声で呼びかけた。

「ちょっと、なんで！　あなた？　宏太郎？」

そう応じたのは近藤だ。広也はこの瞬間まで近藤が「優子」であることも忘れていた。男はたちまち瞳《ひとみ》を潤ませ、「良かった。帰ろう」とつぶやいた。まるで誘拐された家族を奪還しにきたかのような光景だった。

近藤は思わずといったふうに、家族の方へ歩み寄った。中山があわてて両者の間に割って入る。

「近藤同志、それは筋が違います。今は坐禅の時間。何よりも大切な時間です」

中山の剣幕に怯《ひる》み、少年が涙を流し始める。それでも「お母さん。帰ろうよ」と続けた少年に、今度は椿が近寄った。娘の事故現場以来の再会だ。少年は驚いたように目を見開く。

「ね、宏太郎くん、お願い。お母さんは今大切な修行をしている最中なの」

「でも僕、お母さんと帰りたい」

「聞き分けのないことを言わないで。お母さんはいつもここで宏太郎くんの幸せを祈ってくれているのよ。感謝しないと」

「僕はただお母さんと暮らしたいだけなんだ」

「だから聞き分けのないことを言わないの。あなたのせいでね、あなたのせいで……」

「でも、僕」

ジリジリとした二人のやり取りを見て、再び中山がいきり立った。

「近藤同志、あなた自身はどう思っているのですか？　ご自分の犯した罪をもう一度よく考えてみてください。家族と暮らしたくても叶《かな》わない人をあなたが生み出したのですよ。それをどう思うのですか」

近藤は我に返ったように息をのむと、すぐに怯《おび》えた表情を浮かべた。「私は……。だから私は……」とうわごとのように繰り返しては、家族から離れるようにあとずさる。

そこにいる全員の視線が近藤だけに注がれていた。

「私は、ここに残ります。ここで修行することが生きがいなんです。私の生きる道はこのお寺にしかありません」

その瞬間、二つの絶望をよそに、僧堂に安堵《あんど》する空気が広がった。

「よく言った。よく言ったわ、近藤同志」

誰からともなく声がかかり、拍手も沸き起こる。夫はガックリと肩を落とし、少年は状況をつかめずに目を瞬《しばたた》かせていた。

広也はたまらない気持ちになり、近藤に一言かけようとした。だが、紙一重のタイミングで僧堂に快活な声が響いた。

「なぁ、近藤さん。あんた普通に間違ってるって。何に縛られてんだよ。もっと普通に考えてみろよ。家族が迎えにきてくれてんだぞ」

いつからそこにいたのだろう。腕を組み、不敵に笑いながら隆春が言った。

「な？　それ以上に優先すべきもんなんて何もないだろ？」

「うるさい！　あんたには関係ない！」

檀家《だんか》の思いを代弁するように、椿が叫ぶ。隆春はつまらなそうに鼻をすすった。

「それが関係大ありだ。だって、ここは俺の寺だもん。あんたら新参者の好きなようにはさせねぇよ」

中山が歯を噛《か》みしめるのがわかった。椿は救いを求めようと広也を向き、同時に隆春の目も広也に向いた。

「おい、お前はどう思ってるんだよ？」

そして全員の視線がゆっくりと広也に向けられる。このことに関してだけは、微塵《みじん》の迷いもなかった。涅槃仏を背中に感じ、緊張もいっさいしなかった。

「いつも言うように、僕は束縛しない。近藤さんが山を下りたいのならそうするべきだ。家族が迎えにきてくれたんだ。迷うまでもないだろう」

「と、いうことだ。良かったな」

隆春はニコリと微笑み、少年の肩に手を置いた。近藤は呆《ほう》けたように立ちすくみ、しばらくするとヘナヘナとその場にへたり込んだ。

「絶対に許さない」と、中山が誰にともなく口にする。その中山の背中に腕を回し、椿は憎しみに充《み》ちた目を隆春に向けた。

「あんたなんかには絶対わからない。愛する者をもう二度と失いたくない。ここだけが私たちの居場所なんだ！」

隆春はおちょくったように首をすくめ、僧堂の扉に手をかけた。去る間際、隆春は一度だけこちらを向いた。それが涅槃寺で聞いた、最後の隆春の声だった。

「同じ言葉、そっくりそのまま近藤さんにも当てはまるよ。悲しいことを連鎖させるなよ。どこかで断ち切る勇気も必要だ」

椿は最後まで涙を流さなかった。目を真っ赤に潤ませ、唇を噛みしめながらも、必死に堪《こら》えて隆春の背中を見届けていた。

涅槃寺で傷が癒《い》えたわけではないのだ。そう振る舞っているだけだ。何年かかってもこの悲しみから救い出さなければならないなと、その横顔を眺めながら広也はボンヤリと思っていた。

家族に連れられ、近藤はその日のうちに山を下りた。檀家の間に一瞬動揺は走ったが、軌道に乗った涅槃寺にあって、それは些細な出来事にすぎなかった。むしろこの日を境とするように、彼女たちはさらに結束を固めていった。共通の敵を外に作ることで、絆《きずな》を不動のものにしていった。

近藤を追うようにして、隆春もまた山を下った。だがいつ山を去ったのか、正確な日時を広也は知らない。気づかぬうちに姿を見かけなくなっていただけだ。

もう歯止めは利かなかった。岩岡を亡くし、隆春を失った。しかし大きな何かを一人で背負っているという実感は不思議となかった。多くの権限が広也から椿に移ったことも理由だろう。それでも稀《まれ》に住職としての選択を求められるとき、広也は決まって二人のことを思い出した。岩岡だったらどうしただろう？　隆春なら？　二人と過ごした日々はしっかりと胸に刻まれている。

二人の存在は、広也のたしかな指針だった。


次に隆春の顔を目にしたのは数年後、とある雑誌の中だった。ゴシップ記事満載の雑誌の中になつかしい姿を見つけ、広也はたまらず破顔した。

雑誌を届けた椿はぶ然とした表情で、「すぐに法的な手段に訴えます」と、許可を取るでもなく息巻いた。なるほど、たしかに記事は徹底的に寺を貶《おとし》めるものであり、広也もずいぶんとこき下ろされている。椿が怒るのも無理はない。

それでも広也の顔からなかなか笑みは消えなかった。むしろ椿の声の方がどこかむなしく、遠いものに感じられた。

※

指定されたチェーンの喫茶店にそれらしい姿は見当たらなかった。先にテーブルにつき、隆春はため息をこぼす。久々に人の波に揉《も》まれ、身体が緊張しているのが自分でもわかる。

カウンター越しの窓から、渋谷《しぶや》の雑踏が見渡せた。今でも東京の空気は息苦しい。視界を遮るビル群も、原色豊かな街頭の巨大モニターも、耳をつんざくＣＭのメロディーも、人間が生きる上で何一つ正しいものとは思えない。山を思い出すのはそうしたものに触れるときだ。土の香りや草いきれ、お香の匂いがよみがえる。

「水原くん？　わぁ、ごめんね。こちらから依頼しておいて。待ったかな？」

男の顔を見るのははじめてだ。だが馴《な》れ馴《な》れしく語りかけてくる声には、たしかに聞き覚えがあった。

「お久しぶりです。って、この場合正しいかよくわからないですけど」

「いいんじゃないかな。お互い知らない者同士じゃないんだし。水原くん、今は八王子《はちおうじ》だっけ？」

「いえ、実家は最近出ました。今は三鷹《みたか》のアパートにいます」

「そうか。いずれにせよ、わざわざ出向いてくれてありがとう。そして遅れてしまって本当に申し訳ない」

男はジャケットの胸ポケットから名刺入れを取り出した。

「あらためまして、時田《ときた》です。あいかわらずライターなんかしています」

渡された名刺に目を落としながら、隆春は首をかしげた。

「というか、俺、時田さんがライターだったとか知りませんでしたよ」

「そう？　なんだと思ってたの？」

「ラジオのＤＪ？」

「ハハハ。たしかに僕がＤＪやっていた頃に君たちが勝ち抜いていったんだもんね。あれからすぐ僕はクビになったし、番組もなくなっちゃったけど。もう十年以上前になるのか。二人とも歳をとるわけだ」

隆春が所属していたバンドが未来を賭《か》けたラジオ番組があった。北関東系のＦＭ局で、土曜の深夜に放送していたものだ。

五週勝ち抜けばメジャーデビューできるというその番組で、目の前の男はＤＪを務めていた。そういえば「音楽ライター」と名乗っていただろうか。「時田」という名前も朧気《おぼろげ》ながら記憶にある。

「ところで昨日はすごかったね。会場にはいたの？」

時田はカバンからテープレコーダーとメモ帳を取り出し、訊《たず》ねてきた。やっぱりその話題か。内心そう思いながら、隆春は首を横に振った。

「それが行けなかったんです。良かったですか？」

「ああ、最近じゃ猫も杓子《しゃくし》も武道館だけど、久しぶりにね。水原くんが作ったインディーズ時代の曲もやってたし、かなり盛り上がってたよ」

「そうですか。それは良かった。うん、本当に良かった」

知らぬ間にそれが正式名になっていた〝チーピン〟が、はじめての武道館ライブを行った。その情報は前もって隆春の耳にも届いていた。かつてのメンバーたちが熱心に誘ってくれたし、隆春と同時期にバンドを脱退したドリームも声を掛けてくれていた。

「どうして行かなかったの？」

時田は俄然《がぜん》興味を示したように訊ねてくる。隆春はコーヒーを一口含んだ。何も昔の仲間たちに嫉妬《しっと》したわけではない。たしかに彼らに対して屈託を抱えていた時期はあったけれど、今は心からその成功を喜んでいる。

レコーダーの電源は押されておらず、メモも開かれていなかった。わざわざ呼び出しておいて時田がなぜペンを取らないのか不思議だった。

「行かなかったんじゃなくて、行けなかったんですよ。バイトだったんです」

「バイト？」

「ええ、いい年して何やってんだって言われるかもしれませんけどね。コンビニとかのおにぎりを作る工場で夜勤の仕事をしています」

「そうか。水原くん、いくつになったんだっけ」

「三十三になりますね」

「だよね。たしか番組に出たときは大学生だった。それからどうしてたの？　得度《とくど》を受けたなんてすごい情報を聞いたけど」

それには答えず、隆春は少しだけ目を細めて、息を吐いた。

「あの頃から十年、いろんなこと考えていたと思います。考えて、考えて、でもくすぶり続けて。結果、絵に描いたようなフリーターですもんね。昔の仲間は武道館でライブだってのに。本当だったら生きることに絶望していてもおかしくないですよ」

「けど、絶望なんかしていない？」

「どうなんですかね。よくわからないです」

「いや、ウソだね。本当はわかっているはずなんだ」

時田は決めつけたように言い放つと、再びリュックの中に手を突っ込んだ。出てきたのは、この状況においては少し意外なものだった。

「なんで、それを？」

「出入りしている音楽雑誌の編集部で手に入れたんだ。編集者の方から言ってきたんだぜ。これってチーピンのギターの子じゃないよねって。〝元ギター〟って言わなかったところに彼のセンスを感じたな。水原くん、チーピンファンの間じゃ伝説だからさ。最初はまさかって思ったけど、いやいや、本当にビックリした」

時田が手にしていたのは、隆春が自費で作ったデモCDだ。涅槃寺を下りてからほとんど間もない頃のもので、弦を押さえる指はほとんど動いていなかったし、歌うことはもとより苦手だ。

「さすがにブランクは感じちゃったけどさ。申し訳ないけど」

時田は本当に申し訳なさそうに苦笑したが、失礼とは思わなかった。ただ、あのときはギターを鳴らさずにはいられなかったし、歌わないわけにいかなかった。山を下りた直後の気持ちを何かに閉じこめる必要はたしかにあって、レコード会社や出版社に送りつけたのはそのおまけみたいなものだった。

「それで、そのことで一つ聞きたいんだけどさ」

時田はこのときはじめてペンを手に取り、真剣な表情で隆春を見つめた。

「水原くんって、チーピン時代はラブソング作ってないよね。それなのにあの音源って思い切り愛を歌ってるじゃない？　チーピンは今でも当時の流れを汲《く》んでるっていうのに。この構図ってちょっと歪《いびつ》で面白いと思うんだけど、どう？」

隆春はたまらず眉間《みけん》にシワを寄せた。

「え、マジですか？　そんなことが記事になるの？」

「ううん。これは超個人的な興味」

「だったら話しませんよ」

「ええ、話そうよ」

「いやいや。でも一つだけ言えるのは、学生の頃は人を愛するってことの意味がよくわかってなかったってことですかね」

「お、いいね。なんかそれっぽいじゃん」

「っていうか、たぶん今も何もわかってないと思うんです。思うんですけど、少なくとも人間が認め合うことへの憧《あこが》れはすごくある。誰かから肯定されたいし、全身全霊をかけて肯定したい。その方法がわからなくて苦しいけど、少なくとも今はラブソングが存在する意味はあるんだって思ってます」

「ふーん、なるほどね。たしかにビックリするほど真っ直ぐな歌詞だもんな」

「やっぱ拙《つたな》かったですかね」

「ううん、曲自体は悪くなかったよ。とくにいいなと思う一節があったんだ。ほら、人生を懸けてただ一人を探します。そこら中に転がるニセモノには惑わされない、って例のやつ」

「ハハ、ありがとうございます。でも、実はあそこのパートってもう削っちゃってないんですよ。あとで読み返してみて、さすがにちょっとこれはないかなって」

「ええ、僕はいいと思ったけどな」

「ありがとうございます。肯定していただけると救われます」

時田はふんと鼻で笑って、仕切り直しとばかりにメモに目を落とした。

「ところでライブとかやる予定はないの？」

「実は再来月やることになってるんですよ」

「うそ？　場所は？」

「三軒茶屋《さんげんぢゃや》」

「マジで？　ひょっとして、パイナップル・ムーン？」

隆春がニンマリと笑ったのとは対照的に、時田の表情は一転して険しくなった。「ちなみにそれは書いてもいいんだよね」とつぶやき、隆春の答えを待たずにペンを走らせる。

「いや、実は近々ある雑誌でチーピンの特集やることが決まってるんだけど、普通にやるだけじゃ芸がないでしょ。ちょっと彼らのページ拝借しちゃおうよ。チーピンのオジー・オズボーン、音楽界に電撃復帰！　みたいなさ」

「なんでヘビメタなんですか。せめてスマパンとジェームス・イハぐらいにしといてくださいよ。それとそのプロレスみたいな見出し、絶対にヤだ」

そう笑いながら、隆春はたしかに躊躇《ちゅうちょ》した。そんなことをしてしまえば、かつての仲間たちは怒り出すのではないだろうか。

でも、断ろうとは思わなかった。言い訳するつもりはない。やるからには売れたいのだ。連中だって、隆春が作った曲を演奏している。印税なんか一円ももらったことがない。それを思えば、ちょっと特集ページを借りるくらい。

自分勝手に納得しては、隆春は大きくうなずいた。十年やそこらの修行では煩悩は抜けきらないのだ。

欲望から解き放たれるのは、とりあえず音楽で食えるようになってから。そんなことを胸の中で唱えたら、なぜか心が軽くなった。

時田が席を立って三十分ほどして、次の記者が現れた。グレーの背広を着た男は、まず値踏みするような目を向けてきた。二件目の取材テーマは、東北を中心に勢力を拡大する新興宗教団体について。もちろん、ミュージシャンとしてのコメントを求められているわけではない。悪名高きカルト教団の創始者の一人として、話を聞きたいというのである。

一気に勢力を拡大していく教団の内部事情に、各地で起こる檀家《だんか》奪還運動。主婦層を中心に取り込んでいく教団の勧誘方法と、次々と新しい施設を建設していく錬金術。質問という殻をかぶりながら、記者はほとんど一方的な意見を押しつけてくる。

隆春は相づちさえ打たずに聞いていた。寺と決別した隆春に、記者が批判的な意見を期待しているのはあきらかだ。しかし、記者は宗教という存在そのものを完全に否定していた。心の問題が組織化されていくことと、その組織に人が依存することを非難した隆春とは相容《あいい》れるはずがない。

あの手この手を使っては話を聞き出そうとする記者に、隆春はすぐに辟易《へきえき》とした。その後も続いた独演は、ほとんど頭に入ってこなかった。

ただ、しばらくして記者が不意にこぼしたときだ。「じゃあ、そもそも宗教って何なんですかね」とメモも見ずにこぼしたときだけ、隆春も無意識のまま答えていた。

「生きることを自由にするための手段なんじゃないですか」

山を下りて一つ気づいたことがある。広也がなぜ椿たちにあれほど翻弄《ほんろう》され、依存を許したかということだ。

思い至ったのは長穏寺時代の奥住とのかかわりだった。依存を断ち切ろうとし、甘えからの脱却を促し続けた結果、もたらされたのは最悪の結末だった。いや、奥住が踏みとどまったことで最悪の事態は免れたはずなのに、広也の心には強烈な失敗体験として一連の出来事は刻まれた。だからこそ椿たちの増長を許したのではないだろうか。突き放し、同じ結果になることを広也は何よりも恐れたのだ。

少しの間考え込んだ隆春を見て、記者は目を光らせた。その表情がどうにもうさんくさくて、隆春はうんざりする。広也は隆春にとって今も理想の宗教家だ。自分が先に死ぬのならば、広也に経を読んで欲しいと本気で思う。

どうせ記事になんかなるわけないと知りながら、隆春は広也を擁護した。記者の質問を遮って、逆に質問を繰り出した。

「記者さんは生きるのをしんどいと思ったことってないですか？」

「そんなの毎日感じてるよ」

「その苦しみを本気で取り除こうとしているヤツがいるんですよ。そんなバカみたいなことを真剣に考えてる人間を、いったい誰が裁けますか？」

「でも、それは自分で解決する問題だろ。誰だって苦しいと思いながら、必死にがんばって生きてるんだ」

「わかりません。みんながみんなそうなんですかね」

「そういう人間の弱みにつけ込むことが許せないんだ。そんなものは救いじゃない。洗脳以外の何ものでもない」

「ふーん。まぁ、そうなのかもしれないですね」

そうこぼしながら、隆春は納得などしていなかった。みんながみんなお前みたいに強くないんだよ。自分だって正義教って宗教を信じ切っているくせに。ペンの力を信じ込んでいるくせに。資本主義というモンスター宗教を少しも疑ってないくせに。心の中の不満はあとからあとから溢《あふ》れ出る。

どんな記事が出来上がるのか、想像するのは簡単だった。さらに続いた記者の演説を聞き流しながら、また今夜もバイトだなぁと、隆春は上の空のまま思っていた。


三鷹駅から十五分以上歩き、ようやくアパートに辿《たど》り着いた。扉の前までカレーの匂いが漏れている。

ドアを開けた瞬間、キッチンから弾《はじ》けるような声が聞こえてきた。さすが元プロ。狭い家とはいえ、よく通る声だと感心する。

「おかえり。遅かったじゃん。どうせまたすぐバイトでしょ？」

立てつけの悪いキッチンの引き戸を開けると、山下美鈴《やましたみすず》は忙《せわ》しなくサラダを盛りつけながら言ってきた。

隆春は背後から華奢《きゃしゃ》な身体を抱き寄せる。そして照れもしないで口にした。

「超愛してるよ、美鈴先輩」

「うん、私も超愛してる」

「は？　何それ？」

「何が？」

「だって俺、愛してるとか言ったことないぜ。美鈴先輩とか呼ぶの、久々じゃね？」

「知らないよ。なんかあったから言ってるんでしょ。そんなのいいから手伝ってよ」

美鈴は隆春の腕をするりとほどき、再びカレーの鍋《なべ》をかき混ぜ始めた。呆気《あっけ》に取られながらうしろ姿を眺め、隆春はたまらず噴き出した。

山を下りたその足で、隆春は東京で働く美鈴のもとを訪ねた。音楽に挫《ざ》折《せつ》し、仏道に頓《とん》挫《ざ》して、いよいよ何も持たない三十を越えた男を誰が受け入れてくれるのか。

そう覚悟しながらボロボロになった胸の内を打ち明けた隆春を、驚いたことに美鈴はさらに容赦なく打ち砕いた。傷つく立場にないと理解しつつ、「いやいや、今さらありえないでしょ」という冷めた一言に、隆春は立っていられないほど傷ついた。

それでも隆春は諦《あきら》められず、顔を合わすたびに告白した。美鈴の方も少なくとも思いに耳を傾けてはくれた。泥臭く、青臭くて、思い出すのも恥ずかしい。でも彼女を追いかけた一年間は、ある意味では寺で抱いた理想を体現できた時間だとも思っている。居酒屋でベロベロに酔った美鈴が「もういいや。ものは試しで付き合うか」と言った日まで続いた、隆春なりの愛の物語だった。

安定した生き方を求めたはずが、結局三十を越えてフリーター生活だ。あの日の憧れからはかけ離れた毎日を過ごしながら、心は不思議と充《み》たされていた。未来の束縛から逃れたい。将来を考えても仕方がない。人の心が充たされるのは、結局今を真剣に生きることだけなのだ。そう思えるまでに十年かかった。

「そういえば今日八王子のお父さんが来てくれたんだ。めずらしくあんた宛てに手紙が来てたって。はい、これ」

スプーンを動かす手を止め、美鈴は封筒を差し出した。無機質に印刷された差出人を見て、隆春の胸は凍りつく。美鈴は見ないフリをしてくれている。手紙は、涅槃寺からのものだった。

「なんだって？」

あくまで興味ないという素振りで、美鈴は訊《たず》ねてきた。たった一枚の紙切れにそっけない内容が綴《つづ》られている。一糸の乱れも許さないといった律儀な字は、たしかに見覚えのあるものだ。

「生誕祭のお知らせだって」

「へぇ、そうか。たしかに寒くなってきたもんね。もうそんな季節か」

当然、美鈴も寺での出来事を知っている。いつかその前で眠りこけていたパソコンの画面に、涅槃宗のアンチサイトが開かれていたこともある。

それでも山を下りて以来、美鈴の方から寺のことを訊ねてきたことは一度もない。いつも隆春自身が語ることを興味なさそうに聞いているだけだ。

優しさに甘えたつもりはなかったが、思わず言葉が口をついた。

「久しぶりに見たいな、涅槃仏」

「スリーピング・ブッダ？　行けばいいじゃん」

「でも、俺が行っていいのかな？　ヤバくない？」

「さぁ、いいんじゃない？　向こうから誘ってくれてるわけだし」

食事を終えると、隆春はすぐにバイトの準備に取りかかった。玄関で靴ひもを固く結んで、「じゃあ、おやすみ」と振り返ると、美鈴が諭すように言ってきた。

「行ったらどうとか考えなくていいよ。行きたいなら行きなよ。なんかあったら、またそのときは私と一緒に考えよう」

外へ出ると、隆春はすぐに空を見上げた。決して暗くなりきらない東京の空に、星は一つしか見えなかった。

手紙は広也の直筆によるものだった。そこには三ヶ月後の生誕祭の案内の他に、一言だけ近況が添えられていた。

『あいかわらず悩み続けています』

宗教家として、おそらく広也は正しい。少なくとも隆春はそう信じている。恨むべきは人が考え、悩み、逡巡することの余地を奪おうとする組織という体裁だ。

涅槃寺の頭上にはきっと漆黒の空が広がっている。そして東京で一つだけ見えているあの星の周りを、無数の星々が囲んでいる。

目を閉じれば今も、悠然と微笑む涅槃仏の表情がよみがえる。

終章

小平広也《こだいらひろや》は静かに坐禅《ざぜん》を組んでいた。目の前に横たわる涅槃仏《ねはんぶつ》の表情は、今日も真綿のように柔らかい。

涅槃寺の僧堂は、今では広也だけの場所だ。寺とはそういう所じゃないと、もちろん強く反発したが、すでにコントロールは利かなかった。寺は見えない力に転がされるように、どこか一点に向けて突き進んでいる。正しい方にきちんと向いているのか、広也には判断する材料もない。

不安や不信を閉じこめるように、広也は修行に打ち込んだ。皮肉なもので御輿《みこし》のような扱いを受けるようになった頃から、再び修行に集中できるようになった。もう何年も広也の教えを請《こ》おうとする者はいない。椿《つばき》とも一ヶ月近く会っていない。次に顔を合わせるのはおそらく三日後に迫った生誕祭。参加者は一千人近くに上るという。

〝山中《さんちゅう》〟の檀家《だんか》だけでも優に二百人を越えている。むろん僧堂や新しく建てられたプレハブ小屋だけでは収容しきれず、檀家たちは寺から二キロほど山上に建設された「メモリアルホール」で日々の生活を共にしている。その他にも富士と八王子《はちおうじ》に、団体の支部がある。

昨夜から舞い始めた雪は、今もしんしんと降り続いている。今朝、起きて目にした一面の銀世界に、広也は小さく息を漏らした。

うすく閉じた瞼《まぶた》の先に、ロウソクが二つ揺れている。尻《しり》から伝わる冷たさに、ふと懐かしい風景が巡りそうになる。その記憶の正体をボンヤリと辿《たど》ろうとしたとき、乾いた声が堂に響いた。

「なぁ、広也さ。やっぱり雪の匂いってあるよな」

ゆっくりと振り向くと、見慣れたシルエットが扉の前に浮かんでいた。雪に反射する光の陰となり、その表情はよく見えない。なびく髪の毛は出会った頃のようだった。影は、肩に乗った雪を懸命に払い落としていた。

「まだ三日前だぞ。こっちだって準備がある」

憎まれ口を叩《たた》きながらも、広也は身体を動かし、仏像の前にスペースを作った。

「まぁ、そう言うな。久しぶりだな」

「うん、久しぶり」

「ちゃんとキレイな坊主頭だし、ヒゲなんか生やしてないし。カルト教団の教祖様としてはいい線いってんじゃないのか？」

「なんだよ、それ。僕は――」

何か言い返したいと思ったが、数年ぶりに交わした会話はそこで途切れた。水原隆春《みずはらたかはる》は広也の言葉を無視し、「そんなことより久々に坐禅したいんだ。つき合えよ」と口にすると、先ほど空けた場所に腰を下ろした。静かに息を吐き出し、どう根付くかたしかめるように身体を揺らし、足を組む。

右足が上になっていることにすぐ気づいた。もちろん釈迦《しゃか》にしか許されない坐禅の型だ。条件反射でムッとしたが、隆春はわかった上でやっている。そう思った瞬間、笑みがこぼれた。

足を組み直し、広也は涅槃仏の細い目を見据えた。父の背中を見ていた幼少の頃、最愛の兄と母を亡くした日、仏道を志《こころざ》すことを決めた頃、長穏寺《ちょうおんじ》の山を下りた朝。その時々で理想とした宗教の姿を、自分は体現できているのだろうか。あの日の理想は今ここにあるのか。

目の前の仏は眠ったままだ。いつものように何も答えようとしてくれない。

それでも答えが知りたくて、隆春のあとを追い、広也も目をつぶる。火《ひ》の粉《こ》の弾《はじ》ける音がした。

真っ新《さら》な粉雪の匂いがたしかに鼻をくすぐった。

解説

北上次郎

本書を読んだときには驚いた。『スリーピング・ブッダ』？　仏教小説？　頭の中が「？？？？」となったことを思い出す。というのは、本書が早見和真の二作目の作品で、デビュー作『ひゃくはち』が高校野球小説だったからだ。たしかにそのデビュー作は異色の野球小説ではあった。甲子園常連高校野球部の補欠部員を主人公にしたものだから、まぎれもなく野球小説ではあるのだが、しかし同時に恋の小説であった。というよりも物語の主題は野球よりも恋にある。若者の恋が、切なく哀しく、そして美しく語られるのだ。胸キュン必至の初恋小説の傑作といっていい。野球小説というジャンルには幾多の傑作が揃《そろ》っているので、よほどの完成度がなければそういう傑作群に入っていけないが、初恋というキーワードで早見和真は鮮やかに足跡を残したのである。

そういう作品の次に刊行されたのが本書であった。次はいったいどんな手でくるのか、と期待するのも当然である。今度こそ野球に力点を置いた小説なのか、それとも野球を外して恋そのものをじっくり描くか、幾通りかの方向が予想されたが、仏教小説？　なんだそれ？

ちなみに野球小説はのちに『6　シックス』という作品を早見和真は書いている。これは東京六大学を描く連作集で、それでこのタイトルでは、六大学を順番に描いていくのだと想像するのはたやすい。ところが違うのである。第一話は東大野球部の補欠を語り手とし、第二話が法政野球部のマネージャーを語り手とするから、やっぱりなと思ってしまうが、次は明大四年生の就職活動奮戦記で、さらに立教ミスコン女子の日々や、慶大野球部補欠の母親のドラマと続いていくから、おやおや。つまり野球は選手だけでなく、それを見ている人にとっても忘れがたいものだという真実がここから浮かび上がってくる。

本書の次に上梓《じょうし》された第三作『砂上のファンファーレ』（文庫時『ぼくたちの家族』に改題）についても触れておく。こちらは家族小説だ。物忘れが激しくなった母がいる。事業がうまくいかず焦っている父がいる。その父母の借金を知って驚く長男がいる。彼の妻は舅姑《しゅうとしゅうとめ》に対してやや冷たい。大学生の弟は好き勝手に生きていて、周囲からは「軽薄そう」と言われている。そういう家族がまず絶妙に描かれるが、母親が倒れたことをきっかけにこの家族が劇的に変わっていく。仲がそれほどいいとは言えなかった兄弟だが、事態の打開策を検討するためには何度も会わなければならない。そうして少しずつ家族の関係が変化していく。圧巻は次男が医者と会うシーン。忙しいはずの医者が次男に胸襟を開いていくシーンがいい。家族の再生を鮮やかなディテールで描くこの長編も傑作だ。

つまり早見和真という作家は、野球を描いても初恋を描いても家族を描いても、たっぷりと読ませる作家である、ということだ。しかしいくらなんでも仏教をモチーフにして大丈夫？　野球、初恋、家族というのは理解できるが、仏教を素材にして現代エンタメが成立するのか？　思わず心配するところだが、ご安心。さすがは早見和真、見事な現代エンターテインメントを作り上げている。

二人の若者がいる。まず、住職の子として生まれた広也だ。次男の彼が僧侶《そうりょ》になると決意したことにはある事情があるのだが、それを紹介すると長くなるのでここでは割愛。とにかく広也は、僧になるために、修行を積むために、福井県の総本山、長穏寺に赴くことになる。もう一人は、隆春。彼はインディーズ・バンドに見切りをつけ、就活を始めたときキャンパスで広也を見かけ、思わず声をかける。「坊主って安定してる――?・」。

こうして広也と隆春の、長穏寺における修行の日々が始まっていく。ここに登場するのが、同じ時期に長穏寺にやってきた奥住。やや太り気味の彼は簡潔に「デブ」と呼ばれているが、動作が何事も遅いので、先輩たちからしごかれる。もう一人は、岩岡。この男は全寮舎合わせて三百人ほどいる雲水のなかでトップレベルの修行僧。要領のいいやつ、意地悪なやつと、他にも大勢が登場するが、中心にいるのはこの四人。物語の前半はこの四人を軸に、辛《つら》い修行の日々がディテール満点に描かれていく。

ここまではいい。僧をめざす若者たちの修行の日々を描く物語として、ここまではたっぷりと読ませるが、これだけで終わるなら、どうということもない。問題はこのあとの展開だ。後半の展開こそが本書のキモといっていい。本書を印象深いものにしているのは、その予想外の展開にほかならない。

それも詳しく紹介したいところだが、読書の興を削《そ》ぐといけないので、内容の紹介はここまでにしておきたい。このあとの展開は、私たちの予測を上まわっていると書くにとどめておく。ここに書くことができるのは、人を救うとは何なのか。いや、救うことが本当にできるのか、ということをめぐって、彼らが悩み、あがき、迷うことだ。そのためには何をなすべきかということを議論し、実践し、ぶつかることだ。

こう書くと、なにやら生硬な展開をイメージしてしまうかもしれないが、違うのである。急いで、言い換える。それを群を抜く人物造形と、巧みなエピソードを積み重ねて、鮮やかなエンターテインメントにしていくのだ。すなわち本書は、「我いかに生くべきか」をめぐって彷徨《ほうこう》する青年たちの、熱い青春の物語だ。それをここまで面白く、スリリングな物語にしてしまうのが早見和真の芸なのである。ホントにうまい。

参考文献

『われ、ただ足るを知る――禅僧と脳生理学者が読み解く現代』　板橋興宗・有田秀穂　佼成出版社
『〈いのち〉の呼吸　興宗和尚のよろず問答』　板橋興宗　春秋社
『良寛さんと道元禅師　生きる極意』　板橋興宗　光雲社
『いちばん大切なこと　禅的発想のススメ』　野田大燈　ビジネス社
『子どもを変える禅道場　ニート・不登校児のために』　野田大燈　大法輪閣
『新宗教ビジネス』　島田裕巳　講談社
『日本の10大新宗教』　島田裕巳　幻冬舎
『創価学会』　島田裕巳　新潮社
『宗教法人法　誰でも読める。誰でもわかる。』　大空社
『誰も教えてくれない「宗教法人・教団」の作り方』　沼波正太郎　ぱる出版
『「ぼうず丸もうけ」のカラクリ』　ショーエンK　ダイヤモンド社
『お寺の経済学』　中島隆信　筑摩書房
『がんばれ仏教！　お寺ルネサンスの時代』　上田紀行　日本放送出版協会

『ほっとする禅語70』　石飛博光　渡會正純監修　二玄社
『禅語』　文・石井ゆかり　写真・井上博道　ピエ・ブックス
『智の極み　禅問答　いのちの真実をひきだす論理』　中野東禅　一粟社
『ブッダのことば――スッタニパータ』　訳・中村元　岩波書店
『永平寺』　熊谷忠興編　永平寺
『宗教法人ハンドブック　設立・会計・税務のすべて』　実藤秀志　税務経理協会
『わが家の仏教・仏事としきたり　曹洞宗』　角田泰隆監修　日東書院本社
『日本宗教史』　末木文美士　岩波書店
『麻原彰晃の誕生』　髙山文彦　文藝春秋
『道元禅師語録』　鏡島元隆　講談社
『食う寝る坐る永平寺修行記』　野々村馨　新潮社
『霊と金　スピリチュアル・ビジネスの構造』　櫻井義秀　新潮社
（ＤＶＤ）永平寺「１０４歳の禅師」・「修行の四季」　コロムビアミュージックエンタテインメント

本作品はフィクションです。実在する人物・団体等とは一切関係ありません。

尚《なお》、快く話を聞かせていただいた心ある僧侶《そうりょ》の方々へ、この場を借りて御礼申し上げます。

著者

本書は二〇一〇年九月に小社より刊行された
単行本を加筆修正の上、文庫化したものです。

スリーピング・ブッダ

早見和真《はやみかずまさ》

平成26年 8月25日　初版発行
令和7年 6月10日　8版発行

発行者●山下直久

発行●株式会社KADOKAWA
〒102-8177　東京都千代田区富士見2-13-3
電話　0570-002-301（ナビダイヤル）

角川文庫 18719

印刷所●株式会社KADOKAWA
製本所●株式会社KADOKAWA

表紙画●和田三造

●お問い合わせ
https://www.kadokawa.co.jp/（「お問い合わせ」へお進みください）
※内容によっては、お答えできない場合があります。
※サポートは日本国内のみとさせていただきます。
※Japanese text only

ISBN978-4-04-101941-2　C0193

◆◇◇

角川文庫発刊に際して

角川源義

第二次世界大戦の敗北は、軍事力の敗北であった以上に、私たちの若い文化力の敗退であった。私たちの文化が戦争に対して如何に無力であり、単なるあだ花に過ぎなかったかを、私たちは身を以て体験し痛感した。西洋近代文化の摂取にとって、明治以後八十年の歳月は決して短かすぎたとは言えない。にもかかわらず、近代文化の伝統を確立し、自由な批判と柔軟な良識に富む文化層として自らを形成することに私たちは失敗して来た。そしてこれは、各層への文化の普及滲透を任務とする出版人の責任でもあった。

一九四五年以来、私たちは再び振出しに戻り、第一歩から踏み出すことを余儀なくされた。これは大きな不幸ではあるが、反面、これまでの混沌・未熟・歪曲の中にあった我が国の文化に秩序と確たる基礎を齎らすためには絶好の機会でもある。角川書店は、このような祖国の文化的危機にあたり、微力をも顧みず再建の礎石たるべき抱負と決意とをもって出発したが、ここに創立以来の念願を果すべく角川文庫を発刊する。これまで刊行されたあらゆる全集叢書文庫類の長所と短所とを検討し、古今東西の不朽の典籍を、良心的編集のもとに、廉価に、そして書架にふさわしい美本として、多くのひとびとに提供しようとする。しかし私たちは徒らに百科全書的な知識のジレッタントを作ることを目的とせず、あくまで祖国の文化に秩序と再建への道を示し、この文庫を角川書店の栄ある事業として、今後永久に継続発展せしめ、学芸と教養との殿堂として大成せんことを期したい。多くの読書子の愛情ある忠言と支持とによって、この希望と抱負とを完遂せしめられんことを願う。

一九四九年五月三日

角川文庫ベストセラー

SPEED　金城一紀

頭で納得できても心が納得できなかったら、とりあえず闘ってみろよ——。風変わりなオチコボレ男子高校生たちに導かれ、佳奈子の平凡な日常は大きく転回を始める——ザ・ゾンビーズ・シリーズ第三弾！

レヴォリューションNo.0　金城一紀

オチコボレ男子高に入学した僕らを待ち受けていたシゴキ合宿。欺瞞に満ち溢れた世界に風穴を開けるため、大脱走計画を練るうち、世界に熱い血が通い始める。ザ・ゾンビーズ結成前夜を描くシリーズ完結篇！

対話篇　金城一紀

《死神》と呼ばれた男の運命の恋。片思いを打ち砕いた者への復讐。薄れゆく愛しい人の記憶をたぐる旅。愛する者を失い、悲しみに沈む者たちが対話を通じて光を見出してゆく全3篇。切なくも愛溢れる中篇集。

映画篇　金城一紀

青春を共にし別々の道を歩んだ友人。謎の死を遂げた夫。守りたいと初めて思った女性——。「太陽がいっぱい」「愛の泉」など名作映画をモチーフに、悲しみを抱えた人々が前を向き歩み出す姿を描く全5篇。

きりこについて　西加奈子

きりこは「ぶす」な女の子。小学校の体育館裏で、人の言葉がわかる、とても賢い黒猫をひろった。美しいってどういうこと？　生きるってつらいこと？　きりこがみつけた世の中でいちばん大切なこと。

角川文庫ベストセラー

炎上する君　西　加奈子

私たちは足が炎上している男の噂話ばかりしていた。ある日、銭湯にその男が現れて……動けなくなってしまった私たちに訪れる、小さいけれど大きな変化。奔放な想像力がつむぎだす不穏で愛らしい物語。

まにまに　西　加奈子

嬉しくても悲しくても感動しても頭にきても泣けてくるという、喜怒哀楽に満ちた日常、愛する音楽・本への尽きない思い。多くの人に「信じる勇気」を与えてきた西加奈子のエッセイが詰まった一冊。

鴨川ホルモー　万城目　学

このごろ都にはやるもの、勧誘、貧乏、一目ぼれ――謎の部活動「ホルモー」に誘われるイカキョー（いかにも京大生）学生たちの恋と成長を描く超級エンタテインメント!!

ホルモー六景　万城目　学

あのベストセラーが恋愛度200%アップして帰ってきた！……千年の都京都を席巻する謎の競技ホルモー、それに関わる少年少女たちの、オモシロせつない恋模様を描いた奇想青春小説！

かのこちゃんとマドレーヌ夫人　万城目　学

元気な小1、かのこちゃんの活躍。気高いアカトラの猫、マドレーヌ夫人の冒険。誰もが通り過ぎた日々が輝きとともに蘇り、やがて静かな余韻が心に染みわたる。奇想天外×静かな感動＝万城目ワールドの進化！

角川文庫ベストセラー

バベル九朔　万城目　学

俺は雑居ビル「バベル九朔」の管理人をしながら作家を目指している。謎のカラス女から逃げた俺は自室で目覚めるが、外には何故か遥か上へと続く階段と見知らぬテナント達。「バベル九朔」に隠された秘密とは。

四畳半神話大系　森見登美彦

私は冴えない大学3回生。バラ色のキャンパスライフを想像していたのに、現実はほど遠い。できれば1回生に戻ってやり直したい！　4つの並行世界で繰り広げられる、おかしくもほろ苦い青春ストーリー。

夜は短し歩けよ乙女　森見登美彦

黒髪の乙女にひそかに想いを寄せる先輩は、京都のいたるところで彼女の姿を追い求めた。二人を待ち受ける珍事件の数々、そして運命の大転回。山本周五郎賞受賞、本屋大賞2位、恋愛ファンタジーの大傑作！

ペンギン・ハイウェイ　森見登美彦

小学4年生のぼくが住む郊外の町に突然ペンギンたちが現れた。この事件に歯科医院のお姉さんが関わっていることを知ったぼくは、その謎を研究することにした。未知と出会うことの驚きに満ちた長編小説。

新釈　走れメロス　他四篇　森見登美彦

芽野史郎は全力で京都を疾走した——。無二の親友との約束を守「らない」ために！　表題作他、近代文学の傑作四篇が、全く違う魅力で現代京都で生まれ変わる！　滑稽の頂点をきわめた、歴史的短篇集！